DAVIDE MOROSINOTTO

Die dunkle Stunde des Jägers

Aus dem Italienischen von Cornelia Panzacchi

Mit Bildern von Fabio Visintin

Thienemann

EINS

Die Welt endete an dem Tag, an dem ich den Herrn des Waldes tötete.

Es war Ama, die ihn als Erste entdeckte. Sie war die Älteste von uns und auch die Schnellste, deshalb führte immer sie unsere Jagdexpeditionen an. Ich dagegen musste ganz hinten gehen, tausend Schritt hinter den anderen, zusammen mit Hona, Amas kleiner Schwester (die drei Jahre jünger war als wir).

Hona machte viel Krach, und Krach ist schlecht: Er vertreibt die Tiere, die wir essen, und lockt jene an, die uns essen wollen. Er blockiert die Botschaften des Stammes.

Deshalb liefen wir beide allein durch eine Ebene voller Klingengras. Das Gras war gelb und ausgedörrt, da es beinahe einen Monat lang nicht geregnet hatte, und die Halme waren so hoch, dass wir kaum über sie drüberschauen konnten.

Hona blieb stehen, riss ein paar Halme aus und bedeutete mir durch Zeichen: »Lass uns daraus Seile flechten.«

Ich schüttelte den Kopf und schob sie weiter, zu einem Klingengrasbüschel, dessen Halme schon alle abgerissen worden waren. Ocho, der die Gabe der Seile besaß, hatte bereits die brauchbarsten Halme gefunden und mitgenommen.

Gleich darauf zeigte ich mit meinem Wurfstock auf ein paar Pusteblumenpflanzen. Großmutter Chila könnte daraus eine Medizin für meine Mutter machen, die ständig Bauchschmerzen hatte.

»Pflück sie!«, bedeutete ich Hona.

Mit Zeichensprache antwortete sie: »Warum? Wenn die anderen sie nicht mitgenommen haben, heißt das, dass sie zu nichts nütze sind.«

Ich erklärte ihr, dass die anderen die Pflanzen nur deshalb stehen gelassen hatten, damit wir sie mitnahmen.

Oh, wie ich es *hasste*, immer der Letzte der Gruppe zu sein! Schließlich war ich genauso alt wie die anderen. Doch sie alle hatten ihre Begabung bereits entdeckt. Bei einer Feier im Beisein aller war diese Gabe von Yabo von den Geistern, dem Schamanen des Stammes, besiegelt worden. Das bedeutete, dass die anderen nun keine Kinder mehr waren und sich auf das Leben als Erwachsene vorbereiteten. Dieses neue Leben würde beginnen, sobald sie an einer Großen Jagd teilgenommen hatten.

Ich dagegen war noch ein Kind, denn ich hatte keine Gabe. Das Alter spielte keine Rolle: Ein Junge ohne Gabe musste stets hinten gehen, bei den Kleinen.

Irgendeine besondere Begabung musste ich aber doch haben! Schließlich hatten alle eine. Doch soviel ich auch darüber nachdachte, ich kam einfach nicht darauf. Ich konnte ziemlich schnell Seile flechten, aber bei mir wurden sie nie so fest und stabil wie bei Ocho, der tatsächlich die Gabe der Seile besaß. Und ich war durchaus in der Lage,

Feuer zu machen, nur dauerte es bei mir ungefähr dreimal so lange wie bei Beri, der erwiesenermaßen die Gabe des Feuers hatte.

Ama hatte die Gabe der Geschichten, Cato die des Steins. Aber was war mit mir?

Ich war noch in Gedanken vertieft, als mich eine Botschaft von Ama erreichte. Die Botschaft war wie ein Bild: Es zeigte mir die anderen, wie sie sich in einen Breitkronenwald hineinschlichen, dort in Richtung Sonnenuntergang liefen und sich plötzlich einem großen Blattfresser gegenübersahen.

Ich drehte mich zu Hona um und raunte: »Hast du es auch gesehen?«

»Was?«, fragte sie in Zeichensprache, indem sie die Finger einer Hand hin und her schüttelte.

»Die Botschaft.«

Sie verneinte. Das überraschte mich nicht, ich wusste, dass die Kleinen die Botschaften meist nicht mitbekamen, sie waren noch nicht in der Lage, so zu denken wie der Stamm. Hona fragte mich, was ich gesehen hatte, und ich bog meine Hand nach unten und krümmte gleichzeitig zwei Finger.

Das Zeichen des Blattfressers.

Hona strahlte, als hätte ich ihr etwas ganz Wunderbares verraten, und gemeinsam rannten wir los, zwischen den harten, messerscharfen Grashalmen hindurch. Wir erreichten den Breitkronenwald, der genauso aussah wie in der Botschaft, und …

»Still!«, signalisierte Ama.

Sie sprang hinter einem Baum hervor, dessen Stamm so dick war, dass sie ihn mit den Armen nicht hätte umfangen können. Ich hatte nicht gesehen, dass sie sich dort versteckt hatte, wich überrascht zurück und trat mit der Ferse auf einen trockenen Zweig.

»Roqi ist so ungeschickt wie immer«, signalisierte Cato grinsend. »Er macht mehr Lärm als ein wühlender Grunzer.«

Ama erwiderte nichts darauf, doch ich sah ihr an, dass sie sich ärgerte.

Ama war wunderschön, die Schönste von allen. Eigentlich gab es im Stamm ja auch nur zwei Mädchen, sie und Hona, doch selbst wenn bei uns tausend Mädchen gelebt hätten, wäre Ama immer noch die Schönste von ihnen gewesen.

Sie war die Tochter von Paraqui, unserem Häuptling, und von Aqe, die Geschichten erzählte. Ama hatte dieselbe Gabe wie ihre Mutter, deshalb sang sie manchmal abends am Feuer. Ich könnte ihr bis in alle Ewigkeit zuhören.

Sie hatte dunkles Haar und große mandelförmige Augen und trug nur Ledersandalen und einen Lendenschurz, der sich mit seiner hellen Farbe stark von Amas dunkler und jetzt, nach dem Laufen, schweißglänzender Haut abhob.

»Große Schwester, ist wirklich ein Blattfresser hier?«, fragte Hona in Zeichensprache.

»Komm«, sagte Ama zu ihr und bedeutete mir mit einem Blick, dass ich mitkommen dürfe, falls ich das unbedingt wolle. Also folgte ich ihnen.

Es war ein wirklich großer Blattfresser, zweieinhalbmal so hoch wie ein erwachsener Mann. Er lief auf allen vieren und stützte sich vorn auf den Handgelenken ab, um die unglaublich langen Krallen nicht abzunutzen. Er hatte ein langes graues Fell und winzige Augen und Ohren. Seine dicke schwarze, feuchte Nase ragte wie ein Pilz aus dem Pelzgewirr der Schnauze.

Extrem langsam bewegte er sich quer über die Lichtung auf eine große Breitkrone zu. Vor ihrem Baumstamm hockte er sich auf die Hinterbeine, stützte sich mit dem Schwanz ab, um nicht umzukippen, und zog mit einer Vorderpfote einen Zweig zum Maul. Mit der langen dunklen Zunge, die wieder und wieder aus dem Maul herausschnellte, riss er Blatt um Blatt fein säuberlich ab.

»Wie schön er ist!«, bedeutete mir Hona. »Er ist der Herr des Waldes.«

Ich war mit ihr einer Meinung. Blattfresser sind gewaltig und schön, und dieser hier war wirklich herrlich anzuschauen.

»Er ist nicht der Herr des Waldes«, widersprach Cato. »Das hier ist nur ein dummer Blattfresser.«

»Er ist nicht dumm«, protestierte Hona.

»Doch, ist er. Eines der dümmsten Tiere der Welt.«

»Das ist nicht wahr!«

»Nein? Dann pass mal auf!«

Cato nahm aus seiner Tasche einen spitz zulaufenden Stein, den er sicherlich aufgehoben hatte, um später eine Messerklinge oder etwas Ähnliches daraus zu machen. Er warf damit nach dem Tier und traf es genau am Kopf. Wir konnten sogar den Aufschlag hören.

Der Blattfresser hörte zu fressen auf und kratzte sich mit einer Pfote am Ohr. Er sah wie unser Schamane Yabo von den Geistern aus, wenn er über irgendein schwerwiegendes Problem nachdenkt, und wirkte dabei sehr komisch.

Ocho musste lachen. »Was für ein dummes Tier. Gibst du mir auch einen Stein, Cato?«

Dieser nickte und reichte ihm einen Stein. Ocho zielte und traf den Blattfresser an der Nase.

Das riesige Tier bäumte sich auf und stieß einen Schrei aus. Mir lief ein kalter Schauer den Rücken hinunter.

»Wisst ihr, was mein Vater sagt?«, bedeutete uns Cato in Zeichensprache. »Dass man Blattfresser einfach so töten kann, indem man sie mit Steinen bewirft. Sie begreifen nicht, was los ist, deshalb laufen sie nicht weg. So dumm sind sie!«

»Jetzt will *ich* es versuchen«, signalisierte Beri.

Rotierend flog sein Wurfstock durch die Luft, traf den Blattfresser aber nur auf dem dicken Hintern. Das Tier merkte es nicht einmal.

»Dummkopf«, erwiderte Cato. »Ich habe gesagt: mit Steinen. Was soll ihm dein kleiner Wurfstock schon anhaben können?«

Hona drückte meine Hand. »Er ist der Herr des Waldes, sie sollten ihm nicht wehtun.«

Ich fand, dass sie eigentlich recht hatte, doch ich wusste auch, dass ich, Roqi, der Letzte der Gruppe, es niemals schaffen würde, sie zum Aufhören zu bewegen.

»Können wir weitergehen?«, bedeutete ich Ama trotzdem.

Sie verneinte. »Wir vier müssen uns auf die Große Jagd vorbereiten«, sagte sie. »Seit vielen Monden suchen wir nach einem Giganten ... Eines Tages werden wir ihn finden und dann müssen wir bereit sein. Überleg mal, was die Erwachsenen sagen werden, wenn wir mit einer derartig großen Beute zum Lager zurückkehren.«

»Das Fleisch des Blattfressers ist hart und schmeckt nicht gut«, wandte ich ein.

»Aber die Leber ist köstlich und das Herz auch«, erwiderte Ama. »Wir können das Mark aus den Knochen saugen, und aus seinen Sehnen können wir Seile flechten ...«

Lächelnd reichte Cato ihr einen Stein. Ama wog ihn in der Hand und kniff ein Auge zu, um besser zu zielen. Ein ausgezeichneter Wurf, der Stein traf den Blattfresser ebenfalls am Kopf.

»Sehr gut, Ama«, gratulierte Ocho ihr. »Du bist eine hervorragende Jägerin, genauso geschickt wie dein Vater.«

Geschmeichelt nahm Ama das Lob entgegen. Beri hob einen ziemlich großen Stein vom Boden auf, zielte und traf den Blattfresser damit an der Vorderpfote.

Das Tier schrie, verängstigt und verwirrt. Sofort warf Ocho einen weiteren Stein, und im nächsten Augenblick kamen die Steine von allen Seiten. Die Schreie des Blattfressers hallten im Wald wider und waren so durchdringend, dass es mir vorkam, als würde ich seine Schmerzen am eigenen Leib spüren.

Plötzlich stand Cato neben mir. »Schau mal, was für ein hübscher Stein. Scharfkantig und gut ausbalanciert. Warum wirfst du ihn nicht?«

»Ja«, stimmte Beri ihm zu. »Warum wirfst du ihn nicht, Roqi?«

»Du bist der Einzige, der nicht mitgemacht hat«, stachelte Ocho mich an.

»Ich habe auch nicht mitgemacht!«, rief Hona aus. »Roqi wird keinen Stein werfen und ihr solltet ebenfalls damit aufhören. Seht ihr denn nicht, dass der Herr des Waldes Angst bekommen hat?«

»Er ist nicht der Herr des Waldes, er ist dumm«, sagte Cato erneut. »Also, Roqi, was ist los, fürchtest du dich davor, einen Stein zu werfen?«

»Er fürchtet sich, weil er noch ein Kind ist!«, spottete Ocho.

»Er fürchtet sich, weil er noch keine Gabe hat«, hakte Beri nach.

Mit einem Mal hatte ich einen Stein in der Hand.

Hona bedeutete mir, ihn fallen zu lassen, doch das brachte ich nicht fertig. Ich schaute Ama an. Sie hatte nichts gesagt, aber an ihrem Gesicht konnte ich ihre Gedanken ablesen. Sie war überzeugt davon, dass ich den Blattfresser nicht einmal dann treffen würde, wenn ich es unbedingt wollte. Sie hielt mich für viel zu ungeschickt. Mein Stein, dachte sie, würde gegen den Baum prallen oder im Gras landen und nicht auf diesem dicken, riesigen Blattfresser, der vor uns stehen geblieben war, als wolle er sich als Ziel anbieten.

»Sieh mal, was ich kann«, bedeutete ich ihr.

Ich entfernte mich von den anderen und lief hinter einen runden Felsblock. Dort war ich in genau der richtigen Position, ich konnte dem Tier direkt ins Gesicht sehen, auf sein sabberfeuchtes Maul.

»Blattfresser, es tut mir leid«, sagte ich.

Dann holte ich aus und schleuderte den Stein. Dabei dachte ich gar nicht mehr nach, ich tat es einfach, und fertig.

Schnell und präzise wie ein Blitz beschrieb der Stein in der Luft zischend einen Bogen und flog mitten in das geöffnete Maul des Blattfressers hinein.

Dieser hustete, gab einen erstickten Laut von sich und blieb regungslos stehen. Dann stürzte er zu Boden. Er fiel in sich zusammen und blieb halb aufgerichtet hocken, mit weit aufgerissenen Augen. Seine lange dunkle Zunge hing ihm seitlich aus dem Maul.

Er war … Ich wusste gar nicht, wie ich es beschreiben sollte.

Er war tot.

»Du hast ihn erlegt!«, rief Ocho laut und sprang aus dem Gebüsch hervor. »Wahnsinn, Roqi, du hast ihn wirklich getötet!«

»Was für ein mörderischer Wurf«, sagte Beri. »Nicht einmal Paraqui hätte es besser hinbekommen. Einfach perfekt!«

Cato ging zu dem Blattfresser und berührte mit seinem nackten Fuß dessen Schwanz. »Er ist wirklich tot.« Er lachte. »Du hast ihn umgelegt, Roqi! Er ist sofort umgefallen.«

Auch Ama und Hona kamen aus der Deckung und blieben respektvoll vor dem stehen, was vorhin ein lebendiges Tier gewesen war und jetzt nur noch eine Masse von Fleisch und Fell darstellte.

»Gut gemacht, Roqi«, sagte Ama zu mir. »Weißt du was? Vielleicht haben wir soeben deine Gabe entdeckt.«

»Ja, stimmt«, rief Ocho aus. »Roqi besitzt die Gabe des Tötens!«

»Die Gabe des Tötens ist gut für den Stamm«, stellte Beri fest. »Diese Gabe ist sehr ehrenhaft.«

Ich wusste nicht, was ich sagen sollte. Ich war mir nicht einmal sicher, ob ich eine solche Gabe überhaupt haben wollte.

»Cato, hast du in deiner Tasche Steine mit Schneiden, die sich zum Häuten eignen?«, erkundigte sich Ama. »Wir müssen uns sofort an die Arbeit machen … Wir müssen ihm die Krallen herausreißen und aus dem Fell machen wir einen Teppich für das große Zelt.«

»Ich will das Herz essen!«, rief Ocho. »Es schmeckt köstlich …«

Mit einer Handbewegung unterbrach Ama ihn. »Nein, das Herz steht Roqi zu. Er ist der Jäger.«

Sie schaute mich an, und weil ich nicht wusste, was ich darauf sagen sollte, schwieg ich.

Dann geschah die Tragödie.

Wir hörten einen Donner, wie ein furchtbar lautes Brüllen.

Gleich darauf endete die Welt.

ZWEI

Ein Schwarm Langhälse flog auf, zog über die Baumwipfel hinweg und verschwand in Richtung Sonnenaufgang.

Ein Rauschen war zu hören und wurde lauter, und auf einmal war der Himmel voller Vögel, voller Flügel und Schnäbel und Federn. Es waren so viele, dass sie den Himmel verdunkelten. Über unseren Köpfen wurde es Nacht, und Vogelkot regnete auf uns herab.

»Was passiert gerade?«, fragte Hona.

Ich hatte keine Ahnung. Sie solle sich keine Sorgen machen, wollte ich ihr gerade sagen, als die Botschaft eintraf.

Sie kam von Yabo, dem Schamanen unseres Stamms, und sie war so mächtig, dass sie uns alle wie ein Faustschlag traf. Sogar Hona fiel auf die Knie und ihre Augen füllten sich mit Tränen. Die Botschaft zeigte uns eine von einer Feuerwolke umhüllte Welt. Es war ein glühendes, wirbelndes und wütendes Bild. Der Brand hatte die Farbe der Sonne und raste über die Ebene hinweg. Die von der Dürre erzürnten Sommerflammen verschlangen die Wälder. Die Vögel flogen davon, und auch alle anderen Tiere versuchten, sich in Sicherheit zu bringen.

»Der Stamm … Der Stamm ist in Gefahr«, sagte Ama mit brechender Stimme, während das Bild vor unserem inneren Auge verschwamm.

Das Lager befand sich einen halben Tagesmarsch von uns entfernt, am sandigen Ufer eines Bachs, der durch einen Langnadelwald floss. Es war ein provisorisches Lager, ein Reiselager: Unsere eigentlichen Jagdgründe lagen viele Marschmonate weiter in Richtung der Kälte. Unser gesamter Stamm hatte es verlassen, um sich auf die Suche nach Giganten zu machen.

Es war nämlich so: Nur eine Jagd auf Giganten war eine Große Jagd, und um zum Erwachsenen zu werden, musste man eine Große Jagd mitgemacht haben. Weil Ama, Cato, Ocho und Beri schon so weit waren, hatte Paraqui zwei ganze Jagdzeiten lang in unserer Gegend erfolglos nach diesen Tieren gesucht. Schließlich aber hatte er aufgegeben und beschlossen, mit dem Stamm in Richtung der Wärme zu ziehen, in eine unwirtliche Region, durch die noch nie zuvor Menschen gestreift waren. Viele, viele Tage lang waren wir gelaufen. Der Sommer war eigentlich die Regenzeit, doch je weiter wir gekommen waren, desto trockener und dürrer wurde es, bis die Flüsse nur noch schlammige Rinnsale waren und wir überall gelbes Gras sahen.

Und nun kam das Feuer.

»Was machen wir denn jetzt?«, flüsterte Cato atemlos.

»Wir müssen zum Lager zurück«, antwortete Ocho. »Der ganze Stamm ist in Gefahr, wir müssen ihnen helfen …«

»Stimmt«, bestätigte Ama. »Das gesamte Lager könnte zerstört werden.«

Hona ergriff meine Hand. Ihre war eiskalt. »Ich habe Angst.«

»Yabo hat uns die Botschaft nicht geschickt, damit wir zum Lager zurückkehren«, widersprach Beri. »Habt ihr seinen verzweifelten Schrei nicht gehört? Er will, dass wir fliehen. Unsere Chancen stehen besser als die der anderen im Lager, wir sind vom Feuer weiter entfernt …«

»Du willst sie im Stich lassen?«, schrie Ocho.

»Die Erwachsenen brauchen unsere Hilfe nicht, um gegen das Feuer zu kämpfen. Sie wissen, was sie zu tun haben … Und wir haben die Möglichkeit, uns in Sicherheit zu bringen.«

»Sie brauchen uns. Sie sind unser Stamm!«

Verwirrt blieben wir wie angewurzelt neben dem Kadaver des Blattfressers stehen, unfähig, etwas zu unternehmen.

Ich betrachtete die Bäume, die uns von allen Seiten umgaben. Warum helft ihr uns nicht?, dachte ich. Warum sagt ihr uns nicht, was wir tun sollen?

Doch der Wald hüllte sich in Schweigen, sodass Ama für uns alle entscheiden musste. Sie benutzte keine Wörter, sondern hob den Kopf und lief los, in die Richtung des Sonnenuntergangs. Dorthin, wo unsere Zelte und unsere Familien waren.

Wir folgten ihr, wohl eher aus Gewohnheit als aus anderen Gründen. Hinter Ama lief Cato, hinter ihm Beri, dann kam Ocho. Ich folgte mit einigem Abstand und zerrte Hona hinter mir her, die ständig stolperte und strauchelte.

»Ich habe Angst«, bedeutete sie mir.

»Lauf einfach weiter.«

Wir hatten wieder die Ebene mit dem Klingengras erreicht. Jetzt war der Himmel voller Vögel und alle flogen in die entgegengesetzte Richtung, nicht in unsere. Sie kamen mir wie unheilschwere schwarze Wolken vor.

Ein riesiges Tier mit schweren Ästen auf dem Kopf sprang uns entgegen, ein Ästeschädel, der von einem Rudel Graufelle verfolgt wurde. Der Anführer des Rudels machte einen furchtbaren Satz. Einen Wimpernschlag lang blitzte sein dichtes Fell am Himmel auf und ich war mir sicher, dass er im nächsten Augenblick auf dem Genick des Ästeschädels landen würde, um ihm die Kehle durchzubeißen. Stattdessen aber überholte er den Ästeschädel einfach nur. Die anderen Graufelle taten es ihm nach und rannten weiter, wesentlich schneller als er.

Nun erst fiel mir auf, dass sich Unmengen von Tieren durch das hohe Gras bewegten, Rotfelle und Weißbüschelschwänze, Windläufer und Messerzahnkatzen, Weitspucker und Häuptlingskatzen. Beute und Jäger rasten Seite an Seite nebeneinanderher, mit dem einzigen Ziel, der Gefahr zu entrinnen.

»Ama!«, rief Beri. »Riechst du denn nicht den Rauch? Siehst du nicht, dass der Himmel dort hinten ganz schwarz ist? Diese Wiese wird bald brennen, du kannst mir das glauben, du weißt, dass ich die Gabe des Feuers habe. Wenn wir uns nicht in Sicherheit bringen, sind wir verloren. Schau nur, wie die Tiere flüchten. Ama!«

Ich hob den Kopf und wirklich war die dunkle Wolkendecke in Richtung des Sonnenuntergangs so dick, dass man die Sonne dahinter nicht mehr sah.

»Wem werden wir noch helfen können, wenn wir tot sind?«, versuchte Beri, Ama zu überzeugen. »Wir müssen einen sicheren Ort suchen und warten, bis das Feuer an uns vorbeigezogen ist. Dann können wir zurück ins Lager laufen, zu den anderen.«

»Wie denkt ihr darüber?«, fragte Ama.

»Mochase wird Angst haben«, sagte Ocho. Mochase war seine Schwester. Sie war noch sehr klein und hatte gerade erst das Laufen gelernt. »Ich will zu ihr, ins Lager.«

»Ich finde, dass Beri recht hat«, meinte Cato.

»Zwei gegen zwei«, zählte Ama ab. »Also muss Roqi entscheiden, was wir jetzt machen.«

Alle sahen mich an.

»Seit wann darf Roqi mitbestimmen?« Cato verzog das Gesicht. »Er ist wie Hona … Er ist noch ein Kind.«

»Ich bin genauso alt wie du«, entgegnete ich.

»Und er hat vorhin seine Gabe entdeckt«, fügte Ama hinzu.

Das stimmte *nicht so ganz*. Der alte Yabo hatte den Geistern noch nicht von mir erzählt und auch die Zeremonie nicht abgehalten. Doch ich freute mich, dass Ama an meiner Meinung interessiert war. Zum allerersten Mal.

Cato schüttelte den Kopf, während ich gründlich nachdachte.

»Wenn wir dem Feuer weiter entgegenlaufen, wird es uns verbrennen«, sagte ich schließlich. »Ich glaube, dass sich Paraqui und die anderen Erwachsenen bereits an einem sicheren Ort befinden. Ihre Botschaft an uns war eine Warnung. Wir müssen uns eine Zuflucht suchen.«

Ama wich meinem Blick aus, und erst daran merkte ich, dass sie sicher gewesen war, mich auf ihrer Seite zu haben.

»Dann machen wir es so«, stimmte sie seufzend zu. »Wir folgen den Tieren. Sie haben Erfahrung. Sie laufen zum Wasser.«

Wir gingen los, aber Hona weinte, weil sie nicht mithalten konnte. Also blieb ich stehen und lud sie mir auf den Rücken.

Wir machten kehrt und liefen außen um den Breitkronenwald herum, um ihn nicht durchqueren zu müssen. Ich dachte an den Herrn des Waldes, den ich getötet hatte und den wir einfach liegen gelassen hatten, sodass ihn nun das Feuer fressen würde.

Hona war schwer, ich wankte unter ihrem Gewicht und konnte den Steinen und Löchern nicht so gut ausweichen wie sonst. Das Klingengras zerschnitt mir die Haut, und an meinen Beinen bildeten sich lange blutende Striemen.

Der Wind trug uns den Geruch von Rauch zu. An beiden Seiten wurden wir von Tieren überholt, die vor Angst halb wahnsinnig waren. Schlangen krochen eilig dahin, zu sehr mit ihrer Flucht beschäftigt, um uns zu beißen.

»Ich kann nicht mehr«, rief Cato. »Meine Tasche ist voller Steine … Sie ist zu schwer.«

»Gib her, ich trage sie«, rief Ocho. Er war der Größte von uns und so stark wie ein Wollrücken.

»Kannst du nicht lieber mir mit Hona helfen?«, fragte ich.

Um mich anzufeuern, schickte Ama mir eine kleine, kurze Botschaft, ein Bild, das wenig mehr als eine Hoffnung war: ein Sumpfnadelwald ganz in der Nähe mit großen Bäumen, deren Stämme sich direkt über dem Boden verzweigten, wie die Finger einer Hand.

Die Sumpfnadeln stecken ihre Wurzeln immer ins Wasser. Und Wasser schützt vor Feuer.

»Deine Botschaft stimmt nicht«, murrte Cato.

»Lauf weiter, du wirst schon sehen«, bedeutete Ama ihm und verstärkte ihr Tempo.

So liefen wir weiter, einfach nur weil wir ihr vertrauten, und kurze Zeit später sahen wir die Sumpfnadeln tatsächlich. Um die Bäume herum befanden sich Reste von

Schlamm. An den halb ausgetrockneten Pfützen konnte man erkennen, dass hier einmal ein Sumpf gewesen war.

Wir liefen weiter und unsere Füße sanken immer tiefer im Boden ein. Plötzlich lag ein Teich vor uns. Obwohl er stank, sprangen wir allesamt hinein. Das Wasser war warm und faulig, wir tauchten unter, damit auch die Haare nass wurden, und immer noch hing Hona an meinem Rücken.

Als ich mich wieder aufrichtete, hatte uns das Feuer erreicht. Es war schneller gewesen als sämtliche Tiere. Kochend heiß wirbelte die Luft um uns herum und die Flammen peitschten den Sumpf.

»Taucht unter!«, schrie Ama.

Das Feuer brüllte so laut, dass ich ihre Stimme kaum hören konnte.

Ich ließ mich ins Wasser sinken.

DREI

Ich dachte, wir müssten sterben.

Ich dachte, das Wasser um uns herum würde zu kochen anfangen, wie der Eintopf, den meine Mutter immer für die Versammlung der Tausend Stämme kochte. Wie viele Stunden hatte ich neben dem Feuer gesessen und zugesehen, wie die Fleischstückchen in der Brühe herumtanzten! Heute aber war ich derjenige in der Brühe.

Die Fische sprangen wieder und wieder aus dem Wasser, als seien sie verrückt geworden. Andere Tiere stürzten sich in den Teich hinein, kleine Großohrnager und dicke Grabnager. Von den vielen Lauten, dem Schreien und Quietschen pfiffen mir die Ohren. Das gleißende Licht tat meinen Augen weh.

Ein brennender Zweig fiel von einem Baum und ins Wasser hinein, Tiere schnellten zur Seite.

Das Feuer fraß alles.

Die Welt endete mit einem grellen Blitz.

Dann ging es allmählich vorbei.

Irgendetwas presste mir den Hals zusammen, drückte

Dennoch versuchte auch ich, eine Botschaft zu senden. Ich konzentrierte mich ganz stark auf meinen Vater, auf seine große Nase, auf die tiefe Narbe, die quer über die glatte Haut seiner Wange verlief.

Schau nur, wo wir sind, dachte ich. Wir sind müde und traurig. Vorhin habe ich meine Gabe entdeckt, aber ich weiß gar nicht, ob ich sie wirklich haben will. Komm her und hol uns!

Man hatte mir beigebracht, dass Botschaften am besten funktionierten, wenn auch Bildgedanken dabei waren. Deshalb versuchte ich, alles, was ich sah, in meinen Kopf hineinzusaugen: Ama und Cato und Ocho, die schwankend vor mir hergingen. Und sofort darauf versuchte ich wieder, an meinen Vater und meine Mutter zu denken.

Würde es funktionieren? Ja? Nein? Meine Botschaften kamen fast nie an. Die anderen sagten, dafür hätte ich zu viel Unsinn im Kopf, aber ich konnte es zumindest versuchen.

Wir erreichten etwas, das vor dem Brand ein Wedelwäldchen gewesen war. Jetzt ragten nur noch hier und da verbrannte Holzstümpfe aus dem Boden.

Ama blieb stehen. »Wir schlagen hier unser Lager auf«, beschloss sie.

Ich hob den Blick zum Himmel und stellte fest, dass es nicht mehr lange dauern würde, bis die Sonne unterging.

Mutter Sonne, dachte ich, könntest du nicht noch ein bisschen am Himmel bleiben, wenigstens heute, ausnahmsweise? Lass uns nicht allein, im Dunkeln.

»Ich will nicht hier schlafen«, protestierte Ocho.

»Das will keiner, du Dummkopf«, wies Cato ihn zurecht. »Aber bist du in der Lage, in der Nacht zum Lager zurückzufinden?«

»Wir müssen hier übernachten«, sagte Ama. »Beri kann für uns das Feuer entzünden.«

Ich zuckte zusammen. Nach dem Brand versetzte mich allein schon der Gedanke an Flammen in Panik. Doch ohne Feuer würden wir die Nacht im Dunkeln verbringen müssen, ohne Licht und vor allem ohne Schutz. Sobald sie sich von ihrem Schrecken erholt hatten, würden die Tiere ihre alten Gewohnheiten wiederaufnehmen. Ohne Feuer wären wir für die Raubtiere eine leichte Beute.

Beri hatte wohl etwas Ähnliches gedacht wie ich. Jedenfalls zuckte er mit den Schultern. »Wir müssen kein Feuer entzünden, es genügt, eines zu finden, ein bisschen darauf zu pusten und ihm Holz zu geben, damit es nicht verhungert.«

»Ich gehe sofort Holz suchen«, bot Cato sich an. »Zusammen mit Ama.«

Sie schüttelte den Kopf. »Nein, das kann Beri machen. Warum baust du nicht lieber zusammen mit Ocho einen Unterstand?«

Cato streckte ihr die Zunge heraus und verzog das Gesicht. Dann wechselte er einen Blick mit Ocho, und die beiden zogen los.

»Und ich?«, fragte ich Ama.

»Du suchst zusammen mit mir und Hona nach Essbarem.«

Gemeinsam gingen wir zwischen den verbrannten Wedelbäumen hindurch. Die Asche knirschte unter unseren Füßen. Das Feuer hatte nicht überall auf dieselbe Weise gewütet. Hier und da waren Stellen, an denen das Gras überlebt hatte, und wir fanden Zweige, die zwar außen schwarz waren, in denen innen aber noch Leben steckte.

»Es war gut, dass du dafür gestimmt hast, zum Wasser

zu laufen«, sagte Ama zu mir. »Wenn wir auf das Feuer zugerannt wären …«

Ich schwieg, weil ich nicht wusste, was ich darauf entgegnen sollte.

Wir fanden einen Wedelbaum, der nur zur Hälfte verbrannt war, und machten uns daran, seinen Stamm zu spalten, um an das Wedelherz darin zu kommen. Wedelherzen sind so zart, dass man sie auch roh essen kann.

Wir fanden auch Ährenkraut und gruben die Wurzeln aus: Sie sind weiß und so köstlich, dass ich gleich in eine hineinbiss.

Hona drehte Steine um und sammelte die Maden, die sich darunter versteckten. Knusprig geröstet würden sie herrlich schmecken.

»Das genügt«, meinte Ama schließlich. »Lasst uns zu den anderen zurückgehen.«

Ich drehte mich gerade zu Hona um, als ich ein Tier bemerkte, das hinter verkohlten Baumstämmen hervorgekommen war und nun geradewegs auf mich zutrottete.

Es war ein Blattfresser mit nachtschwarzem Fell. Wo kam der denn auf einmal her? Er war noch sehr jung, doch seine Krallen schienen mir schon lang genug, um mich mit einem einzigen Pfotenhieb in Scheibchen zu schneiden.

Ich blieb wie angewurzelt stehen. Hona dagegen trat einen Schritt vor und streckte dem Tier eine Hand entgegen. Neugierig schnupperte es daran.

»Geh sofort von ihm weg«, signalisierte ich ihr. »Aber langsam, ohne plötzliche Bewegungen, und bring dich in Sicherheit.«

»Er will uns nichts tun«, erwiderte sie. »Er ist noch ganz klein.«

»Ich weiß, ich sehe auch, dass er klein ist, aber er ist trotzdem gefährlich.«

»Ich glaube, dass er das Kind des Blattfressers ist, den du getötet hast. Vielleicht war es sein Vater oder seine Mutter.«

Bei dieser Vorstellung zog sich mir das Herz zusammen. Ich erinnerte mich daran, wie alles angefangen hatte: Ich dachte an den Breitkronenwald. An das Steinewerfen. An die Herausforderung. An den Stein, den ich geworfen hatte.

»Wenn das so ist, ist dieses Tier sicher sehr wütend auf mich«, murmelte ich.

Was, wenn er gefolgt war, um sich zu rächen?

»Los, komm da weg, schnell!«, rief ich.

Unsicher hüpfte Hona auf der Stelle. Schließlich seufzte sie, winkte dem Blattfresser schüchtern zu und lief zu mir. Gemeinsam folgten wir Ama und ließen das junge Tier zurück.

Inzwischen hatten die anderen aus verkohlten Ästen einen Unterstand errichtet und Beri kümmerte sich um ein kleines Feuer.

Als ich die Flammen sah, stöhnte ich unwillkürlich und Hona klammerte sich fest an mich.

Cato spuckte auf den Boden. »Macht nicht so ein Getue«, schimpfte er. »Ich habe Hunger. Habt ihr etwas zu essen gefunden?«

Wir zeigten den anderen unsere Ausbeute und teilten alles untereinander auf.

Als wir gegessen hatten, war es dunkel geworden und der Wind blies immer stärker. Vielleicht war er wütend darüber, dass die Welt geendet hatte. Yabo hätte ihm befehlen können, sich zu beruhigen, doch wir konnten nicht mehr tun, als uns sein Geheul anzuhören.

»Glaubt ihr, dass die anderen nach uns suchen?«, fragte Beri.

»Ich glaube, ja, und morgen werden wir alle zusammen ein großes Fest feiern«, antwortete Ocho.

»Vielleicht sind sie alle tot«, sagte Cato.

»Das ist nicht wahr!«, protestierte Ocho.

»Doch«, hielt Cato dagegen. »Erinnert ihr euch an den Wollrücken, den die Erwachsenen vor fünf Tagen erlegt haben? Er hatte nur ein Auge. So etwas bringt Unglück, Yabo hat das auch gesagt. Ich denke, dass irgendeiner im Stamm das Zeichen hat und das Unglück auf uns zieht.«

»Das ist nicht wahr!«, sagte Ocho wieder.

»Doch, ist es.«

Normalerweise hielt Ocho immer zu Cato. Dieses Mal aber hob er einen Arm und stieß ihn in die Seite. Cato sprang auf, packte Ocho an den versengten Haaren und prügelte und trat auf ihn ein. Ocho zögerte nicht, sich mit aller Kraft zu wehren.

»Hört auf!«, befahl Ama. »Findet ihr nicht, dass wir auch so schon genügend Schwierigkeiten haben?«

Sie hatte recht. Das Ende der Welt war gekommen, und nichts mehr war so, wie es gewesen war.

Ich fühlte mich so zerbrechlich und wehrlos wie ein Blatt.

»Schwester«, sagte Hona, »warum erzählst du uns nicht eine Geschichte?«

»Bitte«, flüsterte ich.

Yabo sagte immer, dass Geschichten eine Medizin sind, denn sie vertreiben die Kälte und einen den Stamm. Und sie machen Mut.

»Ja, Ama, eine Geschichte«, bat Beri.

»Ja«, sagte Ocho.

Cato schwieg, aber es war klar, dass auch er auf eine Geschichte wartete.

Also stand Ama auf. »In Ordnung. Welche Geschichte wollt ihr hören?«

»Die der fünf«, erwiderte Hona. »Die Geschichte der fünf und der alten Frau, die sie gerettet hat.«

»Du willst immer dieselbe hören.«

»Weil es meine Lieblingsgeschichte ist.«

»In Ordnung«, sagte Ama noch einmal. »Wie du willst. Dann hört mir also zu.«

VIER

»Bevor wir alle hier geboren wurden, fand eine Versammlung der Tausend Stämme statt. Menschen kamen aus allen Regionen der Erde zusammen und ihre vielen Zelte sahen in der Ebene wie eine riesige Wollrückenherde aus.«

Ich lächelte, denn ich konnte sie beinahe vor mir sehen, diese Zelte, die rund wie auf den Boden gekauerte, schlafende Wollrücken waren. Ama konnte *wirklich* gut erzählen.

»Jagden wurden veranstaltet, Lieder gesungen. Die Klingenschneider verglichen die Kanten, die sie in ihre Feuersteine gemeißelt hatten, die Flechter flochten um die Wette Seile und Körbe, die Heilerinnen tauschten untereinander ihr Wissen aus. Auch die Schamanen trafen sich, und eine ganze Nacht hindurch lauschten sie gemeinsam den Stimmen aus der Welt des Rauchs. Am nächsten Morgen verkündeten sie, dass derjenige Stamm, der als Erster einen Ästeschädel erlegte, von den Geistern ein großes Geschenk erhalten sollte.«

»Und Vater hat gewonnen, nicht wahr?«, rief Hona dazwischen.

Natürlich wussten das alle, aber man soll Erzählern nicht

vorgreifen, und deshalb machten wir »Pscht!«, um sie zum Schweigen zu bringen.

»Tagelang streiften die Jäger der einzelnen Stämme umher, um im Herzen der Wälder Ästeschädel aufzuspüren. Endlich entdeckte Paraqui einen davon …«

»Es war Iquo, mein Vater, der ihn fand«, warf Cato ein.

»Du hast recht. Iquo spürte ihn auf und Paraqui tötete ihn. Als die Jäger mit den Ästen des Ästeschädels zu den anderen zurückkehrten, wurden sie von allen beglückwünscht. Außer von Yabo, der sagte, dass Wunder immer einen Preis haben.«

Mit einer heftigen Böe unterstrich der Wind diese Worte und mir war, als würde er Ama ebenfalls zuhören.

»Die Versammlung endete und die Stämme trennten sich. Auf dem Weg zurück in die eigenen Jagdgründe entdeckte Paraquis Frau Aqe, dass die Geister ihr das Mondblut nicht geschickt hatten. Sie erwartete ein Kind.«

Ama legte eine Pause ein und sah uns über das Lagerfeuer hinweg an, denn sie wusste, dass an dieser Stelle immer dieselbe Frage kam.

»War das denn das Wunder?«, wollte Ocho wissen.

»Nein«, antwortete Ama. »Doch wenige Tage später passierte den anderen Frauen dasselbe. Yohos Frau Qereba merkte, dass sie schwanger war. Biros Frau Nia ging es genauso, und auch Palis Frau Era und Iquos Frau Cume.«

Ich lächelte und stellte die Frage, die an dieser Stelle stets gestellt wurde: »Fünf Kinder, alle gleichzeitig?«

»Genau.«

»Ja, das war tatsächlich ein Wunder!«

Ama nickte, doch gleich darauf wurde ihr Gesichtsausdruck sehr ernst. »Ein Wunder und auch ein Unglück, denn für den Stamm bedeutete das fünf weitere hungrige Mäuler, und fünf Jägerinnen, die für lange Zeit ausfallen würden. Yabo von den Geistern bat die Herren des Rauchs, die Geburt von einem oder zwei dieser Kinder zu verhindern … Doch sie kamen dieser Bitte nicht nach. In einer Vollmondnacht schenkte Aqe einem Mädchen das Leben. Einen Tag später brachte Cume einen Jungen zur Welt. Kurz darauf gebaren auch Qereba und Era. Schließlich, knapp einen Mond später, bekam Nia einen Sohn.«

Sie brauchte nicht zu erklären, wer diese Kinder waren, denn das wussten wir alle. Ama, dann Cato. Beri. Ocho. Und als Letzter ich.

Fünf Geburten, in jeder Familie des Stammes eine.

»Und daraufhin mussten unsere Eltern hungern?«, fragte Hona.

»Ja. Es gab nicht genug Nahrung für alle. Yabo bat die Herren des Rauchs, eines der Kinder sterben zu lassen, vielleicht das kleinste und schwächste.«

Ich senkte den Kopf, weil ich nicht wollte, dass Ama jetzt mich ansah.

Doch sie erzählte sofort weiter: »Großmutter Chila dagegen behauptete, man brauche sich keine Sorgen zu machen, weil der Stamm bald auf einen Giganten stoßen würde. Sein Fell würde unsere Zelte gegen die Kälte schützen und sein Fleisch würde auf lange Zeit alle ernähren. Chila behielt recht: Fünf Tage später fanden Pali und Biro die Spur des großen Tiers und der Stamm bereitete sich auf die Jagd vor. Obwohl die Frauen sie dieses Mal nicht unterstützen konnten, gelang es den Männern, den Giganten zu erlegen. Das Tier opferte sich und der Stamm hatte genügend zu essen und kam gut über den Winter.«

Wir seufzten alle gleichzeitig. Zwar hatte mir mein Vater schon oft erzählt, wie er und Pali die Fährte des alten Gigantenbullen entdeckt und Jagd auf ihn gemacht hatten. Und wie das Tier tapfer gekämpft hatte, bevor es sein Leben hingab. Doch Ama vermochte es so zu erzählen, dass man es wie in Bildern vor sich sah.

»So, genug für heute«, verkündete sie. »Ich bin müde.«

Hona sprang auf. »Nein, das geht nicht! Die Geschichte ist noch nicht zu Ende. Was ist danach passiert?«

»Das weißt du doch. Drei Jahre später bekamen Paraqui und Aqe eine weitere Tochter, die sie Hona nannten und die bisher noch keine Gabe hat, die aber sehr brav ist und deshalb jetzt gleich schlafen wird. Ende.«

FÜNF

Das Lager unseres Stammes befand sich in einem Langnadelwald zweihundert Schritt von einem Fluss entfernt, der nur noch wenig Wasser führte.

Ich fragte mich, ob dieses schmale Rinnsal genügt hatte, um den Stamm zu retten. War es den Alten, wie Großmutter Chila, Catos Großvater Miso oder auch dem mächtigen Yabo gelungen, vor dem Feuer zu fliehen, so wie wir es getan hatten?

»Eigentlich sollte das Lager hier ganz in der Nähe sein«, meinte Ama. »Aber ich kann die Bäume noch nicht sehen.«

Vor uns lag eine baumlose graue Ebene, aus der hier und da Felsen oder einzelne Baumstämme ragten, die aus irgendwelchen Gründen nicht ganz verbrannt waren.

Ich dachte, dass dies unser Langnadelwald sein müsste und dass die Bäume alle verbrannt waren, aber ich wollte es nicht aussprechen, das wollte ich Ama nicht antun.

Cato war weniger rücksichtsvoll. »Bist du blöd?«, platzte er heraus. »Die Langnadeln gibt es nicht mehr. Sie sind zu *diesem Zeug* geworden!«

Am liebsten hätte ich ihn geschlagen, obwohl ich wusste,

dass ich dann selbst jede Menge Prügel würde einstecken müssen, denn Cato war stärker als ich und Ocho war stets bereit, ihm beizustehen.

Beri zeigte zum Himmel. »Schaut nur! Kadavervögel!«

Mit ihren schwarzen Flügeln und den gebogenen nackten Hälsen, die rot waren wie Zungen, kreisten sie über einem Punkt, der etwas mehr als tausend Schritt vor uns lag.

»Denkt ihr, dass …?«, flüsterte Ama.

Ocho schüttelte den Kopf. »Das muss nichts heißen. Hier liegen überall tote Tiere herum.«

Trotzdem rannten wir los, auf die Stelle zu, über der die Kadavervögel kreisten.

Als wir sie erreicht hatten, begriffen wir, dass die Vögel tatsächlich über unserem Lager flogen. Das Lager hatte ursprünglich aus fünf eng beieinanderstehenden kuppelförmigen Zelten bestanden, die ein Gerüst aus Ästen und Knochen hatten, über dem Tierhäute gespannt waren. Von all dem war nichts mehr übrig geblieben.

Es gab nur noch Asche, eine weiche graue Masse, in der wir bis zu den Waden versanken.

Ich erkannte sofort den schräg in den Boden gerammten Gigantenstoßzahn wieder. Er stammte von jenem Bullen, der sich geopfert hatte, damit wir fünf überleben konnten. Yabo von den Geistern hatte ihn aufgehoben und für jeden Giganten, den der Stamm in den folgenden Jahren erlegt hatte, eine Kerbe hineingeschnitten. Insgesamt waren es vier Kerben.

Schweigend gingen wir auf den rußgeschwärzten Stoßzahn zu.

Ama fuhr mit einem Finger über die Kerben. »Zwei. Drei. Vier«, sagte sie. »Es ist tatsächlich Yabos Stoßzahn.«

»Pfff«, machte Cato gereizt. »Natürlich. Wie viele andere Lager kennst du noch hier in der Gegend?«

»Aber wo sind sie alle hin?«, fragte Hona, an mich gewandt.

»Sie werden weggelaufen sein«, antwortete Ocho schnell. »Ihnen wird keine Zeit mehr geblieben sein, um die Zelte abzubrechen. Sicher sind sie einfach nur losgerannt …«

»Und warum haben sie uns dann keine Botschaften geschickt?«, fragte Cato.

»Vielleicht haben wir sie einfach nicht empfangen«, erwiderte Ama. »Schnell, schauen wir uns um. Irgendwo hier muss es Fährten geben, die zum Fluss führen.«

Wir liefen in Richtung Fluss. Auf einem hakenförmigen Felsen hockte ein Todesflügel. Das war ein Vogel, der so ähnlich wie ein Kadavervogel aussah, aber wesentlich größer war. Immer wieder tauchte er mit seinem hässlichen Kopf in die Ascheschicht ein. Er schien etwas zu fressen.

Cato fand einen Stein und warf ihn nach dem Vogel, doch dieser riss lediglich den Schnabel auf und stieß einen heiseren, grässlich klingenden Laut aus. Todesflügel sind sehr kräftig und aggressiv, sie können kleine Kinder rauben und sie mit Haut und Haar verschlingen. Dem Vogel schien Catos Wut jedoch Angst zu machen, und er flog davon. Die Kadavervögel oben am Himmel vergrößerten ihren Kreis, um ihn durchzulassen.

»Spuren, Spuren«, rief Ama. »Ocho, siehst du irgendetwas?«

Ocho war der beste Spurenleser von uns allen, aber in der Asche gab es nur Kriechspuren von Schlangen, Krallenspuren von Todesflügeln und Pfotenabdrücke von Graufellen und Gelbfellen.

Zum Flussufer hin wurde die Ascheschicht dicker, inzwischen sank ich fast bis zur Mitte der Oberschenkel ein. Das Gehen wurde immer anstrengender.

»Aua!«, schrie Beri. Er hob einen Fuß aus der Asche und untersuchte die Fußsohle. Ein langer blutender Schnitt.

»Aber was …?!«

Er stocherte in der Asche herum und holte eine rote Feuersteinklinge heraus, die ungefähr die Form einer Feder hatte.

Uns war diese Klinge nicht weniger vertraut als Yabos Gigantenstoßzahn. Es war die Klinge des Messers von Paraqui, dem Vater von Ama und Hona und dem Anführer unseres Stammes. Er trug es stets bei sich.

Cato kniete sich hin und wühlte in der Asche herum, bis er eine dünne weiße, sehr fein gearbeitete Steinnadel herauszog. Auch diese Nadel war unverwechselbar. Es war die Nadel, mit der Ochos Familie die Zelte reparierte.

»Es ist alles hier drunter«, schrie Cato mit brechender Stimme. »All unsere Sachen … Sie sind alle hier! Alle hier!«

Ocho ließ sich neben ihn fallen und grub mit beiden Händen. Er brachte einen seltsam geformten langen schwarzen Knochen zum Vorschein, ein Knochen, der von keinem uns bekannten Tier stammen konnte.

Plötzlich begriff ich, und Ocho ebenfalls, er ließ den Knochen fallen und wir alle waren wie erstarrt. Wir wussten nicht, wie wir es ausdrücken sollten … Das.

»Was war das?«, rief Hona, lief zu Ama und klammerte sich zitternd am Lendenschurz der Schwester fest.

Ama schickte uns eine Botschaft, wohl eher aus Versehen. Es war ein Bild unserer Zelte, die vom Feuer gefressen wurden, ein Bild von Ochos Mutter, wie sie mit der kleinen

Mochase im Arm floh, von Catos Vater, der sich Großvater Miso auf den Rücken lud, um ihn in Sicherheit zu bringen, von Chocori und Pira, die mit brennenden Lendenschurzen auf den Fluss zustürzten und plötzlich vor einer Reihe lodernder Langnadeln standen.

Sie hatten das Wasser nicht erreicht.

Die brennenden Bäume hatten ihnen den Weg versperrt.

Die Botschaft nahm mir die Luft. Ich fiel auf die Knie, hob den Kopf und heulte den Himmel an, wie ein Graufell den Mond. Meine Augen füllten sich mit Tränen und Beri heulte mit mir mit. Dann fiel Ocho mit ein, danach Cato, Hona, wir wälzten uns heulend in der Asche. Nur Ama nicht, sie war stehen geblieben, wie angewurzelt, den Kopf voller Bilder, die vermutlich noch entsetzlicher waren als jene, die sie unabsichtlich an uns weitergegeben hatte.

Auf einmal geschah etwas, das ich mir nicht erklären konnte: Ich verwandelte mich in einen Vogel, einen großen Todesflügel mit schneeweißem Gefieder und Augen aus Rauch. Ich schüttelte mich und flog auf, flog über das Lager hinweg, das es nicht mehr gab, über den Stamm hinweg, den es nicht mehr gab, immer höher und höher hinauf, und dabei sang ich ihre Namen wie ein Lied, wie etwas Wichtiges, das ich nicht vergessen durfte.

Großmutter Chila, Yabo von den Geistern, Yoho und Qereba, Paraqui und Aqe, Chocori, Großvater Miso und Iquo, Cume, Tufi, Pali, Era, Mochase, Piro … und Biro, mein Vater, und Nia, meine Mutter …

Ich flog, und diese Namen flogen mit mir davon, so als wären sie aus Rauch. Auch ich wollte zu Rauch werden.

Es konnte nicht sein.

Es konnte nicht geschehen sein.

Ein ganzer Stamm konnte nicht einfach so verschwinden, er konnte nicht vom Feuer verschlungen worden sein. Und falls doch, dann wollte ich bei ihnen sein, ein Herr des Rauchs werden wie die anderen und für immer in der Luft und im Himmel leben.

Der Stamm war meine Seele. Und ein Mensch ohne Seele ist nichts mehr. Nur noch eine leere Hülle, die vielleicht herumläuft oder auf die Jagd geht, aber hinter deren Augen Leere herrscht, die sich in nichts von einer zerbrochenen Muschelschale unterscheidet.

Wie kann man nach dem Ende der Welt weiterleben?

Ich schwang die Flügel, um mich immer weiter zu entfernen, um mir die Seele aus dem Körper zu reißen und nie mehr zurückzukehren. Ich hatte es beinahe schon geschafft, beinahe war es mir gelungen, mein Herz und meinen Atem anzuhalten, als mich etwas packte und mit aller Kraft nach unten zog.

Ich stürzte zu Boden und schaute auf eine Nase. Eine dicke, schwarze und feuchte Nase. Sie war gegen meine Stirn gekracht und dadurch war ich vom Himmel gestürzt.

Gleich hinter der Nase kamen zwei kleine Augen. Sie starrten mich an. Unter der Nase ein pelziges Maul, mit Zähnen, die aus den Seiten der Kiefer wuchsen, um in der Mitte einer langen rauen grauen Zunge Platz zu lassen. Die mir nun das Gesicht ableckte. So heftig leckte, dass es schmerzte. Dann kam eine Pfote auf mich zu, mit zwei Krallen, die länger als mein Kopf waren. Ich dachte, gleich würden sie mich durchbohren, und rollte mich zur Seite weg.

Da rief Hona: »Er will dir nicht wehtun! Das ist doch bloß Chiri.«

Ich war so erschüttert, dass mein Gehirn nicht richtig

funktionierte, nur ganz langsam. Deshalb dauerte es eine ganze Weile, bis ich endlich begriff, was geschehen war.

Ich hatte das Lager meines Stammes erreicht.

Es war vollkommen zerstört.

Der Schmerz darüber hätte mich beinahe in einen Geist verwandelt, in einen Todesflügel, in einen Herrn des Rauchs.

Gerade noch rechtzeitig hatte mich etwas ins Leben zurückgeholt. Und dieses Etwas war das Junge des Blattfressers, das wir in der vorangegangenen Nacht im Wald gesehen hatten.

Offenbar hatte Hona ihm auch schon einen Namen gegeben.

SECHS

Das Fell des jungen Blattfressers war nicht schwarz, wie es mir in der vergangenen Nacht vorgekommen war, sondern braun, mit lustigen hellen Kreisen rings um seine Augen. Auf allen vieren stehend war er so hoch wie ich, und rundlich, vor allem aber war er *lebendig* inmitten dieser aschenen Einöde. Vielleicht war das der Grund, warum ich ihn so lange betrachtete und dabei das Gefühl hatte, aus einem Traum zu erwachen.

Die anderen versammelten sich um mich herum, aschegrau wie Geister.

Blattfresser haben selten Angst vor Menschen, wir müssen ihnen wohl ziemlich klein vorkommen. Doch ich hatte noch nie erlebt, dass sich einer einem Menschen derart unbefangen näherte. Der junge Blattfresser hatte mich berührt und stand immer noch so nahe bei mir, dass ich ihm die Schnauze hätte streicheln können.

Cato hatte plötzlich eine Steinklinge in der Hand.

»Töte ihn, Roqi«, raunte er. »Wir haben Hunger. Dieses Tier wird uns Fleisch für viele Tage liefern.«

Das stimmte, aber gleichgültig, ob ich wirklich diese

Gabe besaß oder nicht: Niemals wäre ich fähig, auf diese Augen zu zielen, die mich weiterhin unverwandt ansahen.

»Chiri ist nicht zum Essen da«, sagte Hona. »Er ist mein Freund.«

Sie lief zu dem Blattfresser und stellte sich mit ausgebreiteten Armen vor ihn hin, um ihn vor mir zu beschützen.

»Ganz ruhig«, bedeutete ich ihr. »Ich will ihm nichts tun.«

»Wieso denn nicht?«, wollte Ocho wissen.

»Es ist das Junge von dem Blattfresser, den ich gestern getötet habe«, erklärte ich. »Keine Ahnung, wie es dem Feuer entkommen konnte, aber … Es folgt uns. Wir haben es gestern gesehen, als wir nach Essbarem gesucht haben.« Wie sollte ich fortfahren? Ich zögerte. »Es hat seine Mutter oder seinen Vater verloren, genau wie wir unsere Eltern.«

Chiri, also der junge Blattfresser, verlagerte sein Gewicht auf die Hinterbeine, stützte sich mit dem Schwanz ab, gähnte und rieb sich mit einer Pfote den Bauch. Er hatte Hunger. Das erinnerte mich daran, dass ich ebenfalls hungrig war. In den letzten zwei Tagen hatte ich nur ein einziges Mal gegessen, und das war nicht eben viel gewesen.

Ama schien dasselbe gedacht zu haben.

»Wir überqueren den Fluss«, sagte sie. »Auf der anderen Seite werden wir Spuren finden … wir dürfen die Hoffnung noch nicht aufgeben. Dahinten sehe ich ein bisschen Grün, das Feuer hat sich jenseits des Flusses nicht weiter ausgebreitet.«

»Dann geben wir das Lager also auf?«, fragte Cato. »Unter der Asche liegen all unsere Sachen.«

Auch ohne weitere Diskussionen oder Botschaften begriffen wir alle sofort, was wir zu tun hatten. Ama, Ocho und Beri gingen zum Fluss. Hona und der junge Blattfresser folgten ihnen nach kurzem Zögern. Cato und ich dagegen kehrten zu den Überresten unseres Lagers zurück und durchwühlten mit unseren Wurfstöcken die Asche.

Ich meinte, ungefähr zu wissen, wo unser Zelt gestanden hatte, und fing an dieser Stelle an zu suchen.

»Du irrst dich«, sagte Cato. »Es war nicht dort drüben, sondern hier.«

Er zeigte mir einen Gegenstand, den er soeben zutage gefördert hatte: die Speerschleuder meines Vaters.

Mein Vater hatte sie aus der Hälfte eines Ästeschädelknochens gebaut, sie war schmal und elegant, vorn mit einem Griff und am hinteren Ende mit einer Verdickung, die den eingelegten Speer blockierte. Ich war dabei gewesen, als er mithilfe dieser Speerschleuder einen fliehenden Windläufer aus hundert Schritt Entfernung getroffen hatte.

»Eines Tages wirst du das ebenso gut können«, hatte er immer zu mir gesagt. »Du wirst schon sehen. Es ist nur eine Frage der Übung.«

Dieses Bild meines lächelnden Vaters, der mit der Speerschleuder, dem Bogen und einem Köcher voller Pfeile auf die Jagd ging, krallte sich in meinem Herzen fest und sofort war der ganze Schmerz wieder da.

»Fang bloß nicht wieder an zu weinen«, sagte Cato. »Los, graben wir weiter.«

Es lohnte sich, denn insgesamt holten wir viel Brauchbares unter der Asche hervor: dreizehn Lanzenspitzen und achtzehn Messerklingen, vier Axtköpfe, Aqes umfangreiche Sammlung von Knochennadeln, zwei Schädel von Schwarzen Pelzriesen, in denen wir Feuer transportiert hatten, um es nicht jedes Mal neu entzünden zu müssen, ungefähr zwanzig Angelhaken aus dem Besitz meines Vaters und eine Tasche voll unbearbeiteter Feuersteine, die inmitten der Asche von Catos Zelt gelegen hatten (sein Vater Iquo hatte nämlich ebenfalls die Gabe des Steins, genau wie Cato).

Sämtliche Werkzeuge und Waffen hatten im Feuer ihre Holzgriffe eingebüßt. Auch alle Schüsseln waren verbrannt, alle Körbe und Zeltstangen, die Felle und Tierhäute, Kleidungsstücke und Sandalen, die Gerüste, auf denen wir Fleisch und Fisch getrocknet hatten, und überhaupt alles andere.

Mit etwas Mühe zerrten wir Yabos Gigantenstoßzahn aus der Asche. Cato befestigte seine Tasche daran und ich zog meinen Lendenschurz aus, um ihn zu einem Beutel zu knüpfen und an den Stoßzahn zu hängen. Den Beutel füllten wir mit unseren Fundstücken. Dann legten wir uns die Enden des Stoßzahns auf die Schulter. Cato ging vorn, ich hinten, und bald hatten wir den Fluss erreicht.

Es war genau, wie Ama gesagt hatte: Der Fluss stellte die äußere Grenze des Waldbrandgebiets dar. Jenseits des gegenüberliegenden Ufers war das Feuer nur auf wenige Bäume übergesprungen, und weil sie in Richtung Fluss umgestürzt waren, hatten sich die Flammen nicht weiter ausgebreitet.

Der Anblick des vollkommen unbeschädigten Langnadelwalds schenkte mir neue Hoffnung: Vielleicht hatten sich doch ein paar unserer Angehörigen retten können.

Der Fluss war nicht sehr tief und Cato und ich konnten einfach hindurchwaten. Der Fährte der anderen folgend, gelangten wir auf eine kleine Lichtung, auf der sie bereits ein Lager aufgeschlagen hatten.

Ich war froh darüber, denn ich konnte mir nicht vorstellen, in der Asche unseres alten Lagers zu schlafen. Jener Ort wurde von Geistern und traurigen Gedanken heimgesucht.

»Habt ihr Spuren gefunden?«, fragte ich. »Dinge, Zeichen, irgendetwas?«

Ama schüttelte den Kopf. »Nichts, überhaupt nichts. Viele Tiere haben den Fluss überquert, aber keine Menschen. Kein Mann, keine Frau, kein Kind.«

»Seid ihr sicher?«

»Ich habe alles genau geprüft«, erwiderte Ocho mit rauer Stimme.

Also war dies die traurige Wahrheit: Die anderen hatten sich nicht retten können. Der Stamm war verschwunden. Nur wir waren noch übrig.

»Wir können weitersuchen«, schlug Ama vor. »Vielleicht finden wir doch noch etwas. Aber jetzt müssen wir uns erst einmal ausruhen und etwas essen.«

Während wir in der Asche gegraben hatten, hatten die anderen im Fluss silbrige fingerlange Fische gefangen, die Beri gerade auf einem großen flachen, mitten ins Feuer gelegten Stein briet. Als er fand, dass sie gar seien, warf er sie uns einzeln zu und wir steckten sie in den Mund, mit Gräten und allem anderen.

»Was macht der kleine Blattfresser?«, fragte ich, weil ich ihn nirgends entdecken konnte. »Ist er wieder nach Hause gegangen?«

»Er hat kein Zuhause mehr«, entgegnete Hona. »Ich glaube … Ich glaube, er möchte bei uns bleiben. Aber er mag das Feuer nicht, deshalb hat er sich versteckt.«

»Besser so«, knurrte Cato. »Wenn mir dieser Flohbeutel zu nahe kommt, steche ich ihn nieder. Und dann ziehe ich ihm das Fell über die Ohren und esse ihn auf.«

Ocho kicherte.

Hona aber wurde leichenblass. »Das meinst du nicht wirklich!«

»Doch, deshalb ist es besser, wenn er sich von mir fernhält. Das meine ich ganz im Ernst.«

Ich legte Hona eine Hand auf die Schulter. »Er macht nur Spaß. Niemand will deinem Freund etwas tun.«

Wir schwiegen. Man hörte den Fluss, das Rauschen der Zweige und die schrillen Rufe eines Schreivogels, der auf einer Langnadel in unserer Nähe nistete. Vielleicht konnten wir später Eier suchen gehen.

Ama schaute all die Dinge durch, die Cato und ich gefunden hatten.

»Für diese Klingen benötigen wir neue Griffe«, stellte sie fest. »Und wir müssen ein Zelt bauen. Felle und Häute für Kleidung brauchen wir auch … Wir können nicht nackt wie Tiere herumlaufen.« Sie warf Cato und mir flüchtige Blicke zu, weil wir beide keine Lendenschurze mehr trugen.

»Warum denn nicht?«, meinte Cato grinsend. »Gefällt dir mein Vögelchen etwa nicht?«

Ama wurde rot. »Dummkopf.«

Ich räusperte mich. »Unter der Asche liegt noch viel mehr. Wir brauchen Rückentragen. Und um welche zu machen, benötigen wir Seile. Kümmerst du dich darum, Ocho?«

Dieser zuckte mit den Schultern. »Ja, aber ihr müsst mir helfen. Auch wenn ich die Gabe habe – allein schaffe ich das nicht.«

Er hatte recht, und so gingen wir, nachdem wir fertig gegessen hatten, mit ihm Klingengras und Seilgras suchen. Seilgras eignet sich nicht nur für die Herstellung von Seilen, sondern schmeckt auch in einer Suppe sehr gut.

Als wir genügend Halme gesammelt hatten, kehrten wir zum Lager zurück, hockten uns auf unsere Fersen und fingen an zu flechten.

Ich mochte diese Arbeit gern, auch wenn ich die Technik nicht so gut beherrschte wie Ocho. Ich nahm ein Bündel Halme in die Hand und rieb und drehte sie hin und her, um die Pflanzenfasern geschmeidig zu machen. Als sie mir weich genug vorkamen, teilte ich das Bündel in zwei kleinere und legte mir das eine zwischen Daumen und Zeigefinger der linken Hand und das andere zwischen Zeige- und Mittelfinger. Mit der rechten Hand drehte ich das erste Bündel fest zusammen, dann das zweite. Anschließend verzwirnte ich beide Bündel miteinander, dieses Mal allerdings in der anderen Richtung. So machte ich immer weiter, indem ich die Bündel zuerst einzeln nach vorn zusammendrehte und dann beide zusammen nach hinten.

Sobald man das ein paarmal getan hat, können die Hände es von allein, der Kopf wird frei und man kann gut nachdenken. Nur dass sich mein Kopf an jenem Tag sofort mit schmerzvollen Bildern füllte.

Den anderen ging es wohl genauso, denn Ocho murmelte leise vor sich hin: »Ich begreife es immer noch nicht. Das Wasser war doch so nah … Wir sind zweihundert Schritt vom Fluss entfernt und hier hat der Wald überhaupt nichts abbekommen. Es sieht aus, als wäre gar nichts passiert. Wie kann es sein, dass kein Einziger überlebt hat?«

»Der Wind trieb die Flammen auf das Lager zu«, vermutete Beri. »Er hat die brennenden Bäume so umgeknickt, dass sie auf sie draufgefallen sind. Ich glaube, es war wie ein Berg, ein unüberwindbarer brennender Berg. Sie haben es nicht bis zum Wasser geschafft.«

Ungefähr so hatte ich es mir ebenfalls vorgestellt.

Doch Cato spuckte auf den Boden und schüttelte den Kopf. Er schloss eine Hand zur Faust und hielt die andere mit der Handfläche nach unten.

Ama sprang auf. »Mach das nicht!«, rief sie.

»Und warum?«

»Weil es das Unglückszeichen ist«, erwiderte Ama.

»Ich weiß sehr wohl, was das ist«, sagte Cato. »Das große Unglück. Und jemand aus dem Stamm hatte es an sich. Wie soll man es sich sonst erklären? Der Fluss war so nah und trotzdem unerreichbar … Auch der Wind war gegen sie. Zu viel Unglück, das da zusammengetroffen ist. Es bedeutet, dass jemand von uns verflucht war.«

Er machte das Zeichen noch einmal, so nachdrücklich, dass ich eine Gänsehaut bekam.

»So etwas darfst du nicht sagen«, protestierte Beri. »Es ist nicht … Es ist nicht richtig.«

»Wenn jemand tatsächlich das Zeichen gehabt hätte, hätte Yabo ihn getötet«, stellte ich fest. »So macht man es mit den Gezeichneten. Yabo hätte ihn daran gehindert, uns zu schaden.«

»Vielleicht konnte Yabo ihn nicht töten. Oder vielleicht hatte er es vor. Meine Mutter, ja, die hatte es begriffen. Alles«, sagte Cato. »Denkt doch mal darüber nach. Wir vier entdecken unsere Gaben, und plötzlich gibt es weit und breit keine Giganten mehr. Wir brechen zu einer Reise auf, meistern unzählige Schwierigkeiten, und dann passiert dieses Unglück … Das Zeichen ist die einzige Erklärung. Meine Mutter wusste, wer es trägt. Sie war zu Yabo gegangen, aber er wollte nicht auf sie hören.«

»Wer war es?«, rutschte es mir heraus.

Cato grinste böse. »Ich werde es euch sagen, wenn der Moment gekommen ist.«

Seine Worte klangen wie eine Drohung.

SIEBEN

Wir flochten weiter Seile, bis Hona gähnte und anfing, mit den Knochennadeln ihrer Mutter zu spielen. Sie legte sie in einer Reihe in den Sand.

»Hona, hör auf damit und hilf uns lieber«, schimpfte Ama.

»Aber ich bin müde.«

»Wir sind alle müde, doch wir müssen ...«

Cato stand auf und wischte sich den Sand von den mageren Beinen. »Warum *müssen* wir? Wer kann uns jetzt noch dazu zwingen, etwas zu tun?«

Ama seufzte. »Wir brauchen jede Menge wichtiger Dinge und niemand wird sie für uns anfertigen.«

»Das bedeutet viel Arbeit«, sagte Cato. »Ich habe aber erst mal genug. Ich will im Fluss baden und mich ausruhen und alles ... alles vergessen.«

»Wir können uns nicht ausruhen und baden gehen. Wir müssen arbeiten, sonst ...«

Cato achtete nicht auf sie. Er hatte sich bereits umgedreht, stieß einen wilden Schrei aus und rannte zum Fluss. Gleich darauf hörten wir es platschen.

Ocho nahm das zum Anlass, mit dem Flechten aufzuhören und ebenfalls zum Fluss zu laufen. Er und Cato rauften im Wasser miteinander, bevor sie wieder rauskamen, Beri an Armen und Beinen packten und ihn zum Fluss schleppten.

Hona folgte ihnen lachend, sodass nur noch Ama und ich bei den Seilen blieben. Sie sah traurig aus. Und wütend.

»Sie sind kindisch. Jetzt, wo die anderen nicht mehr da sind, sind wir auf uns allein gestellt, und …«

Ich hörte nicht wirklich zu. Auch ich schaute zum Fluss hinüber und hielt es kaum noch aus, nicht hineinzuspringen.

Endlich merkte sie es und gab mir einen Schubser. »Na los, geh du auch!«

Das ließ ich mir nicht zweimal sagen, und kurz nach mir sprang auch sie ins Wasser.

Wir schwammen und planschten den ganzen Nachmittag und vergaßen darüber das, was passiert war. Auf einmal war alles wieder genau so, wie es vorher gewesen war.

Doch als wir müde und triefnass aus dem Wasser kamen und schon wieder Hunger hatten, war keine Mutter von Beri mit einer Schale Obst zur Stelle, und auch nicht meine Mutter, um mich auszuschimpfen, weil ich meine Sandalen verloren hatte. Es gab auch kein großes Feuer mitten im Lager und kein großes gemütliches Zelt, in dem man nachts vor Raubtieren sicher war.

Deshalb fing Hona an zu schluchzen, als wir zu unserem inzwischen erloschenen Lagerfeuer zurückkehrten. Ich hätte am liebsten etwas gegessen und mich gleich danach schlafen gelegt, aber wir hatten noch sehr viel Arbeit vor uns.

»Teilen wir die Aufgaben auf«, schlug Ama vor.

Ocho und Cato machten sich daran, einen Unterstand zu bauen, Beri entfachte das Feuer und Hona flocht weiter Seile. Ama und ich zogen los, um nach Essbarem zu suchen.

Sie zeigte auf die Speerschleuder, die ich an meinem Gürtel befestigt hatte. »Das ist ja die von deinem Vater.«

»Cato hat sie gefunden … Ich will viel üben. Ich kann noch nicht besonders gut damit umgehen«, gestand ich.

»Roqi ohne Gaben, der immer Krach macht und die Tiere verscheucht. Du wühlst mit dem Wurfstock in der Erde herum, anstatt mit ihm nach einem Vogel oder einem anderen Tier zu werfen. Warum?«

Ich zuckte die Schultern. »Das habe ich doch schon gesagt. Ich kann nicht gut werfen.«

»Das habe ich auch immer gedacht. Wir alle haben das gedacht. Gestern aber hast du den Blattfresser mit einem einzigen Wurf getötet. War das einfach nur Glück … oder doch Gabe?«

Wir waren am Flussufer angelangt. Ama zog ihre Sandalen und den Lendenschurz aus, sodass ich ihre runden Hinterbacken sah, und ging ins Wasser, das ihr ungefähr bis zur Mitte der Wade reichte. Mit leicht gebeugten Knien und weit ausgebreiteten Armen beobachtete sie das Wasser, wie ein Vogel, der auf Beute lauert.

»Na, was ist?«, fragte sie. »Hilfst du mir nicht?«

Ich beeilte mich nachzukommen und blieb einen Schritt von ihr entfernt stehen. Mit zusammengekniffenen Augen versuchte ich, in dem trüben Wasser die Fische auszumachen, die zwischen meinen Beinen hindurchschwammen. Ich wusste, dass ich möglichst reglos bleiben musste, damit sie sich an mich gewöhnten.

Ama schickte mir eine Botschaft: ein großes dickes Raubmaul, das so alt wie der Fluss war und dessen Schuppen im rötlichen Schein des Sonnenuntergangs glitzerten.

Endlich sah ich den Fisch ebenfalls. Ich wartete darauf, dass er sich meinen Zehen näherte, diesen seltsamen Häppchen, und mir war, als finge mein Kopf die Gedanken des Fischs auf: Er war müde, weil er lange geschwommen war, und auch er hatte Hunger …

Blitzartig schnellte meine Hand ins Wasser und meine Finger umschlossen seinen glitschigen Körper. Das fühlte sich derartig eklig an, dass ich angewidert losließ. Der Fisch schnellte mit so viel Kraft durch das Wasser, dass ein Vorhang aus Wassertropfen aufstieg und einen kleinen Regenbogen bildete. Platschend fiel ich rücklings in den Fluss.

Ama schüttelte den Kopf. »Cato hat schon recht: Du machst mehr Lärm als eine ganze Herde herumwühlender Grunzer.«

»Ich habe dir doch gesagt, dass ich das nicht gut kann.«

»Du bist unglaublich schlecht, aber du könntest besser werden. Wir machen es so: Du gehst ans Ufer zurück, und wenn ich dir einen Fisch zuwerfe, erschlägst du ihn.«

Ich war mir nicht sicher, ob ich das fertigbringen würde, doch ich gehorchte und setzte mich mit meinem Wurfstock in der Hand ins Gras. Ich schaute der nackten, wunderschönen Ama zu, deren nasse Haut in den letzten Sonnenstrahlen glänzte.

Plötzlich bewegte sie sich unglaublich schnell: Sie beugte sich über das Wasser, und als sie sich wieder aufrichtete, hielt sie einen Nadelzahnfisch in der Hand, der so lang wie ihr Arm war.

Der Nadelzahnfisch flog meinem Wurfstock entgegen. Ich

wollte ihn noch im Flug treffen, verfehlte ihn jedoch. Der Fisch fiel zu Boden und schlängelte Richtung Wasser davon.

»Halte ihn auf!«, rief Ama. »Töte ihn!«

Ich versuchte es, doch der Nadelzahnfisch biss mich mit seinen langen spitzen Zähnen ins Bein. Der Schmerz löschte jeden anderen Gedanken in meinem Kopf aus und ich schlug ihm mit meinem Wurfstock mit aller Kraft auf den Kopf, einmal, zweimal. Ich packte ihn am Schwanz, ließ ihn durch die Luft kreisen und knallte ihn gegen einen Baumstamm.

Der Fisch landete auf dem Boden und rührte sich nicht mehr. Er war tot.

Keuchend starrte ich ihn an. Ich konnte kaum glauben, was soeben passiert war.

Kurz darauf kam Ama aus dem Wasser, um sich ihre Beute anzuschauen. Es war wirklich ein riesiger Fisch.

Ama wandte sich mir zu. »Meine Mutter hat gesagt, dass man die Gabe manchmal schon bei ganz kleinen Kindern entdeckt. Cato konnte noch gar nicht laufen, als er bereits an Feuersteinen herumgeklopft hat. Bei anderen dagegen zeigt sich die Gabe ganz unvermittelt. Erst war nichts und dann ist sie da.« Sie lächelte mir zu. »Anscheinend besitzt du tatsächlich die Gabe des Tötens. Ab morgen solltest du fleißig mit der Speerschleuder üben, denn von nun an wirst du die Tiere töten, die wir essen.«

Ich spürte einen Stich im Herzen. Es war dasselbe Gefühl, das mich überkommen hatte, als der Blattfresser auf der Lichtung in sich zusammengefallen war. Am liebsten hätte ich widersprochen, aber Ama hatte den Fisch schon ergriffen und trug ihn zum Lager, schweigend und würdevoll wie eine Kriegsgöttin. Ich folgte ihr.

Wir steckten den Fisch auf einen Stock und brieten ihn über dem Feuer. An jenem Abend legten wir uns früh schlafen, über uns das Rauschen und Quietschen der im Wind schaukelnden Äste. Es hörte sich an wie die Schreie eines sterbenden Stammes.

In der Nacht schlief ich sehr schlecht, und als endlich die Sonne aufging, weinte ich beinahe vor Erleichterung.

ACHT

Am nächsten Morgen oder vielleicht auch erst am übernächsten fing es zu regnen an. Der Himmel wurde ganz schwarz und ließ einen Guss auf uns nieder, der so heftig war, dass Zweige abbrachen. Überall am Boden bildeten sich Rinnsale.

Wir tanzten und sprangen wie verrückt umher, denn Regen bedeutet Leben, und vielleicht wollte die Welt uns auf diese Weise sagen, dass das Schlimmste überstanden war und von nun an alles gut wurde.

Der Schauer hielt nur ein paar Stunden lang an, doch am folgenden Tag regnete es wieder und der Fluss führte bald mehr Wasser und füllte sich mit Fischen.

Wir beschlossen, noch eine Weile in unserem Neuen Lager zu bleiben und weiter nach Spuren von Überlebenden unseres Stammes zu suchen. Wir fanden jedoch keine. Allmählich wuchs in uns die Erkenntnis, dass tatsächlich nur noch wir übrig waren. Aber keiner von uns wagte es, diesen Gedanken laut auszusprechen.

Wir konnten uns nicht dazu durchringen, diesen Ort zu verlassen und uns für immer von unseren Eltern zu verabschieden. Ganz abgesehen davon ging es uns hier ziemlich gut: Wir hatten Fallen aufgestellt, in denen wir regelmäßig Wild fanden, und wir konnten fast den ganzen Tag lang schlafen, spielen und baden. Gegen Abend gingen Ama und Cato Holz suchen, Beri entzündete das Feuer und wir unterhielten uns, bis wir vor Müdigkeit einschliefen.

Ein paarmal gingen wir tausend Schritt weit flussaufwärts und entdeckten dabei Federblattbäume, deren Holz leicht und widerstandsfähig ist. Aus ihren schlankeren Ästen machten wir uns Speere, und aus den kürzeren Speerschleudern.

Ohne mit den anderen darüber zu sprechen, beschloss ich, mit der Waffe meines Vaters zu üben, um ein hervorragender Speerwerfer zu werden.

Eines Nachmittags ging ich allein in den Wald, bis ich zu einer schönen Sandnadel kam, die ungefähr so hoch wie fünfzehn erwachsene Männer war.

Mein Vater hätte sie sicher aus hundert oder mehr Schritt Entfernung getroffen, aber ich dachte, dass dreißig Schritt für den Anfang reichten. Ich legte den Speer in die Rinne der Speerschleuder ein, ließ ihn bis zu deren Ende gleiten und hielt die Speerschleuder vorn am Griff fest. Jetzt brauchte ich nur noch zu zielen und den Speer zu werfen. Dabei würde die Speerschleuder zu einer Verlängerung des Arms, sodass der Speer weiter und mit wesentlich mehr Wucht durch die Luft flog.

Doch als ich es das erste Mal versuchte, landete der Speer vor meinen Füßen. Es war ein Wunder, dass er nicht mein Bein durchbohrt hatte.

Ich versuchte es wieder und wieder, froh darüber, dass mir niemand dabei zusah. Nach hundert Würfen flog der

Speer nach vorn, anstatt einfach auf den Boden zu fallen. Nach tausend Würfen gelang es mir endlich, mit dem Speer den Stamm der Sandnadel zu treffen.

»Toll!«

Vor Schreck schrie ich laut auf, denn ich hatte nicht damit gerechnet, dass jemand in meiner Nähe war. Ich schloss die Finger um das Steinmesser, das ich am Gürtel trug.

»Warte, warte. Entschuldige bitte. Ich bin es.«

Hona kam hinter einem anderen Langnadelbaum hervor, mit gesenktem Kopf und vor dem Bauch verschränkten Armen.

»Was machst du denn hier?«, fragte ich.

Sie zeigte auf Chiri. Der junge Blattfresser stand auf allen vieren vor einem Weißblümchenstrauch und riss dessen gelbe Blätter mit seiner Zunge ab.

»Er hat mich hierhergeführt. Er hatte Hunger und füllt sich den Bauch. Und ich leiste ihm dabei Gesellschaft.«

Sie hielt den Kopf immer noch gesenkt. Sie log.

»Hona …«

»Ich habe Geräusche gehört. Ich wusste nicht, was los war, und wollte deshalb nachschauen.«

»Hona!«

Sie hob das Kinn. Erst jetzt konnte ich sehen, dass ihre Augen glänzten, so als müsste sie gleich weinen.

Ich seufzte, denn ein Mann muss ein Recht darauf haben, mal für ein paar Augenblicke in Ruhe gelassen zu werden, vor allem dann, wenn er mit etwas so Schwierigem beschäftigt ist wie dem Gebrauch einer Speerschleuder.

Trotzdem tat Hona mir leid. »Was ist denn los?«

»Die anderen haben mich weggeschickt.«

»Welche anderen?«

»Cato, Ocho und Beri. Sie haben sich vom Lager entfernt, genau wie du. Eigentlich dachte ich, dass ihr zusammen wärt. Sie sind aber woanders … Kennst du die Stelle, wo der Fluss diese Art von Biegung macht? Da, wo viel Haarkraut wächst? Ich dachte, sie spielen etwas, und wollte mitspielen. Aber als sie mich bemerkt haben, waren sie sauer.«

Ich verstand nicht wirklich, was sie mir da erzählte.

»Warum?«

»Sie haben gesagt, dass sie Jungendinge tun und dass ich sie in Ruhe lassen soll. Und weil ich nicht gehen wollte, hat Ocho sogar einen Stein nach mir geworfen. Beinahe hätte er Chiri am Auge getroffen.«

Das Bild eines mit Steinen beworfenen Blattfressers erinnerte mich an den Tag, an dem ich den Herrn des Waldes getötet hatte. Ein kalter Schauer lief mir über den Rücken.

»Vielleicht gehörte das ja zum Spiel«, schlug ich vor.

»Nein, sie haben mit ihren Vögelchen gespielt. Cato mit dem von Ocho, und Ocho mit dem von Beri. Und dabei haben sie über Ama gesprochen.«

Ich wurde rot und meine Kehle fühlte sich plötzlich ganz ausgedörrt an.

»Äh … wirklich?«

»Ja, Cato hat gesagt, er wolle Ama dazuholen, also war das gar kein geheimes Spiel für Jungen, denn Ama ist doch kein Junge.«

»Und … haben sie sie gerufen?«, fragte ich heiser.

»Meine Schwester würde nicht einmal im Traum mit ihnen spielen. Ama ist im Lager geblieben und flicht Körbe. Weißt du, was sie sagt? Dass wir das Neue Lager früher oder später verlassen müssen. Und dass es besser wäre, auf diesen Moment vorbereitet zu sein.«

Ich wusste nicht so recht, was ich darauf entgegnen sollte. Dass Ama … ja, dass sie Körbe flocht, fand ich gut. Dass Cato, Ocho und Beri gewisse Dinge taten und mir nie davon erzählt hatten, gefiel mir dagegen gar nicht. Denn auch wenn ich sicherlich nicht dabei mitgemacht hätte, bedeutete es doch, dass sie Geheimnisse vor mir hatten. Roqi, der noch keine Gabe besaß und tausend Schritt hinter der Gruppe gehen musste, erzählte man besser nicht alles.

Weil ich nicht wusste, was ich sonst hätte tun sollen, holte ich mir den Speer wieder, der im Langnadelstamm stecken geblieben war. Ich legte ihn in die Speerschleuder ein, zählte dreißig Schritt Abstand zur Langnadel ab und zielte. Ich traf daneben, der Speer flog links am Baum vorbei.

»Du solltest jetzt wirklich gehen«, sagte ich zu Hona. »Ich bin hier mit etwas Wichtigem beschäftigt und möchte nicht dabei gestört werden.«

»Warum übst du so viel mit dem Ding da?«, wollte sie wissen.

»Weil ich die Gabe des Tötens habe und von nun an derjenige sein werde, der für den Stamm jagt.«

Hona schaute mich an, und zum ersten Mal war mir, als würde ich von ihr eine kleine Botschaft empfangen. Das Gesicht ihres Vaters Paraqui, das ihrer Mutter und das ihres Bruders Chocori, der älter als sie und Ama gewesen war und der sich bei der nächsten Großen Versammlung verheiratet hätte …

»Sie fehlen mir so sehr«, sagte sie. »Manchmal gehe ich zum Alten Lager, um mich mit ihnen zu unterhalten.«

»Ganz allein? Das solltest du nicht tun. Dort könnten böse Geister hausen. Die Herren des Rauchs. Wir stehen nicht mehr unter Yabos Schutz.«

Hona kickte nach einem Kieselstein am Boden. »Ich glaube nicht, dass es böse Geister sind. Es sind ihre Geister. Die meiner Eltern und auch deiner Eltern. Wie können sie böse sein? Wenn ich dort drüben bin, kommt es mir manchmal so vor, als könnte ich ihre Stimmen hören. Neulich habe ich in der Asche herumgesucht und Tufis Lanzenspitze gefunden. Erinnerst du dich an sie?«

Natürlich erinnerte ich mich daran. Tufi war Catos jüngerer Bruder, er war drei Jahre jünger als Hona. Einmal hatte Cato ihm einen Miniaturspeer gebaut, mit einer abgerundeten Spitze, damit sich Tufi beim Spielen nicht wehtat. Er wurde Tufis Lieblingsspielzeug.

»Cato mag ich nicht besonders«, sagte Hona, »Tufi aber schon. Auch er fehlt mir.«

Wieder legte ich den Speer in die Speerschleuder ein und rief mir in Erinnerung, wie mein Vater sich verhalten hatte. Er hatte sich breitbeinig hingestellt, mit seitwärts gedrehtem Oberkörper, den Wurfarm abgewinkelt, so dass die Hand ein Stück höher als das Ohr war, den anderen Arm nach vorn gestreckt, um die Bewegung auszubalancieren.

Ich atmete einmal tief durch und hielt dann die Luft an.

Eins, zwei und drei.

Der Speer flog mit traumhafter Geschwindigkeit los und blieb mit einem trockenen Knacken im Baumstamm stecken. Genau im Ziel. Genau, wie es bei meinem Vater gewesen wäre.

»Weißt du was?«, vertraute ich Hona an. »Sie fehlen mir auch. Sehr sogar. Wirklich sehr.«

Wir blieben den ganzen Nachmittag dort, und Hona und Chiri schauten mir beim Üben zu. Im Grunde war es gar nicht so übel, Bewunderer zu haben.

Erst nach Einbruch der Dunkelheit kehrten wir ins Lager zurück. Niemand wollte wissen, wo wir gewesen waren, und wir stellten den anderen ebenfalls keine Fragen.

Die folgenden Tage glichen einander. Wir verteilten weitere Fallen. Gingen baden. Ich übte im Wald und abends erzählten wir einander am Lagerfeuer Geschichten.

Wir begannen, uns an dieses neue Leben zu gewöhnen. Wir dachten, dass alles gut werden würde.

Dann, eines Nachts, kamen die Graufelle.

NEUN

Mittlerweile hatten wir uns eine Hütte gebaut. Wir hatten biegsame Äste in den Boden gerammt und oben zur Kuppel zusammengebunden. Obenauf hatten wir weitere Äste gelegt und das Ganze mit einem Gemisch aus Blättern und Schlamm verputzt.

Erst als wir beinahe fertig waren, merkten wir, dass die Hütte für uns alle zu klein war. Deshalb losten wir von nun an abends immer aus, wer darin schlafen durfte.

In jener Nacht waren Ama, Hona und Beri dran. Cato und Ocho bereiteten ihr Lager zwischen den Wurzeln einer riesigen Langnadel und ich rollte mich am Feuer zusammen.

Als ich mitten in der Nacht aufwachte, war das Feuer ausgegangen. Es wehte ein Wind, so stark, dass sein Rauschen eher wie ein Brüllen klang.

Auf die Ellbogen gestützt, lauschte ich. Überall im Wald raschelte und knackte es, genau wie in jeder anderen Nacht. Trotzdem … trotzdem.

Ich blies in die erloschene Glut, und im selben Augenblick sprang ein schwarzer Schatten, lautlos, wie es nur Gespenster sind, aus dem Gebüsch. In einem perfekten Bogen flog er über die Lichtung. Ein Bogen, dessen Endpunkt ich dargestellt hätte.

Instinktiv ließ ich mich zur Seite fallen und rollte über den Boden. Dabei knallte ich gegen die Wand unserer Hütte. Sie erbebte und stürzte krachend ein.

Cato und Ocho sprangen auf.

»Sie greifen uns an!«, schrie ich.

Knurrend und mit gesenktem Kopf kamen die Graufelle aus der Deckung. Es waren drei: zwei Rüden und ein Weibchen. Sie waren so groß, dass sie mir bis zum Kinn reichten, und sie hatten lange Schwänze und kräftige Beine. Am beeindruckendsten aber fand ich ihre Mäuler mit den entblößten schrecklichen Zähnen.

»Hilfe!«, rief Beri.

»Wo ist meine Axt?«, kreischte Cato.

Ein Teil meines Kopfes dachte: Ja, genau, unsere Waffen. Wo sind sie, jetzt, wo wir sie brauchen?

Mir fiel ein, dass Ocho am Abend ein paar Speere an den Stamm der Langnadel gelehnt hatte, die das Neue Lager zum Fluss hin abschirmte. Hatten die Speere schon Spitzen oder hatte Cato gesagt, dass er sie in den kommenden Tagen anbringen wollte? Ich wusste es einfach nicht mehr. Dennoch machte ich einen Satz auf die Stelle zu, und mein Sprung wurde für die Graufelle zum Angriffssignal.

Sie hockten sich auf ihre Hinterbeine, um Schwung zu holen, und sprangen ihrerseits los. Auf einmal umgab mich ein furchtbares Durcheinander, eine Wolke aus Fell, Zähnen, Armen und Stöcken inmitten der Dunkelheit.

Jemand schrie. Als ich die Langnadel erreichte, stieß etwas gegen meinen Rücken, warf mich zu Boden und zerkratzte mir die Haut. Es war ein Graufell. Ich wälzte mich herum, um mich zu wehren, und atmete den stinkenden Fleischfresseratem des Tieres ein. Seine Zähne waren meinem Gesicht viel zu nahe. Paraqui sagte immer, dass kein Tier so fest zuzubeißen vermag wie ein Graufell und dass es mit einem einzigen Biss den Schädel eines Giganten knacken könne. Ich wusste nicht, ob das wirklich stimmte …

Jedenfalls hatte ich keine Wahl, also ballte ich eine Faust und boxte das Raubtier mit aller Kraft auf die Nase. Das hatte das Graufell nicht erwartet. Es jaulte auf und wich zurück. Ich schob mich auf meinem Hinterteil rückwärts und tastete im Dunkeln nach etwas, das ich als Waffe einsetzen konnte.

Ich fand einen Stock, nein, besser: Es war wirklich ein Speer, aber ich wusste nicht, auf welcher Seite die Spitze war. Ich klemmte ihn mir unter den Arm, und das Graufell knurrte und sprang mich abermals an.

Es fiel mit seinem ganzen Gewicht auf mich drauf und drückte mich zu Boden. Sein Kopf war genau über mir.

Jetzt tötet es mich, dachte ich.

Es sperrte das Maul weit auf und senkte den Kopf. Ich schloss die Augen und verabschiedete mich vom Leben. Doch dann kam nichts mehr. Ich tat einen Atemzug, einen zweiten und lebte immer noch.

Ich öffnete die Augen. Das Graufell erdrückte mich mit seinem Gewicht, doch es regte sich nicht mehr. Ich hatte es getötet. Mit meinem Speer hatte ich ihm die Brust durchbohrt. Ich war nass von seinem warmen Blut.

»Ich habe das Graufell getötet!«, rief ich. »Es ist tot!«

Ich konnte mein Glück kaum fassen. Oder war es meine Gabe gewesen? Ich fühlte mich stark, unbesiegbar … jedenfalls beinahe unbesiegbar. Mit den Füßen trat ich gegen den schweren Körper, der mich zu Boden drückte, und zerrte an ihm herum.

Endlich gelang es mir, ihn von mir herunterzuschieben, und ich stand auf. Ich setzte einen Fuß auf das tote Graufell und riss den Speer heraus. Dann drehte ich mich zu meinen Freunden um.

Wir hatten gewonnen. Unermüdlich hatten meine Freunde die beiden übrig gebliebenen Graufelle mit Steinen und Stöcken beworfen, bis diese aufgaben, um sich anderswo leichtere Beute zu suchen.

Keuchend, erschüttert und fiebrig vor Aufregung schaute ich ihnen nach.

»Habt … habt ihr gesehen?«, stammelte ich. »Ich habe … ein … ein Graufell getötet. Das können sonst nur große Jäger … Selbst meinem Vater ist es nie gelungen. Nicht einmal Paraqui …«

Doch die anderen achteten gar nicht auf mich.

Wie ein Wirbelsturm fiel Ama über Beri her und warf ihn zu Boden.

»Warum ist das Feuer ausgegangen?«, schrie sie ihn an. »Du bist derjenige mit der Gabe des Feuers. Vor dem Schlafengehen habe ich noch zu dir gesagt: ›Bist du sicher, dass genügend Holz da ist?‹, und du hast ›Ja‹ gesagt.«

»Ich hatte mich wohl geirrt«, entgegnete Beri.

»Beinahe wären wir alle gestorben!«, kreischte Ama.

Noch nie hatte ich sie derartig wütend erlebt und ich war froh, nicht derjenige zu sein, über dem sich ihre Wut entlud.

Wieder und wieder trat sie gegen die verkohlten Holzreste.

»Ein Rudel Graufelle. Sie hätten uns alle bei lebendigem Leib fressen können!«

Cato lief zu ihr. »Nicht das Feuer ist schuld, sondern dieser Blattfresser, der ständig hier herumschleicht … Ich bin der Ansicht, dass wir ihn töten sollten. Oder zumindest verjagen.«

»Chiri hat damit nichts zu tun«, widersprach Hona und fing an zu weinen.

Ama stellte sich Cato entgegen. »Du meinst also, der Blattfresser sei schuld? Aber vielleicht bist du schuld, Cato. Wo sind die Fischreste?«

Zögernd hob Cato die Hand und zeigte auf ein in Blätter gewickeltes Päckchen, das neben der Hütte gelegen und während des Kampfes von den Raubtieren zerfetzt worden war. Den Inhalt hatten sie gefressen.

»Habt ihr schon vergessen, was unsere Eltern uns beigebracht haben?«, fragte Ama mit brechender Stimme. »Niemals Essen herumliegen lassen. Niemals das Feuer ausgehen lassen. Und für den Notfall muss stets eine Waffe bereitliegen.«

Ich schwenkte meinen Speer. »Ich habe einen von ihnen getötet. Ein Graufell …«

Ama redete pausenlos weiter, maß mit ihrem flammenden Blick mal den einen, mal den anderen von uns.

»Ihr begreift es einfach nicht. Der Stamm, das sind jetzt wir. Wenn wir einen Fehler begehen, kann uns niemand retten. Wurde denn jemand verletzt? Hat sich jemand wehgetan? Roqi, du bist voller Blut …«

»Ja, weil ich ein Graufell getötet habe«, wiederholte ich zum wohl hundertsten Mal.

Und vielleicht verstanden meine Freunde es erst jetzt, denn ihre Blicke wanderten zu dem Raubtier zu meinen Füßen, dem toten Untier mit dem schwarzen Fell. Sie starrten auf das weit aufgerissene Maul und die lange, bis auf den Boden hinunterhängende Zunge und natürlich auf die Zähne, gelb und lang.

Der Anblick des Kadavers schien Ama ein wenig zu beruhigen.

Sie sprach mit normaler Stimme weiter. »Beri, entzünde sofort das Feuer«, befahl sie, »und nimm dieses Mal ordentlich viel Holz. Ocho, Cato, wir sammeln alle Waffen ein, die wir besitzen. Ich habe noch nie ein Rudel gesehen, das aus nur drei Tieren bestand. Gut möglich, dass hier in der Nähe noch andere herumschleichen. Wenn sie sich blicken lassen, müssen wir vorbereitet sein.«

»Werden sie wiederkommen?«, flüsterte Hona erschrocken.

Ihre große Schwester umarmte sie. »Ich glaube nicht.«

Beri hockte bereits vor der Feuerstelle. Zwischen den Begrenzungssteinen hatte er ein Nest aus trockenen Zweigen gebaut und in dessen Mitte ein Stück Feuerpilz gelegt. Er holte seine Feuersteine aus der Tasche und begann, sie gegeneinanderzuschlagen, sodass rötliche Funken durch die Dunkelheit flogen.

Jetzt musste nur noch ein Funke auf dem trockenen Feuerpilz landen und ihn zum Glimmen bringen, aber das war schwieriger, als man denken würde. Ich zumindest musste die Feuersteine sehr lange gegeneinanderschlagen, bis die trockenen Pilzfasern endlich zu glimmen begannen.

»Wir müssen los«, verkündete Ama. »Weg von hier.«

»Wohin denn?«, fragte Ocho.

»Wir sollten ins Kalte Land zurückkehren, in die Jagdgründe der Tausend Stämme. Wir müssen zu Menschen. Zu Erwachsenen.«

»Inzwischen sind wir doch fast schon erwachsen«, murrte Cato. »Wir brauchen nur einen Giganten und eine Große Jagd, um in jeder Hinsicht erwachsen zu sein.«

»Wir könnten nach der Fährte eines Giganten suchen«, schlug Ocho vor.

Ama seufzte. Ihr Seufzen klang eher wie ein Knurren, und einen Augenblick lang befürchtete ich, sie würde sich gleich auf Ocho stürzen, obwohl er viel kräftiger war als sie.

»Was redet ihr denn da, hört ihr euch eigentlich selbst zu? Wir sollen einen Giganten erlegen, wir sechs ganz allein?«

»Ich habe gerade ein Graufell getötet«, warf ich ein.

Während wir sprachen, schlug Beri weiter seine Feuersteine gegeneinander. Endlich fiel ein dicker Funke auf den Feuerpilz und blieb darauf liegen, wie ein vom Himmel gestürzter Stern. Beri blies erst behutsam und dann stärker darauf. Aus dem Nest aus Zweigen stieß ein feiner Rauchfaden auf.

»Ich will nicht weg von hier!«, rief Ocho. »Hier gibt es so viel zu essen.«

»Ja, jetzt, weil Sommer ist«, sagte Ama. »Aber was machen wir, wenn der Winter kommt?«

»Dein Vater Paraqui hat uns weit weggeführt, ins Warme Land. Vielleicht bleibt es hier das ganze Jahr über gleich, sommers wie winters, und es wird nie richtig kalt.«

»Vielleicht aber auch nicht. Wir haben keinerlei Vorräte. Und wir haben keine Felle, um uns vor der Kälte zu schützen.«

Ich schaute zu dem Graufell, das zu meinen Füßen lag, und wollte die anderen gerade wieder daran erinnern, dass ich es getötet hatte, aber vielleicht war das keine gute Idee.

»Wir müssen einen Unterstand finden oder aber einen

bauen. Er muss stabil sein, für die schlechte Jahreszeit«, fuhr Ama fort. »Und vor allem müssen wir Vorräte anlegen, auf die Jagd gehen.«

»Jagen können wir auch hier«, unterbrach Cato sie.

»Aber wir brauchen größeres Wild. Und wir brauchen Hilfe von anderen. Wir sind viel zu wenige, um einen Stamm zu bilden. Wir haben keine Heilerin, keinen Schamanen, wir haben niemanden. Das ist wichtig, glaubt mir das.«

Unterdessen hatte Beri unaufhörlich versucht, dem feinen Rauchfaden Leben einzuhauchen. Auf einmal hörten wir ein lautes Knistern und aus dem Nest aus Zweigen loderte eine Flamme empor. Beri legte weitere kleine Zweige um sie herum und dann einen dickeren. Das Feuer fraß sie alle auf und wurde größer. Sein Licht bewirkte, dass ich mich sicherer fühlte. Geborgener.

»Und?«, fragte Ama.

»Ich finde, wir sollten aufbrechen«, sagte Cato so entschieden, als ob es seine Idee gewesen wäre. »Ich will hier nicht länger bleiben, außerdem könnten die Graufelle zurückkehren. Wir sollten uns lieber irgendwo anders neue Jagdgründe suchen.«

»Cato hat recht«, stimmte Ocho ihm zu. »Ich bin derselben Meinung.«

»Ich auch, Ama«, sagte ich leise.

Beri war so mit dem Feuer beschäftigt, dass er sich nicht an dem Gespräch beteiligt hatte, und Hona war noch zu klein, um mit abstimmen zu dürfen.

Mit vier Stimmen dafür und keiner dagegen stand der Beschluss fest. Wir begannen noch in der Nacht mit den Vorbereitungen für den Aufbruch.

ZEHN

Ama fand, dass wir mit der Herstellung von Rückentragen beginnen sollten. Mir dagegen war es wichtiger, als Erstes das Graufell zu häuten.

»Mach es allein. Wir kümmern uns währenddessen um die Rückentragen.«

Pah! Rückentragen herstellen, das war ja wohl nicht allzu schwer. Man musste dazu nur zwei lange Stöcke und einen kurzen zu einem Dreieck verbinden, an diesem Rahmen zwei Träger aus Seil befestigen und noch ein paar Haken für die Taschen und Körbe, die man mithilfe des Gestells tragen wollte. Sogar Hona brachte das zustande.

Ein Graufell zu häuten war etwas ganz anderes.

Ich betrachtete das Tier, das ich getötet hatte … Es war wirklich groß und sogar jetzt noch Furcht einflößend. Auch Chiri schien Respekt vor ihm zu haben. Er kam kurz aus dem Wald, schnupperte an dem Kadaver und flüchtete sich dann wieder ins Dickicht.

Ich hatte meinen Eltern tausendmal beim Häuten von Tieren zugeschaut und hatte schon kleineres Wild gehäutet, deshalb wusste ich, was zu tun war. Ich begann, indem ich den Bauch mit dem Messer mittig aufschnitt, vom After bis vor zur Kehle. Das hört sich leichter an, als es ist. Ich brauchte sehr lange dafür und war hinterher nicht zufrieden mit meinem Schnitt, weil er nicht glatt und sauber ausgefallen war. Dann tauchte ich beide Hände in den Bauch des Tieres. Es fühlte sich ganz weich und glitschig an, außerdem stank es furchtbar.

»Das Fleisch ist eklig, das kann man nur wegwerfen. Aber heb den Magen auf, ich mache nachher einen Wasserbehälter daraus«, meinte Cato.

»Ich könnte den Darm gut gebrauchen. Aber pass auf, dass du nicht hineinschneidest, sonst kommt der ganze Kot raus«, ermahnte mich Ocho.

»Wenn ihr Forderungen stellt, könnt ihr mir auch gern helfen«, erwiderte ich, aber sie taten, als hätten sie mich nicht gehört.

Leise vor mich hin fluchend weidete ich das Graufell vorsichtig aus. Dann band ich an seinen Hinterbeinen zwei Seile fest und versuchte, es an einem Langnadelast hochzuziehen.

Wie schwer es war!

Es gelang mir nicht, seinen ganzen Körper hochzuhieven, sondern nur den hinteren Teil, sodass Kopf und Vorderbeine auf dem Boden auflagen. Mit meinem Messer schnitt ich das Fell rings um die Pfoten auf und zog daran, um es von den Muskeln zu lösen. Doch es haftete zu stark daran, allein schaffte ich es nicht. Schließlich kam Beri und half mir. Wir zogen und zogen. Vorn am Kopf war es am schwierigsten, auch weil ich den Oberkiefer dranlassen und das beeindruckende Gebiss nicht beschädigen wollte.

Als wir endlich fertig waren, waren wir von oben bis unten voller Blut, und die Morgendämmerung brach an.

Der nächste Arbeitsschritt bestand darin, von der Innenseite fein säuberlich sämtliche Fleischreste abzuschaben und die Haut zu spannen, damit sie trocknen konnte. Ich war jedoch so müde, dass ich bald wieder mit dem Schaben aufhörte und einschlief.

Nach einer Weile weckte Ama mich und sagte, ich solle endlich aufhören, mit dem Fell Zeit zu vergeuden, und lieber den anderen mit den Rückentragen helfen. Also ließ ich alles stehen und liegen.

Am Abend musste ich feststellen, dass das innen an der Haut haftende Fleisch zu faulen begonnen hatte. Es war von Fliegen bedeckt und stank entsetzlich.

»Schmeiß das ekelhafte Ding weg, dorthin, wo schon der übrige Kadaver liegt«, befahl Cato. »Der Gestank verpestet unser ganzes Lager.«

»Chiri riecht das gern«, stellte Hona fest.

Tatsächlich schien sich der Blattfresser von dem stinkenden Fell angezogen zu fühlen. Er schlich immer wieder hin, steckte die Nase zwischen die Haare und atmete tief und geräuschvoll ein. Das war seltsam, denn Blattfresser werden gelegentlich von Graufellen angegriffen, die hungrig genug sind, sich in die Reichweite der langen Krallen zu wagen. Aber vielleicht war Chiri einfach *nicht besonders schlau*, ich hatte schon die ganze Zeit über diesen Verdacht.

Tatsache war, dass das Fell auch mir gut gefiel und ich vorhatte, mir daraus einen Mantel zu machen.

Ich setzte den Kopf des Tiers wie einen Hut auf, sodass die langen gelben Zähne vor meiner Stirn baumelten. Auf Höhe der Kehle bohrte ich zwei kleine Löcher ins Fell und befestigte daran eine Schnur, die ich mir unter das Kinn zog. Die Fellstreifen der Vorderbeine verknotete ich auf der

Höhe meines Halses, sodass mir das Fell über den Rücken hing. Den Schwanz steckte ich hinten im Gürtel meines Lendenschurzes fest.

Ich spiegelte mich im Fluss und war von der Gesamtwirkung sehr beeindruckt. So sehr, dass ich mir schwor, das Fell nie wieder abzulegen.

Eigentlich konnte ich es immer noch nicht glauben: Ich, Roqi, hatte gegen ein Graufell gekämpft und gewonnen. Natürlich war mir klar, dass ich Glück gehabt hatte, doch war es sicher auch das Verdienst meiner besonderen Gabe gewesen! Ich hatte lange nichts davon gemerkt, weil ich in der Gruppe immer hinter den anderen hergehen musste und weil immer irgendein anderer vor mir seinen Speer geworfen oder sein Messer eingesetzt hatte. Nun hatte sich herausgestellt, dass ich der Beste von allen war.

Wenn die Menschen unseres Stammes noch am Leben gewesen wären, hätten sie mich gefeiert und bei der nächsten Versammlung hätten alle nur noch über Roqi den Mutigen geredet.

»Hörst du endlich mit dem Herumgetrödel auf?«, blaffte Ama mich an. »Wenn wir uns bei den Vorbereitungen alle so viel Zeit lassen, sind wir nächstes Jahr noch hier.«

Sieger, wie ich nun einer war, können auch großzügig sein. Deshalb fragte ich sie, was noch zu tun sei. Als Antwort kam eine lange Aufzählung: Wir brauchten noch Proviant und neue Körbe, die wir an den Rückentragen festbinden würden, sowie neue Griffe für Äxte und Messer.

Weil all das zu beschaffen sehr viel Zeit in Anspruch nehmen würde, stritten sich Cato und Ama darüber, worauf wir am ehesten verzichten könnten.

Es dauerte noch viele Tage, bis wir alles Notwendige zusammenhatten. Endlich brach der Morgen an, an dem alles bereit war.

Ama und Beri schulterten die beiden neu zusammengebauten Rückentragen. Ama zeigte auf Yabos Gigantenstoßzahn, an den wir eine ganze Reihe Taschen und Körbe voller nützlicher Dinge gebunden hatten.

»Den müsst ihr zu zweit tragen«, sagte sie.

»Ocho und Roqi, macht ihr das«, ordnete Cato an. »Ich werde ohne Gepäck vorausgehen, denn ich bin der Kundschafter.«

Ocho zog die Nase hoch. »Ich sollte der Kundschafter sein. Ich bin besser im Fährtenaufspüren als du.«

Cato versuchte, ihm zu schmeicheln. »Du bist stark, und für den Stoßzahn brauchen wir wenigstens einen starken Träger.«

»Ich habe das Graufell getötet«, erinnerte ich die anderen und schob den Graufellschädel auf meinem Kopf zurecht, weil er ständig verrutschte.

»Das wissen wir doch, du wiederholst es ständig.«

»Und was ist mit mir?«, fragte Hona.

Mit erhobenem Zeigefinger antwortete Ama: »Du gehst tausend Schritt hinter den anderen, damit du das Wild nicht verscheuchst. Du machst einfach zu viel Lärm.«

»Geht Roqi denn nicht mit mir?«

Ich wandte mich ab. Jetzt, wo ich ein erfahrener Jäger war, konnte ich mich nicht mehr mit kleinen Kindern abgeben.

»Aber allein habe ich Angst!«

Es folgte eine längere Diskussion mit folgendem Ergebnis: Cato sollte als Kundschafter vorauslaufen. Ama würde mit einer Rückentrage folgen. Hinter ihr kämen Ocho und Beri mit dem Stoßzahn, dann ich mit der zweiten Rückentrage, und Hona als Letzte, wenn auch mit nur fünfhundert Schritt Abstand zu uns, damit wir sie schreien hörten, falls etwas wäre. Nach jeder Rast würden wir einander ablösen.

»In welche Richtung gehen wir überhaupt?«, fragte Ocho.

»Noch nie zuvor ist jemand so weit auf die Wärme zugegangen wie wir«, befand Cato. »Deshalb müssen wir in Richtung Kälte, wenn wir anderen Menschen begegnen wollen.«

»Aber der Fluss fließt in Richtung Sonnenuntergang«, stellte Ama fest. »Wenn wir von hier aus auf die Kälte zugehen, laufen wir Gefahr, kein Wasser mehr zu finden und zu verdursten. Deshalb schlage ich vor, dem Fluss zu folgen. Dann haben wir nicht nur immer Wasser, sondern können uns auch von Fischen ernähren.«

Es folgte eine weitere lange Diskussion. Wir stimmten ab und Ama siegte. Wir würden flussabwärts gehen.

»Findet ihr nicht, dass wir noch etwas zum Abschied sagen sollten, bevor wir diesen Ort hier verlassen?«, fragte Beri leise und nickte zum Alten Lager hinüber.

Er hatte recht: Vermutlich würden wir nie wieder in diese Gegend zurückkehren. Das hier war ein Abschied von unserem Stamm, ein Abschied für immer.

Ama sprach für uns alle. »Yabo, du warst der Mann der Geister. Jetzt wohnst du in der Welt des Rauchs und falls du mich von dort aus hören kannst, dann bitte ich dich, meinen Vater und meine Mutter von mir zu grüßen, die Eltern von Cato, von Beri, von Ocho und von Roqi, und auch alle anderen. Schaut auf uns herunter und beschützt uns auf unserem Weg, denn wir können eure Hilfe gut gebrauchen.«

»Und helft uns, einen Giganten oder ein anderes großes Wild zu finden«, fügte Cato hinzu.

»Ja, auch das bitte. Danke.«

Damit war im Grunde alles gesagt. Wir brachen auf.

Das erste Stück Weg am Fluss entlang war einfach, wir waren es schon oft gegangen, deshalb schlug Cato ein schnelles Tempo an. Wir mussten ihm hinterherrufen, langsamer zu gehen, weil Ocho und Beri wegen ihrer schweren Last kaum mit ihm mithalten konnten.

Es war ein heißer Tag, die Sonne brannte vom Himmel herunter und gleichzeitig stieg vom Fluss schwere, feuchte Luft auf. Außerdem war der Boden sehr schlammig, wir sanken bis zu den Knöcheln darin ein. Ich keuchte vor Anstrengung.

»Du bist zu laut«, signalisierte Ama. »Du hörst dich wie ein wütender Grunzer an.«

Sie hatte recht, und schuld daran war das Fell. Es stank nicht nur, es war mir damit auch viel zu warm, mir lief der Schweiß nur so herunter. Andererseits wollte ich es aber auch nicht zurücklassen, denn dann hätten mich die anderen ausgelacht.

Ama ging leichtfüßig vor mir her und sah sich dabei ständig nach essbaren Pflanzen um und überhaupt nach allem, was uns nützlich sein könnte. Ich hätte eigentlich dasselbe tun sollen, doch wegen des verflixten Fells fühlte ich mich furchtbar matt.

Ama hob einen Arm und schickte mir eine kurze Botschaft: »Hona?«

Tatsächlich hatten wir sie schon länger nicht mehr gehört. Jemand musste sie suchen. Allerdings sah ich nicht ein, warum ausgerechnet ich das tun sollte.

»Du kannst ruhig Ausschau nach ihr halten«, bedeutete ich Ama.

Wenn Blicke töten könnten, wäre ich tot umgefallen. Trotzdem hatte ich nicht die Absicht nachzugeben. Warum sollte immer ich mich um Hona kümmern? Schließlich war sie Amas Schwester. Außerdem hatte ich die Gabe des Tötens und musste folglich nicht mehr bei den Kleinen mitgehen.

Seufzend trat Ama beiseite und setzte sich auf einen Stein.

Sofort kam ich mir dumm vor. Ich hatte nicht begriffen, dass auf Hona zu warten hieß, sich ausruhen zu dürfen. Also grinste ich breit und ließ mich neben Ama nieder.

»Hau ab!«, zischte Ama.

»Warum?«

»Du wolltest bei den anderen bleiben, dann geh jetzt auch mit ihnen. Nur ich bleibe hier.«

Ich bedeutete ihr, dass ich nicht aufstehen würde. Doch sie zog ihr Feuersteinmesser, also setzte ich mich auf einen anderen Stein und fühlte mich sehr einsam und traurig.

Wir warteten.

Es dauerte ziemlich lange, bis Hona am Flussufer auftauchte. Ich rechnete mir aus, dass sie mindestens zweitausend Schritt Abstand gelassen hatte, anstatt der fünfhundert, auf die wir uns geeinigt hatten.

Ama sprang auf. »Hona«, sagte sie in Zeichensprache, »warum bist du so langsam?«

Hona blieb stehen, drehte sich um und machte ein Zeichen. Sie wirkte verängstigt.

Erst da sah ich es.

Der dicke bräunliche Strauch neben ihr war gar kein Strauch, sondern der junge Blattfresser.

Chiri folgte uns.

ELF

Hona tat so, als ob nichts wäre, und der junge Blattfresser hinter ihr versuchte, sich zu verstecken, indem er sich die Pfoten vor das Gesicht hielt. Ein vergebliches Unterfangen, weil er ungefähr so groß war wie vier Graufelle übereinander. Es sah so lustig aus, dass ich lachen musste.

»Hona!«, rief Ama. »Was macht *er* denn hier? Hatte ich dir nicht gesagt, dass du ihn zurücklassen musst?«

»Chiri wollte aber nicht beim Lager bleiben. Wir sind seine neue Familie.«

Ama seufzte. »Er ist ein Tier und wir töten Tiere, um sie zu essen. Willst du etwa, dass Cato ihn tötet?«

»Cato wird Chiri nichts tun, weil ich ihn beschütze.«

»Dein Blattfresser ist viel zu langsam …«

»Langsam bin ich auch. Früher hat Roqi mir Gesellschaft geleistet, aber jetzt ist ihm ja nur noch seine Gabe wichtig.«

Ich muss gestehen, dass mich ihre Worte verletzten. Das hatte ich nicht verdient.

»Wenn ihr Chiri nicht dabeihaben wollt, dann geht doch einfach und gründet euren Stamm«, sagte Hona. »Chiri und ich werden ein viel besserer Stamm sein.«

Ama war kurz davor zu verzweifeln. »Du kannst nicht zusammen mit einem Blattfresser einen Stamm gründen. Du wirst verhungern und verdursten. Oder die Graufelle fressen dich, gleich heute Nacht.«

Ich nickte, um ihre Worte zu bestätigen.

Doch Hona wollte nicht auf ihre Schwester hören. »Chiri wird mich beschützen. Er ist stark. Und ich werde Pflanzen essen, genau wie er.«

Sie verschränkte die Arme vor der Brust. Wie sie so dastand, war sie ihrer Schwester unglaublich ähnlich. Genau derselbe Sturkopf.

Ama schien etwas Ähnliches zu denken und begriff offenbar, dass sie in diesem Streit nicht gewinnen konnte.

»Roqi«, sagte sie zu mir, »hol die anderen ein und sage ihnen, dass sie langsamer gehen sollen. Hona und ich folgen euch in Ruhe. Falls ihr eine neue Richtung einschlagt oder irgendetwas passiert, schickt mir eine Botschaft.«

Ich konnte es kaum glauben. Ama war unsere Anführerin, oder zumindest hatte ich sie stets als solche gesehen. Und jetzt würde sie mit ihrer Schwester die Nachhut bilden.

Es war, als könnte sie meine Gedanken lesen. »Hona kann nicht ganz allein mit so viel Abstand hinter der Gruppe hergehen. Und du hast gesagt, dass du nicht mehr bei ihr bleiben willst …«

Ich dachte nach. Was sie da sagte, stimmte. Es stimmte aber auch, dass Honas Tempo viel leichter zu halten war und dass mich das Laufen mit dem warmen Pelz sehr anstrengte.

»Wenn du willst, bleibe ich bei ihr«, sagte ich. »Es … es macht mir nichts aus.«

Ama nickte und ohne ein weiteres Wort oder auch nur

ein Zeichen des Dankes lief sie los, so schnell, dass ihre Rückentrage nur so schaukelte.

Ich weiß nicht, warum es mir vorkam, als hätte sie mich hereingelegt … Ich hätte nur nicht sagen können, wie.

»Dann gehst du jetzt mit mir und Chiri?«, fragte Hona hoffnungsvoll.

»Ja«, erwiderte ich seufzend. »Los, komm.«

Wir liefen weiter und ich erkannte, dass ich alles in allem eine gute Entscheidung getroffen hatte. Da Hona viel mehr Krach machte als ich, brauchte ich mir keine Mühe mehr zu geben, mich wie ein erfahrener Jäger zu benehmen. Irgendwann befreite ich mich sogar von dem Fell und befestigte es an meiner Rückentrage. Ich fühlte mich gleich viel wohler.

Da ich jetzt nicht mehr so stark schwitzte, achtete ich genauer auf meine Umgebung und den neben uns hertrottenden Blattfresser. Weil ihn die langen Krallen daran hinderten, seine Vorder- und Hinterpfoten auf dem Boden aufzusetzen, lief er mit zurückgebogenen Pfoten auf den Gelenken.

»Kein Wunder, dass du so langsam bist, mein Freund«, murmelte ich. »Laufen muss für dich ganz schön unbequem sein.«

Soweit ich wusste, waren Blattfresser tatsächlich keine großen Wanderer. Immer wenn ich einen gesehen hatte, schlief er entweder unter einem großen Baum oder er fraß Blätter. Ein Blattfresser geht erst dann weiter, wenn er mit seiner langen Zunge alle Blätter von einem Baum heruntergezupft hat, die er erreichen kann.

Früher oder später würde dieser hier müde werden und uns nicht mehr nachlaufen. Hona würde weinen, aber mehr würde nicht passieren.

Seltsam aber war es schon: Warum hing dieses Jungtier so sehr an uns? Schließlich hatte ich seinen Vater getötet, oder seine Mutter, und trug noch dazu den Pelz eines Graufells.

Ich muss Großmutter Chila fragen, dachte ich. Sie weiß alles über Tiere und Pflanzen.

Erst dann fiel mir ein, dass es Großmutter Chila nicht mehr gab, dass sie zu einem Häufchen grauer Asche geworden war, und eine Welle von Traurigkeit spülte über mich hinweg.

»Roqi, warum weinst du?«, fragte Hona.

»Ich weine doch nicht«, entgegnete ich. »Mir läuft nur der Schweiß über das Gesicht. Heute ist es einfach zu warm.«

Wir gingen weiter und weiter, und ich sah mich dabei ständig nach Essbarem um. Überall am Ufer wuchsen Dickblattsträucher, eine Pflanze, aus deren Blättern meine Mutter kleine Klöße gemacht hatte, doch die Blätter schmeckten auch roh ganz gut.

Nachdem wir uns mit den fleischigen Blättern den Bauch vollgeschlagen hatten, füllte ich noch eine Tasche damit. Dann kam eine Botschaft von Ama: Tausend Schritt landeinwärts vom Flussufer gab es Schwarze Zapfenbeeren. Also schlugen wir diese Richtung ein.

»Hört nur!«, rief Cato, als wir uns der dort rastenden Gruppe näherten. »Hier kommen der Blattfresser, der Grunzer und das kleine Mädchen!«

Es verletzte mich, so genannt zu werden, nur weil ich nicht lautlos zwischen den Bäumen hindurchgleiten konnte. Deshalb warf ich mir wieder den Pelz des Graufells über.

»Ich habe ein Graufell getötet ...«, sagte ich, als ich die Lichtung betrat.

»Wissen wir, wissen wir.«

Sie alle aßen die Beeren, deren Saft ihre Hände und Gesichter dunkelrot gefärbt hatte. Ama war die Einzige, die nicht nur selbst genascht, sondern auch einen ganzen Korb gefüllt hatte. Hona und ich stürzten uns auf die übrig gebliebenen Schwarzen Zapfenbeeren und hörten uns an, was die anderen zu erzählen hatten.

Offenbar hatte die Gruppe, seit ich sie verlassen hatte, einige interessante Erlebnisse gehabt: Der als Kundschafter vorauseilende Cato war aus Versehen auf den Bau eines Stinkspritzers getreten. Zum Glück hatte ihm dessen Bewohner weder einen Zeh abgebissen noch ihn mit jener Flüssigkeit bespritzt, deren bestialischen Gestank man tagelang nicht mehr loswurde. Cato hatte sich rechtzeitig in Sicherheit bringen können.

Dafür hatte Ocho, der ihn später als Kundschafter abgelöst hatte, ein Flugstachelnest entdeckt, das angeblich riesig und randvoll mit Honig gefüllt war. Ich hatte seit … seit mindestens einem Jahr keinen Honig mehr gekostet und allein schon das Wort zu hören, ließ mir das Wasser im Mund zusammenlaufen.

»Wo ist es?«, fragte ich heiser.

»Es hängt immer noch am Baum, wo sollte es sonst sein?«, antwortete Beri spöttisch.

»Habt ihr es denn nicht … heruntergezogen?«

»Wie stellst du dir das vor? Vielleicht durch einen Steinwurf … Und was wäre dann mit den Flugstacheln gewesen? Sie werden ganz schön wütend, wenn man sie stört.«

»Ihr hättet weglaufen können«, sagte ich leise. »Ins Wasser springen können.«

»Ach ja? Und wenn wir es nicht rechtzeitig ins Wasser geschafft hätten? Wenn sie uns *gestochen* hätten?«

Ama steckte sich eine Schwarze Zapfenbeere in den Mund und kaute langsam darauf herum. »Keiner von uns besitzt die Gabe der Kräuter. Wir haben keine Großmutter Chila oder Cume, die uns wieder gesund pflegen, wenn wir krank werden oder uns verletzen. Deswegen sollten wir gut auf uns aufpassen. Wir sollten jeden noch so kleinen Kratzer vermeiden.«

Ich schaute an meinen Beinen herunter, die voller Kratzer und Abschürfungen waren. Die Beine der anderen sahen auch nicht besser aus.

Nach dem langen Marsch dieses Vormittags waren wir alle so müde, dass wir beschlossen, hier bei den Zapfenbeerbüschen unser Lager aufzuschlagen. Beri hatte die ganze Zeit über einen mit Glut gefüllten Schädel getragen, in den er immer wieder trockene Zweigstücke gelegt hatte, damit die Glut nicht erlosch. So konnten wir schnell ein wunderbares Lagerfeuer machen.

Ama und Cato gingen Holz suchen, Ocho und ich wollten im Fluss Fische fangen, doch weil wir keinen einzigen erwischten, mussten wir uns beim Abendessen mit Schwarzen Zapfenbeeren und Dickblättern begnügen. Danach unterhielten wir uns noch eine Weile und Ocho versuchte, ein Lied zu singen, doch es klang so furchtbar, dass wir ihn baten aufzuhören. Wir legten uns hin und schliefen ein.

Der nächste Tag glich dem vorangegangenen: Aufwachen, Aufbruch, und ich bildete wieder zusammen mit Hona und Chiri die Nachhut.

Je weiter wir gingen, desto breiter wurde der Fluss, gespeist von unzähligen Bächen und Quellen, an denen wir im Laufe des Tages vorbeikamen. Außerdem wurde seine Strömung immer reißender.

Bei Anbruch der Dämmerung hatten wir immer noch keinen geeigneten Lagerplatz gefunden, weil wir nur über Schlamm gelaufen waren, zwischen stacheligen Sträuchern hindurch. Also ließen wir uns auf einer Felsplatte nieder, die zum Glück Platz für uns alle bot. Sie befand sich in Ufernähe, und wir mussten an Paraqui denken, der immer gesagt hatte, man dürfe niemals in Wassernähe schlafen. Doch der Himmel war sternenklar, keine einzige Wolke war zu sehen und wir vertrauten darauf, dass es in dieser Nacht keine plötzliche Überschwemmung geben würde.

Der dritte Tag glich den beiden vorangegangenen, das heißt, wir wachten auf und liefen los. Ich hatte dieses endlose Wandern ohne ein bestimmtes Ziel allmählich satt. Vielleicht hatte Cato recht gehabt und wir hätten direkt auf die Kälte zugehen sollen, zu den Jagdgründen der Tausend Stämme, wo wir auf andere Menschen gestoßen wären. Hier dagegen würden wir niemals Menschen treffen. Wir hatten einen großen Fehler gemacht.

Als ich ernsthaft darüber nachdachte zu protestieren, erreichte mich eine Botschaft der anderen, die ein Stück vor Hona und mir vorausliefen.

Es war nur ein Bild, etwas ganz Blaues, Hellblaues.

Es dauerte eine Weile, bis ich begriff, was es war: Wir waren am Meer angekommen.

ZWÖLF

»Das Meer!«, rief Hona.

Sie war so aufgeregt, dass aus ihrem Kopf die Botschaften nur so heraussprudelten: Bilder von ihr, wie sie über den weißen Sand lief, wie sie im Wasser badete, wie sie Muscheln sammelte.

»Pssst!«, machte ich und in dem Moment rutschte mir das blöde Fell von den Schultern.

»Warum *pssst?*«

Ich antwortete ihr mit einer Botschaft: dem Bild eines Strandes voller badender Vögel und anderer Tiere.

»Hast du nicht genug davon, ständig nur Fisch und Blätter zu essen?«, signalisierte ich. »Ein Strand ist ein guter Ort, um zu jagen. Aber man muss sehr leise sein, sonst verscheucht man das Wild.«

Ich befahl ihr, mit Chiri auf mich zu warten und keinerlei Geräusche zu machen. Dann schlich ich zum Waldrand, an den sich ein Streifen gleißend weißer Sandstrand anschloss. Jenseits davon lag das glitzernde blaue Wasser des Meers.

Ama, Ocho, Cato und Beri waren schon am Waldrand

angekommen und hatten sich hinter einer Gruppe leuchtend grüner Sandsträucher versteckt. Sie waren vollkommen nackt. Die Rückentrage und den langen Stoßzahn hatten sie abgelegt, dafür hielt jetzt jeder von ihnen zwei Speere in der Hand.

Als er mich kommen sah, verdrehte Cato die Augen, während mir Ama einen eiskalten Blick zuwarf und mir signalisierte: »Zieh sofort das alberne Fell aus.«

Dazu war ich zwar überhaupt nicht bereit, doch sie wiederholte ihre Aufforderung in Zeichensprache und war dabei so ernst, dass auch ich mich vollständig auszog und meine Rückentrage und das Fell neben die Sachen der anderen legte. Ich behielt nur meine Waffen bei mir und schlich mich zu ihnen in das Sandstrauchgebüsch.

»Was …?«, wollte ich fragen.

Ocho brachte mich zum Schweigen, indem er leise Luft ausblies, genau wie ich es vorher bei Hona getan hatte. Dann schüttelte er einen Speer, wie um zu sagen, dass er ihn mir in den Bauch rammen würde, wenn ich nicht den Mund hielt. Also war ich still.

Jetzt erst sah ich in dieselbe Richtung, in die alle anderen ständig schauten, und begriff, warum sie mir so aufgeregt vorgekommen waren.

Genau vor uns, dort wo die Wellen auf dem Sand aufliefen und ihre dunklen Spuren hinterließen, lagen sechs Wasserfelltiere und sonnten sich. Sie waren dick und rund, mit dunkel glänzenden Leibern. Ab und zu schlug eines von ihnen mit den Flossen auf den Sand, dann riss es das Maul auf und stieß einen Ruf aus, der wie der Laut eines Wollrückens klang. Die anderen antworteten ihm, als unterhielten sie sich miteinander.

Wenn wir nur eines davon erlegten, dachte ich, nur ein einziges, könnten wir mindestens einen Monat lang Fleisch essen. Aus dem Fell könnten wir uns neue Lendenschurze machen und vielleicht ein Dach für unser Zelt … und vieles mit den Knochen … und dem ausgeleerten Magen …

Aber wie sollten wir ein Wasserfelltier erlegen?

Durch einen Speerwurf war es nicht möglich, dazu waren die Tiere zu weit entfernt. An sie heranschleichen konnten wir uns auch nicht, dann würden sie uns sehen. An Land sind Wasserfelltiere langsam, weil sie so schwer sind und sich nur robbend und mit kleinen Hüpfern fortbewegen können. Im Wasser hingegen sind sie so schnell wie die schnellsten Fische und schwimmen sogar noch besser als diese. Wenn sie uns sahen, würden sie sich sofort ins Wasser flüchten, und dann wären sie weg.

Mein Vater hätte auf den ersten Blick erkannt, welche der Wasserfelltiere Männchen und welche Weibchen waren, welche alt und welche jung, welche wir uns aussuchen sollten und welche Jagdstrategie sich am besten eignete. Ich aber wusste all das nicht.

Ama schaute mich an und zeigte auf meine Speerschleuder. »Du und Cato schleudert eure Speere. Wenn ihr eines erwischt, kommen wir sofort alle dazu und geben ihm den Gnadenstoß.«

Cato grinste, ich dagegen fühlte mich beklommen. Während unseres Aufenthalts im Neuen Lager hatte ich viel geübt und zuletzt den Stamm der Langnadel aus einer Entfernung von fünfzig Schritt stets getroffen … Doch noch nie hatte ich versucht, mit meinem Speer auf etwas Lebendiges zu zielen. Ich wusste nicht, ob ich dazu in der Lage war.

»Warum er?«, empörte sich Ocho.

»Weil er die Gabe hat«, erwiderte Beri. »Und er hat auch die Speerschleuder.«

Ama schickte uns eine Botschaft mit den Einzelheiten ihres Plans. Wir hatten Glück, denn der Wind wehte vom Meer herüber, die Wasserfelltiere würden uns also nicht wittern. Cato sollte sich sehr langsam von der Seite der Wärme auf die Tiere zubewegen und versuchen, in Speerwurfnähe zu kommen. Ich würde dasselbe tun, aber von der Seite der Kälte her kommend, damit wir die Wasserfelltiere zwischen uns hatten. Währenddessen würden die anderen hinter dem Sandstrauchgestrüpp versteckt bleiben, bereit, sofort auf den Strand zu laufen, sobald wir Hilfe brauchten.

»Roqi und Cato, ihr müsst eure Speere in genau demselben Augenblick werfen, und beide auf dasselbe Tier, dadurch steigen eure Chancen. Erschreckt sie nicht, denn sonst schwimmen sie davon.«

»Wehe, wenn du mir diese Jagd vermasselst«, raunte Cato mir zu.

Er legte sich in den Sand und begann, auf das Wild zuzukriechen. Dabei stützte er sich auf dem linken Ellbogen auf. Den rechten Arm mit Speerschleuder und Speer hielt er nach hinten gestreckt. Er hatte den Speer bereits in die Schleuder eingelegt.

Ich kroch am Waldrand entlang, um meine Position einzunehmen. Sobald man den Schatten des Waldes verließ, wurde der Sand glühend heiß. Er verbrannte meine Haut, vor allem die des Vögelchens, und ich dachte, dass es vielleicht doch klüger gewesen wäre, den Lendenschurz anzubehalten. Doch ich kroch trotz der Schmerzen weiter.

In zweihundert Schritt Entfernung von mir lag Cato vollkommen unbeweglich am Boden. Mein Vater sagte immer, die Jagd sei eine Frage der Geduld. Man dürfe sich nur langsam bewegen. Extrem langsam. Weil selbst der kleinste Schritt des Jägers den Tieren auffällt, muss man vor jeder Bewegung lange warten. Man muss zu einem Teil der Landschaft werden, wie ein Stein oder eine Pflanze.

Ich war in diesen Dingen noch nie sehr gut. Schon nach kurzer Zeit langweilte ich mich und wurde schnell müde. Doch ich wusste, dieses Mal war es wichtig, dass ich mich zusammenriss, denn ich wollte essen. Es gab keine Erwachsenen mehr, die für mich jagen würden, falls ich das Wild verfehlte.

Deshalb durften diese Wasserfelltiere nicht wegschwimmen.

Auf gar keinen Fall.

Ich empfing die Botschaften meiner Gefährten, eine nach der anderen, ein ununterbrochener Strom in meinem Kopf, so wie bei der Großen Jagd, wenn sich der gesamte Stamm auf dasselbe Ziel konzentriert und sich wie ein einziger Mensch verhält.

Auch wenn sich Ama und Beri und Ocho ein ganzes Stück weit hinter mir befanden, spürte ich doch ihre Gedanken, und auch die von Cato, ganz so, als würden sie sie mir ins Ohr flüstern.

Ich sah Ama auf dem Boden hocken und Cato, wie er weiterkroch und innehielt, weiterkroch und innehielt, in gleichbleibendem Rhythmus. Weil er etwas langsamer als ich war, verlangsamte auch ich meine Bewegungen.

Die Wasserfelltiere hatten noch nichts gemerkt, sie sonnten sich wohlig. Ab und zu hob eins eine Flosse, wie um die großen Schwarzweißflügel zu grüßen, die über ihnen dahinflogen, wer weiß, wohin.

»Ich bin jetzt nahe genug, um meinen Speer zu werfen«, dachte Cato.

Mir dagegen kam es vor, als sei er noch viel zu weit von den Tieren entfernt.

»Schleich dich besser noch etwas näher heran«, dachte Ama.

»Ich weiß nicht, auf welches Tier ich zielen soll«, sagte Cato in Gedanken.

Mein Blick blieb an einem Wasserfelltier hängen, das viel kleiner als die anderen war. Vielleicht ein junges Weibchen. Es lag weiter vom Wasser entfernt als seine Artgenossen. Eine geeignete Beute.

»Ich glaube, ich bin jetzt nahe genug«, dachte ich.

»Warte lieber noch«, dachte Cato.

Also blieb ich, wo ich war, brachte mich aber in Wurfposition: Ich drehte mich, so langsam ich nur konnte, auf die linke Seite, damit mein Wurfarm nachher frei war. Danach stützte ich mich auf dem linken Ellbogen ab, um eine bessere Schusslinie zu haben.

Die Zeit verging. Vor jeder neuen Bewegung zählte ich mindestens dreißig Atemzüge ab. Mir brannten die Augen und allmählich fühlte ich mich, als würde mein Körper zu Sand werden.

»Jetzt ist es so weit«, sagte Ama in meinem Kopf.

Ich spürte, dass ich bereit war, und ich wusste, Cato war es ebenfalls. Ich spannte all meine Muskeln an, holte tief Luft und warf meinen Speer. Im selben Augenblick warf Cato seinen. Die Speerzwillinge flogen durch die Luft und schlugen wie Blitze ein, und wo eben noch Stille und Ruhe gewesen waren, waren jetzt Bewegung und Lärm.

Die Wasserfelltiere schrien. Diejenigen, die nahe am Wasser gelegen hatten, stürzten sich ins Meer und verschwanden zwischen den Wellen. Die anderen eilten hüpfend auf das rettende Nass zu.

Ama, Ocho und Beri sprangen aus ihrem Versteck und rannten schreiend und ihre Speere schwingend auf uns zu. Cato ahmte sie nach und machte noch mehr Krach als sie. Ich dagegen blieb wie erstarrt stehen und konnte meinen Augen nicht trauen.

Mein Speer, ja, ausgerechnet meiner, hatte eine schiefe und allzu kurze Flugbahn beschrieben, hatte aber genau das Wasserfelltier getroffen, das ich mir ausgesucht hatte. Der Speer hatte eine der beiden hinteren Flossen durchbohrt, sodass sie am nassen, festen Sand festgenagelt war. Vor Schmerzen und Angst laut schreiend, versuchte das Tier sich zu befreien, doch es gelang ihm nicht.

»Ich habe eine verletzt«, dachte Cato.

»Wir kommen«, sagte Ocho. »Gut gemacht, Cato!«

Ich war derjenige gewesen, der das Ziel getroffen hatte, und jetzt beanspruchte Cato diese Leistung für sich. Ich sprang auf und lief zu dem verletzten Wasserfelltier, mit der Speerschleuder in einer Hand und meinem Messer in der anderen.

Cato hatte einen langen Satz gemacht und lief jetzt durch das seichte Wasser, dass es nur so spritzte. Ich holte ihn ein, obwohl mir schon die Lunge brannte, und gleichzeitig sprangen wir das Wasserfelltier an. Cato packte es hinter dem Kopf und ich an den Hinterflossen. Das Tier wälzte sich über den Sand und riss uns mit. Es verfügte über enorme Kräfte, wand sich in alle Richtungen und versuchte verzweifelt, uns zu beißen, mit seinen Flossen nach uns zu schlagen und sich auf uns zu wälzen, um uns mit seinem Gewicht zu erdrücken.

Auch Ocho und Beri stürzten sich auf das Wasserfelltier, um es festzuhalten. Ama war einen Schritt vor dem Tier stehen geblieben, mit vorgestrecktem Speer, und suchte nach einem geeigneten Punkt, um zuzustoßen.

»Geht da weg, sonst verletzt es euch noch.«

»Es hat mich gebissen!«, rief Cato. »Das verdammte Biest hat mich gebissen.«

»Ich muss es durchbohren«, rief Ama, »sonst entkommt es!«

Endlich konnte ich dem Bilderstrom in meinem Kopf folgen. Ich ließ die Hinterflossen los, wich zurück und stürzte rücklings in den nassen harten Sand, nach Luft ringend und mit einem blutigen Arm. Das Meerwasser brannte in meiner Wunde und ich biss mir auf die Lippen.

Plötzlich überkam mich ein seltsames Gefühl und ich drehte den Kopf, um zur Kälteseite des Strands hinüberzuschauen.

Oh nein!, dachte ich.

Ein entsetzliches Ungeheuer raste auf uns zu.

Es schien entschlossen, uns zu töten.

DREIZEHN

Noch nie hatte ich etwas Vergleichbares gesehen.

Es war ein Vogel, der größer als ein erwachsener Mann war und mindestens doppelt oder dreimal so schwer. Sein krummer Schnabel mit den scharfen Kanten war riesig. Die Flügel dagegen waren sehr klein, er hatte sie ausgestreckt, um bei seinem schnellen Tempo das Gleichgewicht zu halten. Die langen Beine endeten in kräftigen Füßen mit zehenbewehrten Krallen. Jede Kralle war mindestens so lang wie mein Kopf.

Der grauenerregende Vogel gab einen schrillen Schrei von sich, der mich lähmte. Mir wurde klar, dass er uns in wenigen Augenblicken erreicht haben würde.

Ich schickte eine Botschaft: »Wir sind tot.« Dann hechtete ich zur Seite und rollte über den Sand.

Wie ein grauer Blitz sauste der Schreckensvogel an mir vorbei. Dann hörte ich Amas Schrei. Beris Schrei. Mein Kopf füllte sich mit ihren Bildern und Gedanken, und so sah ich, ohne es tatsächlich zu sehen, wie das Ungeheuer auf meine Freunde zurannte, die immer noch mit dem Wasserfelltier kämpften.

Der Vogel packte das sterbende Wasserfelltier, ohne sein Tempo zu verringern, riss es hoch und lief mit ihm im Schnabel davon. Zurück blieben nur die Abdrücke der riesigen Vogelfüße im Sand und die Schleifspur von den Hinterflossen des Wasserfelltiers.

Das alles war derartig schnell geschehen, dass ich mich fragte, ob ich es tatsächlich erlebt hatte. Ich setzte mich auf, schaute mich um und sah, jetzt mit eigenen Augen, Ama, Ocho und Cato keuchend im Sand kauern.

Beri jedoch fehlte. Er war nicht bei ihnen.

»Wo bist du?«

Ich sah ihn mit meinem inneren Auge an das Wasserfelltier geklammert. Das irrsinnige Tempo des Schreckensvogels bewirkte, dass er hin und her geworfen wurde, wie ein Zweig im Wind.

»Beri, lass los! Bitte, Beri, lass dich fallen!«

Ich weiß nicht, ob es daran lag, dass er auf mich hörte, jedenfalls stürzte er auf den Sand. Der Schreckensvogel trampelte über ihn drüber und lief weiter, schneller und schneller, bog nach links ab, in den Wald, und verschwand.

Das alles hatte nur ein paar Herzschläge lang gedauert. Ich blieb stehen und versuchte erst einmal, die Bilder in meinem Kopf in die richtige Reihenfolge zu bringen und durchzuatmen.

Ich hatte ein Wasserfelltier getroffen und verletzt.

Der Schreckensvogel hatte es uns entrissen.

Und er war mit unserer Beute davongerannt.

»Verdammter Vogel«, murmelte ich.

Und dann dachte ich: Beri.

Ama rief: »Beri!«

Unser Freund war von dem Ungeheuer fortgeschleppt

worden, hatte losgelassen und war von den riesigen Vogelfüßen mit den entsetzlichen Krallen verletzt worden. Jetzt lag er im Sand, mit dem Gesicht nach oben, und regte sich nicht.

Wir stürzten zu ihm. Seine Augen waren offen, er sah aus wie tot.

»Beri.«

»Oh …«, stöhnte er.

Er war noch am Leben.

Ama wollte ihm aufhelfen und er schrie vor Schmerzen. Erschrocken hielt sie mitten in der Bewegung inne. Beri wandte sich um und landete mit dem Gesicht im Sand. Am Rücken hatte er eine Wunde, breit wie eine Faust und sehr tief. Sie verlief vom Nacken bis zum Gesäß.

»Beri, wie geht es dir?«, fragte Ocho.

»Es … es tut so weh.«

»Bleib still liegen! Beweg dich nicht!«, ermahnte ihn Ama.

Sie wartete, bis eine Welle nahe genug an uns heranrollte, schöpfte mit beiden Händen Wasser und goss es auf Beris Wunde. Der Schrei, den er daraufhin ausstieß, trieb mir Tränen in die Augen.

»Es brennt, ich weiß, aber das Salz reinigt die Wunde«, erklärte Ama. »Es ist ein hässlicher Schnitt, wir müssen ihn sauber machen, sonst entzündet er sich.«

Sie schöpfte neues Wasser und goss es wieder über Beris Rücken. Ocho und ich mussten ihn festhalten, damit er sich nicht wegdrehte.

»Kannst du aufstehen und gehen?«

Cato zog Beri auf die Füße. Die Sonne schien strahlend hell, das Meer war herrlich blau und der Himmel und der Strand sahen wunderschön aus. In der Ferne, wo wir gekämpft hatten, lagen noch unsere Speere und die Speerschleuder und wurden von den ausrollenden Wellen sachte hin und her geschoben.

»Schnell«, befahl Ama. »Holt die Waffen oder das Meer spült sie fort.«

Ocho und ich rannten los, während Beri, von Ama und Cato gestützt, kleine vorsichtige Schritte machte.

Wir kehrten in den Wald zurück, dorthin, wo Hona und Chiri auf uns warteten. Der Blattfresser riss Knospen von einem Baum und fraß sie. Hona weinte.

»Ich habe alles beobachtet. Es ging so schnell ... Und war so schlimm ... Was war das für ein Tier?«

»Ein Schreckensvogel«, sagte ich leise.

»Hast du so einen schon mal gesehen?«

Ich verneinte. Es war einfach ein Name, der mir eingefallen war, als ich das Ungeheuer erblickt hatte, aber ich hatte noch nie von einem solchen Wesen erzählen hören. Die Welt war groß und barg unendlich viel Unbekanntes.

Jetzt, wo wir im Schatten und in Sicherheit waren, nackt und von Sand bedeckt, überkam mich eine unbändige Wut und ich fing an, Blätter und Halme abzureißen.

Es war einfach nicht gerecht.

Wir waren Jäger gewesen, wir waren gut gewesen, ich hatte sogar ins Ziel getroffen und im allerletzten Moment ...

Es hätte nicht so ausgehen dürfen.

Ich zerstörte weiter unschuldige Pflanzen, bis Ama mich bei meinem Namen rief: »Roqi.«

Hona weinte immer noch, Cato und Ocho wirkten besorgt, besorgt um Beri. Wegen der Rückenverletzung konnte er sich nicht hinsetzen, stattdessen hockte er auf seinen Fersen und schaukelte seufzend hin und her.

Wir waren alle erschüttert und wir waren hungrig. Der Tag war verschwendet, noch immer hatten wir nichts zu essen.

»Wir müssen hier unser Lager aufschlagen«, beschloss Ama. Sie sprach aus, was wir alle gedacht hatten.

Wir diskutierten darüber, ob wir besser unter den Bäumen oder aber am Strand übernachten sollten, wo wir zwar selbst keine Deckung hatten, aber jedes herannahende Lebewesen schon von Weitem sehen konnten.

Schließlich entschieden wir uns für den Strand. Ama und Cato gingen Holz suchen, während Ocho und ich größere runde Steine sammelten und sie in einen Kreis legten. Wir rammten zwei Sandnadeläste in den Sand und legten die großen Fransenblätter des Wedelbaums quer darüber, als Dach. Ich hätte auch gern mein Fell darübergelegt, doch Ocho sagte, dass es stinke und dass er nicht unter dem ekligen Ding schlafen wolle. Meiner Ansicht nach war er einfach nur neidisch.

»Beri, übernimmst du das Feuermachen?«, fragte Ama.

Er stöhnte, ohne aufzustehen, und so begriffen wir, dass wir allein zurechtkommen mussten.

Wir holten den Schädel, in dem Beri die Glut von unserem letzten Feuer aufbewahrt hatte. Zum Glück war sie noch nicht vollständig erloschen. Behutsam bliesen wir drauf und fütterten sie mit trockenen Grashalmen. Weil wir den Umgang mit dem Feuer nicht so gut beherrschten wie Beri, dauerte es viel länger als sonst, doch schließlich brachten wir ein schönes Lagerfeuer zustande.

Inzwischen waren die anderen zurück und brachten nicht nur Feuerholz, sondern auch riesige Muscheln mit. Hona hatte sich, wer weiß wo, Blätter einer Pflanze besorgt, die ich nicht kannte. Die Blätter waren sehr groß und hübsch anzusehen, weich und an der Oberseite von zartem Flaum bedeckt.

»Was ist das?«, fragte ich, weil ich dachte, dass die Pflanze vielleicht zum Essen wäre.

»Die Blätter sind für Beris Wunde.«

»Seit wann bist du eine Heilerin?«, fragte Cato mit einem herausfordernden Grinsen.

»Hona war viel mit Großmutter Chila zusammen«, warf Ama ein. »Wenn sie sagt, dass diese Blätter gut für Beri sind, dann stimmt das auch.«

Beri hatte sich auf den Bauch gelegt. Er zitterte und hatte keinen Hunger, er wollte nur ein bisschen Wasser trinken.

»Morgen geht es dir schon besser, du wirst sehen«, sagte Hona und legte ihm die Blätter auf den Rücken.

Seufzend ließ er es geschehen.

Die Sonne verschwand ganz plötzlich. Es wurde dunkel und der Himmel füllte sich mit unglaublich vielen Sternen. Sie spiegelten sich im Meer, deshalb kam es mir vor, als würde ich in der Unendlichkeit schweben. Die Muscheln hatten unseren Hunger nur lindern, aber nicht wirklich stillen können. Trotzdem und trotz der Sorgen, die ich mir ebenso wie die anderen um Beri machte, fühlte ich mich einen Augenblick lang ganz leicht. Weil ich am Leben war und diese Herrlichkeit über mir sehen konnte, die mich erfüllte, und weil da der Duft des Meeres war, das Rauschen der Wellen, die Nacht, das Feuer, der Frieden. Ich.

VIERZEHN

Beri weinte die ganze Nacht hindurch.

Ihm war kalt, und das, obwohl er sich so heiß wie Glut anfühlte, so heiß wie die Flammen unseres Feuers.

»Decken wir ihn mit dem Pelz des Graufells zu«, schlug Hona vor.

Ich wollte das nicht, denn es war *mein* Pelz, von *meinem* Graufell, aber wir hatten nichts anderes. Nach dem Sonnenuntergang war der Sand eiskalt geworden und Beri zitterte stark.

Wir legten ihm das Fell über den Rücken, und als wir dabei seine mit den Blättern abgedeckte Wunde berührten, zuckte er zusammen. Er versuchte, sich das Fell herunterzureißen, doch wir hinderten ihn daran und nach einer Weile beruhigte er sich.

Dennoch klagte er weiterhin über Schmerzen, und als es hell wurde, glühte seine Stirn immer noch und seine Haut war ganz grau.

»Wir müssen die Wunde behandeln«, sagte Ama.

»Ich werde das bestimmt nicht tun«, murrte Cato.

»Ich mache das«, sagte Hona mit leiser Stimme.

Ich warf ihr einen bewundernden Blick zu, denn ich hätte nicht den Mut dazu gehabt.

Wir liefen los, um Meerwasser und weitere Blätter zu holen. Dann hockten wir uns in den Sand, im Kreis um sie und Beri herum, der immer noch auf dem Bauch lag, mit meinem Fell auf dem Rücken, obwohl es jetzt, wo die Sonne in den Himmel hinaufkletterte, schon ziemlich warm geworden war.

»Bist du sicher?«, erkundigte sich Ama.

Hona bejahte. Sie nahm Beri den Pelz ab und entfernte behutsam ein Blatt nach dem anderen.

»Ist das ekelhaft!«, kreischte Ocho, verdrehte die Augen und fiel rücklings in den Sand. Er war ohnmächtig geworden.

Ich beugte mich vor, um einen Blick auf die Wunde zu werfen. Reflexartig drehte ich den Kopf zur Seite und erbrach die Muscheln vom Vorabend.

»Ist das normal?«, fragte Cato. »Das sieht wie Larven aus.«

»Es sind tatsächlich Larven«, erwiderte Ama. »Und nein, normal ist das nicht. Großmutter Chila sagte immer, dass Wunden sauber gehalten werden müssen, diese aber ist sehr schmutzig. Das ist gefährlich.«

»Aber es … es sind die richtigen Blätter«, stammelte Hona. »Ich bin mir sicher, dass …«

»Du hast alles schlimmer gemacht«, schimpfte Cato. »Du bringst Beri um.«

Beri bekam das mit und erschrak. »Lasst mich in Ruhe!«

»Los!«, befahl Ama. »Haltet ihn fest, wir müssen die Wunde reinigen.«

Cato packte Beri an einem Arm, ich am anderen. Ama setzte sich rittlings auf seinen Hintern und Hona pulte mit den Fingern die Larven aus der Wunde. Beri schrie und schrie. So laut, dass Ocho davon wieder zu sich kam. Als er sah, was wir da machten, fiel er sofort wieder in Ohnmacht.

Zum Glück verlor nun auch Beri das Bewusstsein, und Ama und Hona konnten die Wunde fertig säubern. Ich entfernte mich von den anderen, um mich erneut zu erbrechen.

Mittlerweile war es Vormittag geworden, und weil wir nicht in der prallen Sonne bleiben konnten, trugen wir Beri in den Schatten der Sandnadeln, zu der Stelle, von der aus Chiri uns die ganze Zeit über zugesehen hatte. Hona warf sich dem jungen Blattfresser in die Arme, und anstatt sie mit seinen langen Krallen zu töten, umarmte er sie wie ein Vater sein Kind.

Cato, Ocho, Ama und ich hielten Kriegsrat.

»Er wird sterben«, sagte Cato.

»Das glaube ich auch«, stimmte ich ihm leise zu.

»Auf jeden Fall«, fuhr Cato fort. »Man muss sich nur die Wunde ansehen … Außerdem hat er Schwierigkeiten beim Atmen, ich glaube, das Ungeheuer hat ihm auch ein paar Rippen kaputt getreten. Wenn wir eine Heilerin hätten, wüsste die, was zu tun ist. Aber wir haben leider keine.«

Er warf Ama einen Blick zu. Sie zog die Nase hoch. »Hona hat getan, was sie konnte. Warum hast nicht du ihm die Wunde gesäubert, wenn du alles besser weißt?«

»Und was machen wir jetzt?«, fragte Ocho.

»Ich bin dafür, dass wir ihn zurücklassen und weiterziehen«, sagte Cato.

»Was?!«

»Er kann nicht mit uns mitkommen. Ich will nicht hier sitzen und darauf warten, dass er stirbt. Das könnte ziemlich lange dauern.«

Ich wusste nicht, was ich schlimmer fand: Catos Worte oder die Tatsache, dass er recht hatte. Auch ich wollte Beri nicht beim Sterben zusehen. Aber ihn hier zurückzulassen, wäre äußerst feige. Andererseits …

»Ich glaube nicht, dass es noch lange dauern wird«, sagte Ama. »Nur wenige Tage. Wir müssen bei ihm bleiben. Er wird Schmerzen haben. Sich einsam fühlen.«

»Warten wir erst einmal ab, was passiert. Vielleicht erholt er sich auch«, meinte Ocho.

»Nein, das wird er nicht, das habe ich euch doch schon gesagt!«, ereiferte Cato sich. Er schloss eine Hand zur Faust und drehte die andere um. Das Zeichen.

»Was soll das bedeuten?«, fragte Ama.

»Dass es das Unglück ist, das uns wieder trifft. Zuerst hat es uns unsere Eltern genommen und jetzt Beri. Es verfolgt uns und wir können ihm nicht entkommen.«

Ama sprang auf und ging mit langen Schritten davon. So wurde der Kriegsrat abgebrochen, ohne dass es zu einer Entscheidung gekommen war.

»Na ja«, sagte Cato. »Ich habe Hunger, gehen wir jagen.«

»Und Beri?«

»Hona kann ja hierbleiben und auf ihn aufpassen.«

Die Vorstellung, nach dem, was gestern geschehen war, wieder auf die Jagd zu gehen, löste bei mir beinahe abermals Brechreiz aus. Allerdings war es mir immer noch lieber, mit dem Speer in der Hand irgendwo herumzulaufen, als neben dem pausenlos jammernden Beri sitzen zu bleiben.

»In Ordnung«, sagte ich. »Dann machen wir es so.«

Natürlich war Hona nicht einverstanden, aber wir sagten ihr, dass sie bei Beri bleiben müsse, um ihn vor wilden Tieren zu beschützen. Dann liefen wir schnell weg.

Ich wusste, dass ich mich feige verhielt. Aber wir waren so wenige und in den nächsten Tagen würde einer von uns sterben. Ich konnte diesen Gedanken nicht ertragen.

So zogen wir vier los, um etwas Essbares zu beschaffen. Wir sahen Schwarzweißflügel und einen Schwarm von Braunenten, die jedoch aufflogen, bevor wir sie erlegen konnten. Schließlich mussten wir uns mit den Seitenkrabblern, Vielfußkrabblern und Muscheln zufriedengeben, die wir am Strand unter Steinen gefunden hatten.

Auf dem Rückweg zum Lager gingen wir durch den Wald und pflückten Mehlfrüchte. Wir fanden sogar eine ganze Familie von Schildschleppern mit dunkel und hell gefleckten Panzern, die so hübsch waren, dass es mir ein bisschen leidtat, sie zu töten. Andererseits hatte ich wahnsinnigen Hunger und großen Appetit auf Schildschleppersuppe.

Als wir wieder im Lager eintrafen, spielte Hona gerade mit Chiri: Sie schwenkte einen belaubten Zweig vor seiner Nase und Chiri versuchte, mit der langen Zunge die Blätter zu erwischen.

Während sie abgelenkt gewesen war, war es Beri gelungen, auf den Strand zu kriechen und sich von der prallen Sonne die Haut verbrennen zu lassen. Außerdem hatte er die Blätter heruntergezogen, und die Wunde sah schlimmer aus als am Morgen. Zwar krabbelten darin keine Insekten mehr herum, aber sie stank stärker als je zuvor. Auch wenn ich kein Heiler war, sah ich, dass es sehr schlecht um ihn stand.

»Warum hast du nicht besser auf ihn aufgepasst?«, schimpfte Ama ihre Schwester aus.

»Ich bin die ganze Zeit bei ihm geblieben, während ihr euch einen schönen Tag gemacht habt.«

»Wir waren *jagen*«, erwiderte Cato.

»Ja, klar«, sagte Hona. »Jetzt seid ihr dran, ihm Gesellschaft zu leisten.«

Ama sah mich an. »Roqi.«

»Warum ich?«

»Darum. Wir wechseln uns ab.«

Seufzend ging ich zu Beri und setzte mich neben ihn. Eine Weile reagierte er nicht, doch dann öffnete er ein Auge.

»Geht jetzt die Sonne unter?«, fragte er.

»Ja, bald. Wir waren jagen.«

Ich biss mir auf die Lippen. Vielleicht hätte ich das nicht sagen sollen, schließlich war ihm unsere letzte Jagd zum Verhängnis geworden.

»Roqi, ich habe Angst«, flüsterte er.

»Warum denn?«

»Ich weiß, dass ich sterben werde.«

Plötzlich hatte ich einen dicken Kloß im Hals. Ich räusperte mich.

»Ach was, du stirbst nicht«, log ich. »Es geht dir schon sehr viel besser.«

Ich fing an, mit ein paar Kieselsteinen zu spielen, und vermied es, Beri anzuschauen, in der Hoffnung, dass er nichts mehr sagen würde.

Am Abend machten wir wieder Feuer und versuchten, Beri zum Essen zu bewegen, gaben es aber bald wieder auf. Inzwischen war ich mir sicher, dass er sterben würde. Ein Teil von mir wünschte sich, es möge schnell gehen, damit wir bald aufbrechen und die ganze Geschichte vergessen konnten. Und auch ihn.

In der Nacht ging es ihm schlechter als in der Nacht davor. Er weinte die ganze Zeit.

Am Morgen versuchten wir wieder, seine Wunde zu säubern. Danach gingen wir jagen, nahmen aber Hona mit, weil wir es nicht übers Herz brachten, sie abermals so lange mit ihm allein zu lassen.

»Wenn wir wiederkommen, ist vielleicht alles vorbei«, meinte Cato.

»Wie kannst du so etwas sagen?«, empörte Ama sich. »Du bist grässlich.«

»Wieso? Du denkst es doch auch. Alle denken es.«

Damit hatte er recht. Zumindest, was mich betraf.

Doch am Abend war Beri noch am Leben. Allerdings hatte er aufgehört, zu weinen und sich zu beklagen. Er wollte nicht einmal mehr einen einzigen Schluck Wasser trinken.

Acht weitere Tage lang klammerte sich unser Freund ans Leben. Am neunten Tag sahen wir nach dem Aufwachen, dass er nicht mehr atmete. Er hatte sich halb in den Sand eingegraben und war von Insekten bedeckt.

Es war geschehen, was hatte geschehen müssen, und doch blieb mir die Luft weg. Hona sah wie versteinert aus, Ocho weinte. Wir umarmten uns alle, und mir war, als müsse mein Herz vor Schmerz zerspringen. Wie an dem Tag, als uns klar wurde, dass wir unseren Stamm verloren hatten. In gewisser Weise hatten wir unseren Stamm durch Beris Tod erneut verloren.

»Was machen wir mit ihm?«, fragte Ocho. »Wir können nicht zulassen, dass die Tiere ihn fressen.«

Ich konnte es kaum erwarten, diesen Ort für immer zu verlassen, aber Ocho hatte recht. Außerdem fühlte ich mich schuldig, denn im Grunde hatten wir Beri im Stich gelassen. Ich hätte mich in der Nacht zu ihm setzen, mit ihm reden, ihn trösten müssen.

»Beri fliegt in den Himmel und wird zu einer Wolke«, sagte Ama. »Er schaut von dort oben zu uns herab.«

Es war eine Strophe aus dem Bestattungsgesang der Tausend Stämme, und als wir diese Worte hörten, wussten wir wieder, was zu tun war. Wir würden Beri mit einer Feuerzeremonie verabschieden, weil das Feuer seine Gabe gewesen war.

Wir gingen in den Wald, um Holz zu suchen, stapelten trockene Zweige zu einem großen Stoß, legten Beris Leichnam darauf und bedeckten ihn mit Blättern.

Als alles fertig war, bildeten wir um den Holzstoß einen Kreis. Cato holte vom Lagerfeuer des Vorabends Glut, verteilte sie entlang der Ränder des Holzstoßes und blies darauf. Nach und nach fing ein Zweig nach dem anderen Feuer und bald stand der ganze Holzstoß in Flammen.

Uns war nicht danach zu reden. Wir schauten einfach nur zu, wie unser Freund zu einem Herrn des Rauchs wurde.

Gute Reise, Beri, dachte ich. Du bist zu den anderen unseres Stammes unterwegs. Grüße meine Eltern von mir, sage ihnen, wie sehr sie mir fehlen.

Cato schüttelte den Kopf. »Gehen wir? Ich habe keine Lust, hier noch eine Nacht zu verbringen.«

Auch ich wollte nur noch weg und lief los, um mein Fell und meine Sachen zu holen, doch Ama hielt mich an einem Arm fest.

»Was ist denn?«

»Schau mal.«

Jemand kam den Strand entlang und auf uns zu.

Ein Mann.

Ein Mann mit langen weißen, zu einem Zopf geflochtenen Haaren, einer riesigen Rückentrage und einem Speer in der Hand.

FÜNFZEHN

Der Fremde ging mit gemächlichen Schritten und ich wusste nicht, ob ich weglaufen oder ihm entgegengehen und ihn umarmen sollte.

Ein einsamer Wanderer konnte gefährlich sein, zumal wenn er so gut bewaffnet war wie dieser. Andererseits war er der erste Mensch, den wir seit vielen Tagen zu Gesicht bekamen. Wir hatten unseren Stamm verloren, einer von uns war gerade gestorben. Wenn wir etwas Hilfe gehabt hätten, wäre das vielleicht gar nicht passiert.

Sollten wir uns in Sicherheit bringen oder ihn willkommen heißen?, fragte ich mich erneut.

In unserer Unsicherheit befangen taten wir schließlich nichts, sondern blieben bei dem brennenden Holzstoß stehen, der in Wahrheit kein Holzstoß war, sondern unser Freund Beri, der in Rauch aufging.

Im Abstand von zweihundert Schritt blieb der Mann stehen und hob eine Hand. »Seid gegrüßt!«, sagte er. »Ich will euch nichts Böses. Ich komme jetzt näher, einverstanden?«

Ich rührte mich immer noch nicht, ebenso wenig wie die anderen, und so ging der Fremde langsam auf uns zu.

Es fiel mir schwer, sein Alter zu schätzen. Sein Haar war weiß wie bei den Alten, doch seine Wangen waren glatt und er hatte keine Falten, nicht einmal rings um die Augen.

Er stellte seine Rückentrage ab. Dem Geräusch nach zu urteilen, das dabei erklang, schien sie schwer zu sein. Dann machte er mit seinen Händen das Zeichen des Grußes.

»Ich bin Nioqo der Wanderer«, erklärte er. »Ich teile den Schmerz, den ihr aufgrund eures Verlusts empfindet.«

Hona schaute ihn neugierig an. »Woher ... woher weißt du das?«

»Gestern Abend sah ich euer Lagerfeuer aus der Ferne. Und heute habe ich euch eingeholt und sehe ein wesentlich größeres Feuer. Es ist leicht, daraus zu schließen, dass ihr dabei seid, jemanden zu bestatten. Darf ich euch fragen, was geschehen ist?«

Es war, wie wenn man aus einem Bach eine Sperre herauszieht. Und der Bach waren unsere Worte.

Wir erzählten alle durcheinander: von der Jagd, dem Waldbrand, dem Schreckensvogel, von unserer Reise ...

»Langsam«, unterbrach Nioqo uns. »So verstehe ich gar nichts. Warum nennt ihr mir nicht zuerst eure Namen?«

»Ich bin Ama, Tochter des Paraqui, Häuptling des nach ihm benannten Stammes«, sagte Ama. »Das ist meine Schwester Hona. Er hier ist Cato, die anderen beiden heißen Ocho und Roqi. Der auf dem Holzstoß war unser Freund Beri.«

Nioqo nickte. »Ich kenne Paraquis Stamm. Ihr habt euch weit von euren Jagdgründen entfernt. Was macht ihr hier im Land der Wärme und wo habt ihr euer Lager?«

Niemand von uns brachte es fertig, auf diese Frage zu antworten.

Nioqo schien zu verstehen, was los war, denn er hob eine Hand und machte das Zeichen der Geduld.

»Ich merke, dass es viel zu bereden gibt, aber das können wir später tun. Jetzt wollen wir die Zeremonie nicht weiter stören, damit der Geist eures Freundes schnell und hoch hinauffliegen kann.«

Also blieben wir stehen und schauten zu, wie der Rauch zum Himmel aufstieg. Als nur noch ein Haufen Asche übrig geblieben war, kehrten wir in den Schatten der Sandnadeln am Waldrand zurück.

Ich hatte gehofft, Chiri dort nicht mehr anzutreffen, denn wenn der Wanderer den jungen Blattfresser sah, würde das weitere Erklärungen notwendig machen. Zum Glück hatte sich das Tier verzogen, wohl um sich irgendwo anders den Bauch mit Knospen vollzuschlagen.

Nioqo setzte sich und Ama reichte ihm ein paar Muscheln, die von unserem gestrigen Abendessen übrig waren.

»Es ist nicht viel«, sagte sie, »aber wir wollen unsere Speisen mit dir teilen.«

Nioqo bedankte sich, nahm die Muscheln entgegen und aß das Innere.

»Erlaubt mir bitte, eure Großzügigkeit so gut ich kann zu erwidern.« Er ging zu seiner Rückentrage und holte etliche Streifen Trockenfleisch heraus.

Wir stürzten uns wie Raubtiere auf diese Köstlichkeiten.

Nioqo lächelte. »Jetzt würde ich gern eure Geschichte hören«, bat er Ama.

Sie erzählte, was wir erlebt hatten, von Anfang an, von dem Tag an, als wir das Lager unseres Stammes verlassen hatten, um eine Runde durch den Wald zu drehen, und die Welt geendet hatte.

Ama konnte gut erzählen, weil sie diese Gabe hatte, und obwohl wir anderen die Geschichte natürlich kannten, hörten wir ihr doch schweigend zu, beinahe ohne sie zu unterbrechen. Leider vergaß sie zu erwähnen, dass ich in der Nacht, in der uns die Graufelle angegriffen hatten, einen davon mit eigenen Händen getötet hatte. Ich fand, dass dies der wichtigste Teil unserer Geschichte war.

Amas Bericht endete mit der Wasserfelltierjagd, dem Angriff des Schreckensvogels und Beris Tod. An dieser Stelle mussten wir alle weinen, Hona am heftigsten.

Der Fremde wartete, bis wir uns beruhigt hatten, bevor er sprach.

»Ich bin Nioqo der Wanderer«, wiederholte er. »Ich bin ein Mensch ohne Stamm, ich reise allein und lasse mich nirgends nieder, doch bin ich in allen Lagern willkommen, weil ich viele Geschichten kenne und begehrte Tauschware mitbringe.« Er schenkte uns ein freundliches Lächeln und fuhr fort: »Ihr seid die fünf, die unter demselben Mond zur Welt kamen. Ich kenne eure Geschichte, weil ich kurz nach eurer Geburt in Paraquis Lager war.«

»Du hast dich von den Jagdgründen der Tausend Stämme weit entfernt«, bemerkte Ama.

»Viele Sommer lang war ich in den Ländern der Kälte unterwegs. Aber die Welt verändert sich, die Giganten werden immer weniger und die Menschen folgen ihnen in die Länder der Wärme. Und ich folge den Menschen.«

»Willst du damit sagen«, unterbrach Cato ihn, »dass wir nicht die einzigen Menschen in dieser Gegend sind? Gibt es hier in der Nähe andere Stämme?«

Nioqo nickte. »Wenn man sechs oder sieben Tage lang durch diesen Wald in Richtung Sonnenaufgang geht, kommt man wieder ans Meer. Könnten wir wie ein Riesenflügelvogel hoch am Himmel fliegen, würden wir sehen, dass wir uns hier auf einem Landstreifen befinden, der auf drei Seiten von Meer umgeben ist. Am Strand des Sonnenaufgangs angelangt, geht man zwei Tage lang in Richtung Wärme und trifft dort auf das Lager des Stammes von Hiti und seiner Frau Nachiliqa. Sie sind so weit gewandert, um Giganten aufzuspüren, denn die Kinder dieses Stammes sind nun alt genug, um an einer Großen Jagd teilzunehmen. Unter ihnen ist auch Chara, die Tochter des Häuptlings.«

»Auch wir drei müssen an einer Großen Jagd teilnehmen«, erklärte Cato.

»Wir *vier*«, verbesserte ich ihn. »Nur Hona ist noch zu jung dafür.«

Ama warf mir einen schiefen Blick zu.

Nioqo nickte. »Alle jungen Menschen warten mit Ungeduld darauf, endlich zu Erwachsenen zu werden. Und wenn der Moment gekommen ist, merken sie, dass es zu früh war.«

Er schwieg und auch wir sagten nichts darauf.

In unserer Gruppe war immer Beri derjenige gewesen, der viel nachdachte. Ama traf die Entscheidungen, Cato widersprach, Ocho gehorchte. Und Hona und ich folgten den anderen, mit dem üblichen Abstand.

In dieser neuen Welt, in der es keine Regeln und keine Gewissheiten mehr gab, fasste ich mir ein Herz und stellte die Frage, die uns alle die ganze Zeit über beschäftigte: »Was sollen wir tun?«

»Ihr braucht einen Stamm«, antwortete Nioqo.

Hona lachte. »Aber du hast doch auch keinen …«

»Ich bin ein Wanderer. Menschen wie ich haben keine

Bindungen. Für euch ist es anders. Ihr müsst einen Stamm finden, der euch bei sich aufnimmt.«

Nioqo wartete eine Weile, um uns Zeit zu lassen, die Tragweite seiner Worte zu begreifen.

»Glaubst du, Hitis Stamm wäre dazu bereit?«, fragte Ama leise.

»Es kann sein. Allerdings geht es ihnen gerade nicht besonders gut. Sie sind weit gewandert, um Giganten aufzuspüren, haben aber keine gefunden. Sie konnten nur wenige Vorräte für den Winter beiseitelegen. Andererseits ist der Winter hier in der Gegend nicht so schlimm, es mangelt nicht an Wild. Vielleicht könnten sie euch adoptieren.«

»Und wenn sie das nicht wollen?«

Nioqo seufzte nur.

Ich merkte, dass mir diese Geschichte ganz und gar nicht gefiel. Großmutter Chila hatte uns oft von jungen Menschen erzählt, die ihren Stamm verloren hatten und von Fremden getötet oder versklavt wurden.

Von diesem Hiti hatte ich noch nie gehört und von Nioqo auch nicht. Konnten wir ihm vertrauen? Was, wenn er uns in eine Falle locken wollte?

»Wir können morgen aufbrechen«, schlug er vor. »Ich begleite euch, anschließend gehe ich meiner Wege.«

»Das würde für dich aber bedeuten, dahin zurückzukehren, wo du gerade hergekommen bist«, stellte Ocho fest.

»Ja, es ist ein kleiner Umweg, aber den nehme ich gern in Kauf. Ich habe es nicht besonders eilig.«

Wieder wechselten wir fünf vielsagende Blicke.

»Das ist nicht nötig«, sagte Ama. »Wir kommen auch allein zurecht. Du hast uns gesagt, was wir tun sollen: Wir gehen in Richtung Sonnenaufgang, bis wir wieder aufs Meer stoßen, und dann laufen wir auf die Wärme zu, bis wir das Lager dieses Stammes erreicht haben.«

Nioqo war damit nicht einverstanden. »Die Tausend Stämme haben ihre Gesetze. Ihr habt noch keine Große Jagd bewältigt, deshalb geltet ihr noch nicht als Erwachsene, auch wenn nicht mehr viel fehlt. Und ihr habt dem Himmel soeben einen der euren zurückgegeben … Das ist nicht eure Schuld, im Gegenteil, ihr habt euch tapfer geschlagen. Aber wenn ich euch jetzt allein lasse und etwas passiert, bin ich für immer verdammt. Deshalb werde ich euch zu Hiti begleiten. Ihr werdet sehen, dass dies die beste Lösung ist. Eure Eltern würde es genauso wollen.«

Nachdem er das gesagt hatte, erhob er sich und wischte sich den Sand von den nackten Beinen. Seine dunkle Haut glänzte vor Schweiß.

»Noch etwas. Dieser junge Blattfresser, der die ganze Zeit hinter einer Langnadel steht und uns beobachtet, ist ein Freund von euch, stimmt's?«

Ama, Cato und Ocho wollten wohl alle gleichzeitig antworten, dass wir keinen Blattfresser kannten, doch Hona kam uns zuvor. »Er heißt Chiri. Er ist das Kind des Herrn des Waldes, den Roqi getötet hat.«

»Ich verstehe«, erwiderte Nioqo. »Blattfresser sind sehr schöne Tiere, nicht wahr? Wenn ihre Eltern zu früh sterben, schließen sie sich jedem beliebigen anderen Lebewesen an. Einmal habe ich einen erlebt, der einer Herde von Windläufern folgte.«

»Und was ist dann passiert?«, fragte ich.

»Die Windläufer sind losgerannt, er war nicht schnell genug, um ihnen folgen zu können, er ist allein zurückgeblieben und gestorben.«

Nioqo schaute erst uns vier und dann Hona an. »Ich weiß, dass Chiri dein Freund ist, aber du musst dich von ihm verabschieden. Verstehst du? Er kann nicht mit uns mitkommen.«

»Aber … aber wenn er nicht mit uns mitkommt, könnte er sterben.«

»Er stirbt auch, wenn Hitis Stamm ihn sieht«, erwiderte Nioqo. »Wenn es nicht genügend Wild gibt, ist auch ein junger Blattfresser eine begehrte Beute.« Er lächelte, aber ich fand, dass es ein trauriges Lächeln war. Dann ging er zu seiner Rückentrage. »Hier ganz in der Nähe liegt eine windgeschützte Bucht mit vielen Fischen und Braunenten. Wir könnten sie mit Fallen fangen. Was meint ihr? Wir legen uns einen Vorrat an und dann brechen wir morgen auf. Holt eure Sachen!«

Ich nahm mein Fell und meine Rückentrage und folgte Nioqo, der bereits losgegangen war.

Hinter mir hörte ich Ama zu ihrer Schwester sagen: »Er hat recht. Chiri kann nicht mitkommen, es tut mir leid.«

SECHZEHN

Der folgende Tag begann mit Regen und einem Abschied.

»Es wird angenehm sein, unter diesem frischen Wasser zu gehen«, sagte Nioqo.

Ama schickte mir eine Botschaft: »Du weißt, was du zu tun hast.«

Wir hatten am vergangenen Abend darüber gesprochen, und schließlich hatten wir beschlossen, dass ich es tun sollte. Besser gesagt, hatten die anderen es beschlossen und ich hatte mich mit meinem Protest nicht durchsetzen können. Ich hatte es zwar versucht, aber es hatte nichts genützt.

Also schulterte ich die Rückentrage, über die ich das Fell so gespannt hatte, dass es mich vor dem Regen schützte, und wir brachen auf. Nioqo vorneweg, dann mit zweihundert Schritt Abstand die anderen drei, und mit weiteren tausend Schritt Abstand ich mit Hona. Als Nachhut, wie immer.

Wir waren noch nicht weit gegangen und hatten gerade einen kleinen Langnadelwald betreten, als Chiri hinter einem Gebüsch hervorkam und einen klagenden Laut von sich gab, wie ein weinendes Kleinkind. Es war, als wüsste er bereits, was als Nächstes geschehen würde.

»Hona«, begann ich.

Sie blieb stehen, mit weit aufgerissenen Augen. Der Regen floss ihr in kleinen Rinnsalen über das Gesicht.

»Nein, nein, nein …«, murmelte sie.

»Du hast gehört, was Nioqo gestern gesagt hat. Ich habe mit deiner Schwester und den anderen darüber gesprochen.«

»Wann?«

»Letzte Nacht, als du schon geschlafen hast. Ich habe versucht, die anderen zu überzeugen. Aber leider hat der Fremde recht. Wenn Chiri mit uns kommt, werden die Menschen von dem anderen Stamm ihm wehtun.«

Hona ergriff meine Hände. »Aber er ist allein, genau wie wir. Wir können ihn nicht im Stich lassen.«

In Wahrheit tat er mir ebenfalls sehr leid.

»Mir gefällt der Gedanke nicht, dass wir uns einem neuen Stamm anschließen sollen«, sagte Hona.

Insgeheim teilte ich ihre Meinung. »Aber wir können nicht so weitermachen wie bisher. Wir sind zu wenige, um einen Stamm zu bilden. Und wir brauchen Hilfe. Beri ist gestorben. Die Nächste könnte Ama sein. Oder du. Und das würde ich mir niemals verzeihen.«

Ein guter Satz, fand ich, der sogar ein bisschen heldenhaft klang. Doch anstatt mich ergriffen zu umarmen, wandte Hona sich ab. Ihre Schultern bebten. Sie weinte.

»Du musst Chiri sagen, dass er weggehen soll«, erklärte ich.

Hona blieb schweigend stehen. Inzwischen regnete es so heftig, als würde die Welt nur noch aus Wasser bestehen. Ich begriff, dass ich handeln musste, wenn ich nicht wollte, dass aus den tausend Schritt Abstand zu den anderen hundertmal so viele wurden.

Knapp vor Chiris Nase schwenkte ich meinen Speer.

»Hast du nicht gehört?«, schrie ich und bemühte mich, bedrohlich zu wirken. »Du kannst nicht mit uns kommen, du musst fortgehen!«

Erneut gab Chiri diesen klagenden Laut von sich. Er tat mir furchtbar leid, aber ich wollte nicht, dass Hona das merkte.

Also hob ich einen Stein vom Boden auf und hielt ihn Chiri vor die Augen. »Mit so einem Stein habe ich deinen Vater getötet oder deine Mutter. Hast du das etwa schon vergessen? Wenn du nicht sofort verschwindest, werfe ich ihn auf dich. Hast du mich verstanden? Ich habe die Gabe des Tötens und kann dich umbringen!«

Chiri richtete sich auf den Hinterbeinen auf. In dieser Haltung war er größer als ich und wirkte ziemlich furchterregend, eine Wirkung, die sein klagendes Kinderstimmchen allerdings sofort zerstörte.

»Hau ab!«, schrie ich.

»Lass ihn in Ruhe«, entgegnete Hona.

»Ich habe gesagt: Hau ab!«

Ich packte den Stein fester und warf ihn. Er traf Chiri auf der feuchten, weichen Nase.

Auf einmal war alles genau wie an dem Tag, an dem ich den Herrn des Waldes getötet und die Welt mich dafür bestraft hatte.

Chiri grunzte vor Wut, ließ sich auf alle viere nieder und rannte mit der höchsten Geschwindigkeit davon, die ein Blattfresser überhaupt erreichen kann.

Hona schlug mit den Fäusten auf mich ein. »Warum? Warum? Warum?«

Weil ich nicht wusste, was ich darauf antworten sollte,

hielt ich den Mund. Ich ergriff Honas Hand und schleifte sie mit mir mit. Ich folgte der im schlammigen Waldboden gut sichtbaren Fährte der anderen.

Wir begannen zu laufen, um den Abstand zu verringern. Hona wollte nicht mit mir reden, und ich wollte es ebenso wenig. Außerdem sollte man ohnehin nicht reden, wenn man in Wäldern unterwegs ist. Also schwiegen wir, und ich konzentrierte mich darauf, die Umgebung im Auge zu behalten und die zahllosen Fährten zu deuten, die ich sah.

An einer Stelle entdeckte ich Spuren von zwei Großohrnagern, die vor einem Langschwanzräuber weggelaufen waren. Weiter vorn kam ein Blaufruchtstrauch, den die anderen bereits geplündert hatten. Doch jemand, vermutlich Ama, hatte dafür gesorgt, dass ein Zweig voller Früchte für uns übrig geblieben war. Hona und ich aßen sie schweigend.

Anstatt die Kerne einfach nur in die Gegend zu spucken, grub ich mit den Zehen ein kleines Loch in den Boden und warf die Kerne dort hinein.

»Weißt du«, sagte ich zu Hona, »meine Mutter hat mir mal erzählt, dass sie als Kind Gelbfleischfruchtsamen im Boden versteckt hat. Als sie im nächsten Jahr an die Stelle kam, hat sie dort reife Gelbfleischfrüchte gefunden, als hätte jemand sie dorthin gezaubert. Aber niemand wollte ihr das glauben. Was meinst du, kann es wahr gewesen sein?«

Hona spuckte ihre Kerne aus und weigerte sich, mir zu antworten.

Es regnete ungefähr bis mittags, dann hörte es ganz plötzlich auf. Die Sonne erhitzte die feuchte Luft, bis es uns vorkam, als würden wir durch heiße Suppe laufen.

Wir schlugen unser Lager auf einer mit Ölpflanzen bewachsenen Ebene auf. Mithilfe von zwei Holzstangen und unserem Stoßzahn begann Nioqo, ein richtiges Zelt aufzubauen. Cato und Ocho boten an, ihm zu helfen, doch Nioqo schüttelte den Kopf.

»Ich habe euch beobachtet«, sagte er. »Ihr redet ständig und macht zu viel Lärm. Die Tiere laufen vor euch weg. Ihr habt vergessen, wie man ein Zelt aufstellt und wie man Feuer macht, wie man Feuersteine entzweischlägt und wie man Seile flechtet.«

Ocho war immer sehr stolz auf seine Seile und Cato auf seine Feuersteinklingen, deshalb begannen sie zu murren.

»Die Wahrheit sollte euch nicht verletzen«, sagte Nioqo. »Ihr seid allein zurückgeblieben, ihr habt die Lehren eurer Eltern vergessen. Ihr braucht einen Stamm und bald werdet ihr ihn haben.«

Ich dachte, dass es eigentlich schön wäre, wenn sich jemand um uns kümmern würde. Als ich die Sonne hinter den Baumkronen verschwinden sah, dachte ich zum ersten Mal nicht »Bitte, bleib noch ein bisschen bei uns«, sondern verabschiedete mich von ihr wie von einem Freund, der bald wiederkehren würde.

Nioqo weckte uns, als es noch dunkel war, und wir marschierten sofort los. Hona sagte zu ihrer Schwester, dass sie nicht mit mir gehen wolle, deshalb tauschten Ama und ich die Plätze und ich lief an diesem Tag zusammen mit den anderen voraus. Ich wusste, dass Hona mich wegen des Steins hasste, den ich auf Chiri geworfen hatte, aber was hätte ich anderes tun sollen? Er durfte nicht mit uns mitkommen, daran war niemand von uns schuld.

Die beiden Schwestern stritten sich den ganzen Tag über. Als wir am Abend unser Lager aufschlugen, sagte Ama zu mir, dass ich am nächsten Tag von ihr aus gern wieder meinen Platz in der Nachhut einnehmen könne.

Genau das waren ihre Worte: *meinen Platz wieder einnehmen*. Ich wusste nicht, ob ich mich darüber freuen oder beleidigt sein sollte.

Auf jeden Fall war ich erleichtert, denn das Vorauseilen mit Nioqo war anstrengend: Der Wanderer wurde niemals müde und bemerkte alles. Er schimpfte jedes Mal, wenn wir eine Fährte übersahen oder mit dem Wurfholz nach einem Tier warfen und es nicht trafen.

»Siehst du, Hona?«, sagte ich zu ihr. »Jetzt leiste wieder ich dir Gesellschaft.«

Sie zog die Nase hoch und verzichtete darauf, mir zu antworten.

Später trat sie jedoch auf einen Dorn. Ich zog ihn ihr raus, kitzelte sie dabei und biss ihr zum Spaß in die Wade. Als wir weitergingen, nahm sie meine Hand. Ich hoffte, dass sie den Vorfall mit Chiri endlich vergessen und mir verziehen hatte.

Nachdem wir sieben Tage lang auf den Sonnenaufgang zugegangen waren, erreichten wir das Meer und bogen in Richtung Wärme ab. Allerdings blieben wir dabei stets im Wald, weil Nioqo vermutete, dort Wild zu finden. Seit wir den ersten Strand verlassen hatten, hatten wir kein Fleisch mehr gegessen.

Unterwegs gab es einen Zwischenfall: Hona und ich verirrten uns.

Ich weiß gar nicht, wie es genau dazu kam, offenbar machte ich einen Fehler beim Fährtenlesen: Ich sah einen abgebrochenen Zweig und hielt ihn für ein Signal von Ocho, sah einen Schlammfleck auf einem Baumstamm und hielt ihn für ein Zeichen von Ama. Erst nach einer Weile begriff ich, dass wir gar nicht mehr der Fährte der anderen folgten und dass Hona und ich ganz allein waren.

»Warum schickst du den anderen nicht eine Botschaft?«, fragte sie mich.

»Warum versuchst du es nicht auch? Du bist doch gar nicht mehr so klein«, erwiderte ich.

Wir konzentrierten uns beide ganz stark und dachten an Ama, doch nichts geschah.

»Mach dir keine Gedanken«, sagte ich zu Hona, »wenn wir in Richtung Sonnenaufgang gehen, sind wir bald wieder am Strand. Von dort aus laufen wir einfach auf die Wärme zu. Früher oder später stoßen wir dann auf die anderen. Oder wir finden den neuen Stamm. Es gibt überhaupt keinen Grund zur Sorge.«

Ich glaubte tatsächlich an das, was ich sagte. Ich nahm ihre Hand und gemeinsam marschierten wir auf das Meer zu. Es hätte sieben- oder achttausend Schritt von uns entfernt sein müssen, nicht mehr. Doch auf einmal standen wir vor einem Fluss, durch den wir nicht hindurchwaten konnten, weil er von den Regenfällen der letzten Tage stark angeschwollen war und sehr viel Wasser führte. Also mussten wir in die entgegengesetzte Richtung gehen, noch dazu durch ein sehr schlammiges und von dornigen Pflanzen bewachsenes Gelände.

»Es wird bald dunkel«, sagte Hona. »Ich will im Lager bei den anderen schlafen.«

»Natürlich, das schaffen wir«, beruhigte ich sie, auch wenn ich mir überhaupt nicht sicher war, dass wir die anderen bald finden würden.

Mit einem Mal blieb ich stehen. Am Flussufer, vielleicht

hundert Schritt vor uns, erhob sich ein riesiger Berg Tierkot, der schon ganz ausgetrocknet und hell war.

Ich ging näher heran. Er war höher als ich. Als ich mein Wurfholz hineinsteckte, stellte ich fest, dass er innen noch weich war. Dieser Kot war nur ein paar Tage alt.

»Von welchem Tier ist das?«, erkundigte Hona sich.

Ich antwortete ihr nicht, sondern lief schnell am Ufer entlang, bis ich auf einen Abdruck im Schlamm stieß. Er war vom Regen schon halb weggespült und es waren viele andere Tiere darübergelaufen. Weiter vorn sah ich einen umgestürzten jungen Baum und dann noch einen und noch einen: eine Spur der Zerstörung, die in einen Dunkelnadelwald führte.

»Was ist das für ein Tier?«, wiederholte Hona ihre Frage.

»Ich weiß es nicht«, log ich. »Ich habe keine Ahnung. Auf jeden Fall ist es groß und gefährlich. Es ist besser, wenn wir hier verschwinden, bevor es uns anfällt und dir wehtut.«

Hona fing an zu zittern. »Glaubst du, es ist so etwas Ähnliches wie der Schreckensvogel, der Beri getötet hat?«

»Vielleicht«, log ich wieder.

In Wahrheit hatte ich den Kothaufen sofort wiedererkannt, ebenso wie den Geruch und die Kratzspuren an den Bäumen. Es war schon lange her, dass ich so eine Fährte gesehen hatte, und obwohl ich kein besonders guter Fährtenleser war, hatte ich sie wiedererkannt.

Denn dies war genau das Zeichen, nach dem wir alle so lange gesucht hatten.

SIEBZEHN

Nioqo streckte den ganzen Arm in den Kothaufen hinein. Er wühlte ein bisschen darin herum, zog eine Handvoll davon heraus und roch aufmerksam daran. Dann zerbröselte er die Masse zwischen den Fingern.

»Ein Bulle«, verkündete er. »Er ist vor vier Tagen hier vorbeigekommen, ohne allzu lange zu verweilen. Seht ihr den Baum dort drüben? Er hat kaum von dem Laub gefressen, ein Zeichen dafür, dass er es eilig hatte.«

»Warum in aller Welt sollte er es eilig gehabt haben?«, fragte Ocho.

Nioqo lächelte. »Ein Trupp Weibchen. Er wollte wahrscheinlich schleunigst zu ihnen, um sie noch vor dem Ende der Paarungszeit einzuholen. Wisst ihr was? Jetzt bin ich mir sicher, dass Hitis Stamm euch aufnehmen wird: Ihr bringt als Gastgeschenk eine ganze Herde Giganten mit!«

Es wurde allmählich dunkel und wir hatten noch nicht unser Lager für die Nacht aufgeschlagen. Hona und ich hatten sehr lange gebraucht, um die anderen wiederzufinden, und als ich ihnen die großartige Nachricht verkündet hatte, wollten sie sofort das Wunder mit eigenen Augen sehen.

Catos Zähne blitzten auf. »Warum folgen wir nicht der Fährte?«, fragte er. »Wir könnten unsere Große Jagd abhalten und dadurch zu Erwachsenen werden. Und wenn wir Hiti begegnen, schenken wir ihm die Stoßzähne und verschaffen uns auf diese Weise Respekt.«

»Denkt nicht einmal im Traum daran«, wiegelte Nioqo ab. »Einen Giganten zu töten ist eine sehr anspruchsvolle Angelegenheit.«

»Ich habe die Gabe«, warf ich ein.

»Trotzdem. Man muss zu vielen sein und die richtige Technik beherrschen. Und auch dann kommen immer wieder fähige Jäger ums Leben. Aber wenn ihr imstande seid, heute Nacht weiterzuwandern, könnten wir Hitis Stamm noch vor Sonnenaufgang erreichen. Was meint ihr?«

Es war diese Art von Fragen, die Erwachsene nur zum Schein stellen, weil sie eigentlich keine Antwort erwarten.

Wir schulterten wieder die Rückentragen, und Ocho und Cato hoben Yabos Stoßzahn mit dem daran angebundenen Gepäck hoch.

»Seid ihr schon mal nachts marschiert?«, fragte Nioqo.

»Ein paarmal«, antwortete Cato.

»Nicht wirklich nachts«, berichtigte ihn Ama. »Es war eher … na ja, kurz nach Sonnenuntergang.«

»In Ordnung«, sagte Nioqo. »Dann folgt mir jetzt. Da man einander in der Dunkelheit leicht verlieren kann, bleiben wir zusammen. Jeder von euch muss seinen Vordermann im Auge behalten und sofort rufen, wenn er ihn nicht mehr sieht. Weil Hona die Kleinste ist, geht sie direkt hinter mir. Sie gibt der ganzen Gruppe das Tempo vor. Nach ihr kommen Roqi, Cato und Ocho. Du, Ama, gehst als Letzte und warnst mich, sobald etwas ist.«

Wir stimmten alle zu. Allerdings war mir nicht klar, ob die mir zugewiesene Aufgabe eine Auszeichnung war oder nicht.

»Nachts gehen die Raubtiere auf die Jagd«, warnte Nioqo. »Wir müssen mit Häuptlingskatzen und Riesenfleckenkatzen rechnen und vielleicht auch mit großen Messerzahnkatzen. Also passt gut auf!«

Kaum dass er fertig gesprochen hatte, drehte er sich um und lief los.

Hona gelang es einigermaßen, Schritt zu halten, ich folgte mit meiner Rückentrage und dem Fell, das an meinem Körper hing und ständig gegen meine Haut schlug. Allmählich ging mir dieses Fell auf die Nerven, aber was sollte ich tun? Ich konnte es nicht einfach wegwerfen, die anderen hätten sich über mich lustig gemacht.

Wir liefen an einem stark gewundenen Bach entlang, der im Dunkeln wie Feuerstein schimmerte. Nach fünfmal tausend Schritt überquerten wir ihn, indem wir alle hintereinander über einen darübergestürzten Baumstamm balancierten. Danach kamen wir durch einen Wald von Weißblütenbäumen. Obwohl die Baumkronen den Blick auf die Sterne versperrten, lief Nioqo, ohne jemals zu zögern.

Nach einer Weile wurden die Abstände zwischen den Bäumen größer und das Gras glänzte grau im Mondlicht. Ich hörte auf, über meine Müdigkeit nachzugrübeln, und überließ mich dem Rhythmus des Laufens: ein Fuß vor den anderen, ein Atemzug nach dem anderen. Es war nicht mehr so schwül und die Nacht war von Geräuschen erfüllt. Die Flügel der Flattertiere raschelten im Flug, Großohrnager fiepten auf ihrer Flucht vor Geistervögeln, Insekten summten.

Schließlich waren wir nicht mehr von Bäumen umgeben, sondern von einer Vielzahl von Tümpeln. Der Boden war weich und schlammig.

»Passt auf, wo ihr hintretet«, mahnte Nioqo, ohne langsamer zu werden.

Wir liefen zwischen den Tümpeln weiter, bis wir an einen ganz großen kamen. Erst auf den zweiten Blick begriffen wir, dass es das Meer war. Die Ebene neigte sich ihm sanft entgegen. Wir befanden uns auf einer spärlich bewachsenen, sandigen Wiese, die fester war als der Boden bisher. So konnten wir unser Tempo sogar noch ein bisschen steigern.

Hona kam an meine Seite.

»Was ist das?«, fragte sie in Zeichensprache.

Ich schaute in die Richtung, in die sie zeigte, und bemerkte die Schattenflecken inmitten der glitzernden Wasseroberfläche.

»Inseln«, antwortete ich. »Das sind Länder mitten im Meer.«

»Länder? Könnte man da hinschwimmen? Ich würde so gern wissen, wie es dort ist.«

Ich schüttelte lachend den Kopf. »Sie sind viel zu weit entfernt, als dass man sie schwimmend erreichen könnte.«

Als wir noch klein waren, hatte Yabo von den Geistern uns erzählt, dass die Stämme der Menschen einst über das Große Wasser geherrscht und es auf magische Weise auf Baumstämmen überquert hatten.

Ama hatte es einmal ausprobieren wollen und Ocho und Beri dazu gebracht, einen Baumstamm ins Wasser zu rollen. Wir waren alle hinaufgeklettert und der Stamm war tatsächlich nicht untergegangen, doch nach einer Weile hatte er in der Strömung zu rollen begonnen und wir waren ins Wasser gerutscht und wären beinahe ertrunken.

Ich verlor mich in meinen Erinnerungen, bis ich merkte, dass mir die Augen zufielen. Über meinem Kopf war so viel Himmel. Da waren die Sterne und das Meer mit den Inseln, den Fischen und so vielen Wellen, dass man sie nicht zählen konnte.

Wenn man Angst hat, kommt einem die Welt immer so klein vor. Ist man dagegen glücklich, wird sie gleich viel, viel größer. Dabei ist es immer dieselbe Welt, nur unsere Augen verändern sich.

Wie lange müsste ich laufen, um alles zu erkunden? Könnte man es in einem einzigen Leben schaffen? Und wie viele Wunder, wie viele unbekannte Wesen würde ich entdecken, welche Sprachen lernen?

Ich dachte darüber nach, dass Nioqo eigentlich kein schlechtes Leben hatte. Von einem Stamm zum anderen wandern, Neuigkeiten verbreiten, mit den verschiedensten Menschen reden. Dem Wind und der eigenen Fantasie folgen.

»Schau mal«, sagte Cato, der hinter mir ging. »Rauch.«

In großer Entfernung stieg ein feiner weißer Rauchfaden zum Himmel empor. Der Rauch eines Lagerfeuers.

»Nioqo, es ist nicht mehr weit!«, rief ich.

»Bei Sonnenaufgang sind wir da«, antwortete er.

Mir kam der Rauchfaden, der sich klar von dem schwarzen Himmel abhob, viel näher vor. Mir war, als könnte ich ihn mit der Hand berühren.

Ich rannte los, plötzlich hatte ich die Müdigkeit überwunden. Ich fühlte mich fröhlich und wie berauscht.

Wir durchquerten einen Fluss, der unseren Weg kreuzte und weiter vorn ins Meer mündete. Das Wasser war warm.

Beim Hindurchwaten sah ich zwischen meinen Beinen mondfarbene Fische herumflitzen.

Am anderen Ufer rasteten wir ein wenig. Wir blieben dabei aber stehen, damit unsere Beine nicht schwer wurden, und aßen Trockenfleisch aus Nioqos Vorrat. Währenddessen schichtete er grüne Zweige übereinander und zündete sie an, sodass eine dicke Rauchwolke aufstieg.

»Es wäre unhöflich, unangekündigt zu kommen«, sagte er. »Auf diese Weise erfährt der Stamm von uns und wird uns erwarten.«

Wir liefen weiter, in die Nacht hinein. Meer, Gras, Bäume, Sterne, Dunkelheit.

Als am Himmel ein hellblauer Rand zu erkennen war, sahen wir drei Menschen auf uns zukommen.

Nioqo blieb stehen und erhob die Hände zum Himmel.

»Ich bin Nioqo der Wanderer«, sagte er. »Ich grüße dich, Hiti, Namensgeber deines Stammes. Und ich grüße auch dich, Bali der Jäger. Und dich, Tiqi mit den großen Ohren.«

Die drei Unbekannten blieben mit einigem Abstand stehen und hoben grüßend die Arme.

»Sei willkommen, Nioqo der Wanderer«, erwiderte der Erste der Gruppe, der wohl Hiti sein musste. »Ich erkenne dich, aber ich hatte nicht erwartet, dich so bald wiederzusehen. Seit du von unserem Lager in Richtung Kälte aufgebrochen bist, ist noch kein Mond vergangen. Wer sind die Kinder, die dich begleiten?«

Nioqo breitete die Arme aus. »Ich bringe euch Nachrichten und wichtige Neuigkeiten, Hiti. Ich werde dir alles erzählen. Du wirst es nicht bereuen, dir Zeit dafür genommen zu haben, denn das, was ich dir zu sagen habe, wird deinem ganzen Stamm große Freude bereiten.«

ACHTZEHN

Ein Lager.

Ein richtiges Lager mit kuppelförmigen Zelten, einem großen Feuer in der Mitte und vor allem: Menschen.

Was mich am stärksten beeindruckte, war ihr Geruch. Es war nicht so, dass sie Wohlgerüche verströmten, und sie stanken auch nicht. Sie rochen einfach nur nach *Menschen,* während meine Gefährten und ich uns in etwas anderes verwandelt hatten, in etwas, das den Pflanzen und Tieren näherstand, in etwas Wildes.

Diese Menschen schienen uns tatsächlich als Wilde wahrzunehmen. Misstrauisch streckten sie die Köpfe aus ihren gemütlichen Behausungen. Köpfe mit schwarzen Haaren, schmal geschnittenen Augen und glatten Wangen. Menschen, die mehr oder weniger genauso aussahen wie wir.

»Schau nur!«, sagte Hona. »Da ist ein Kind!«

Es war ein kleines Kind, das von einer Frau gestillt wurde. Es hatte die Augen geschlossen und einen Ausdruck vollkommenen Glücks im Gesicht. Überall sahen wir Männer und Frauen und sogar alte Menschen, die noch älter als Großmutter Chila zu sein schienen.

Es war, wie nach Hause zurückzukehren.

Aus einer Räucherhütte strömte der Duft von Trockenfleisch, das genauso roch wie das meiner Mutter, und ohne dass ich etwas dagegen tun konnte, lief mir das Wasser im Mund zusammen.

Hona dagegen gähnte herzhaft.

»Die Kinder sind sehr müde«, erklärte Nioqo. »Wärt ihr so freundlich, ihnen ein Zelt anzubieten, in dem sie sich ausruhen können?«

»Selbstverständlich.«

»Wir wollen uns nicht ausruhen«, widersprach Ama. »Hona kann das tun, aber wir Großen müssen zuallererst mit euch reden.«

Nioqo warf ihr einen langen, aufmerksamen Blick zu. Dann nickte er.

Er führte uns zu dem großen Feuer, an dem sich der gesamte Stamm versammelt zu haben schien. Ich entdeckte zwei Jungen und ein Mädchen, die ungefähr in unserem Alter waren. Das Mädchen war sehr schön, vielleicht nicht ganz so schön wie Ama, aber beinahe. Sie hatte schwarze Haare, die ihr bis zum unteren Rand des Lendenschurzes reichten. In der Hand hielt sie eine Schale mit frischen Fleischstreifen, von denen sie Cato und Ocho anbot. Die beiden stürzten sich wie Raubtiere darauf.

Das Mädchen lächelte mich an. »Es ist gutes Fleisch von einem Langzahn-Holznager, den wir erst gestern erlegt haben. Willst du auch etwas davon haben, Graufell-Junge?«

Dieser Name gefiel mir ungemein.

»Er heißt Roqi«, sagte Cato kauend. »Und frage ihn bloß nicht, woher er dieses Fell hat, sonst hört er nicht mehr auf zu erzählen. In Wirklichkeit hatte er nur Glück.«

Ich wollte gerade entgegnen, dass das nicht stimmte, und Cato eins auf die Nase geben, doch Ama verhinderte dies, indem sie das Mädchen fragte: »Wie heißt du?«

»Chara«, antwortete sie. »Ich bin die Tochter von Hiti, dem Namensgeber dieses Stammes. Die beiden hier heißen Icho und Hupu.«

Die beiden Jungen grüßten etwas gelangweilt.

»Das hier ist Roqi«, stellte Ama uns vor. »Ich bin Ama, die Tochter von Paraqui, dem Namensgeber unseres Stammes. Sie ist meine Schwester Hona, und dann sind da noch Cato, Ocho und …«

»Und Beri«, hätte sie beinahe gesagt, doch sie unterbrach sich gerade noch rechtzeitig und seufzte.

Chara riss erstaunt die Augen auf. »Seid ihr die fünf von Paraquis Stamm? Die fünf, die im selben Mond geboren sind?«

»Ja … mehr oder weniger. Wir sind vier der fünf. Und meine jüngere Schwester ist auch mit dabei.«

»Wie kommt es, dass ihr euch so weit von euren Jagdgründen entfernt habt? Seid ihr ins Land der Wärme gezogen, um Giganten zu suchen?«

»Wir haben das genauso gemacht«, mischte Icho sich ein. »Hupu und ich warten schon über ein Jahr auf unsere Große Jagd und inzwischen kennt auch Chara ihre Gabe.«

»Ich bin eine Heilerin«, sagte sie und wandte sich dabei abermals direkt an mich.

»Ich habe die Gabe des Tötens«, erwiderte ich, »und einmal … Aua!«

Keine Ahnung, warum mich Hona mit aller Kraft in den Rücken boxte.

»Tut mir leid«, murmelte sie. »Ich bin gestolpert.«

Ich wollte schon etwas Unfreundliches erwidern, als eine junge wunderschöne Frau zu uns trat.

»Chara, diese Kinder haben eine sehr lange Reise hinter sich … Lass sie erst einmal verschnaufen.«

»Das ist Maca, meine ältere Schwester«, erklärte Chara. »Entschuldigt bitte, ich wollte euch nicht lästig sein.«

Dieses Mädchen würde mir niemals lästig sein, dachte ich, es konnte mir gar nicht genug Fragen stellen. Da verpasste Hona mir grundlos einen weiteren Faustschlag. Ich verlor die Geduld und kniff sie in den Arm, woraufhin sie mich sogar biss, das kleine Biest.

Ich wollte mich schon auf eine regelrechte Prügelei mit ihr einlassen, als ich merkte, dass die Erwachsenen sich rings um uns herum versammelt hatten. Sie warteten ungeduldig darauf zu erfahren, was wir eigentlich bei ihnen wollten.

Nioqo ergriff das Wort. »Ehrenvolle Angehörige des Stammes von Hiti, hört mir zu. Ich bringe euch großartige Neuigkeiten.«

Er erzählte unsere Geschichte, also alles, was uns zugestoßen war, seit der Waldbrand unseren Stamm getötet und unsere Welt zerstört hatte.

»Ich habe sie am Strand des Sonnenuntergangs angetroffen, sie standen um ein Bestattungsfeuer herum.«

»Wer ist denn gestorben?«, fragte der Jäger, den Nioqo *Tiqi mit den großen Ohren* genannt hatte (und dessen Ohren tatsächlich auffallend groß waren).

»Unser Freund. Er hieß Beri, Sohn von Yoho und Qereba«, antwortete Cato.

»Ich kannte Yoho«, sagte ein anderer Jäger. »Bei der letzten Versammlung der Stämme haben wir ein Wettrennen veranstaltet und er hat mich geschlagen. War Beri nicht einer der fünf, die unter demselben Mond geboren sind? Wie ist er ums Leben gekommen?«

Ama wollte schon antworten, aber ich fand es richtiger, wenn ich das erzählte. Ich stand auf und berichtete von unserer Wasserfelltierjagd. Wie ich meinen Speer geworfen und das Wasserfelltier getroffen hatte und wie wir mit ihm gekämpft hatten.

Hiti und die anderen Umstehenden lachten.

»Wenn du mit dem Speer ebenso geschickt bist wie mit der Zunge, musst du der beste Jäger der Welt sein!«

Beleidigt zog ich das Fell enger um mich.

Ama schaltete sich ein: »Roqi ist ein guter Jäger, aber leider hatten wir Pech. Aus dem Wald kam ein riesiger Vogel und verletzte Beri mit seinen Krallen. Wenige Tage später war Beri tot.«

Sofort wollten sie wissen, was für ein Tier das gewesen war. Wir erklärten, dass wir es noch nie zuvor gesehen hatten, und versuchten es zu beschreiben: die gewaltigen Ausmaße, die mörderischen Krallen, seine Geschwindigkeit, den gebogenen Schnabel, den nackten, federlosen Kopf.

»Das muss ein Ungeheuervogel gewesen sein!«, rief Iquo, der Schamane des Stammes. »Mein Vater hat mir einmal davon erzählt, als ich noch ein Kind war … Zu Lebzeiten unserer Vorfahren waren sie sehr zahlreich, aber ich habe noch nie einen mit eigenen Augen gesehen.«

Hiti trat vor. Er war ein magerer und nicht besonders großer Mann und wesentlich hässlicher als seine Töchter.

»Dann bist du also gekommen, um mir das Schicksal dieser Kinder anzuvertrauen, Nioqo?«

Dieser nickte. »Die größeren unter ihnen haben bereits

ihre Gabe entdeckt und sind bereit dafür, zu Erwachsenen zu werden. Sie haben gefährlichste Prüfungen bestanden. Gleichzeitig aber sind sie noch zu jung und auch zu wenige, um allein im Wald zu überleben. Deshalb bitte ich dich, sie gemäß der Gesetze der Tausend Stämme zu adoptieren oder aber sie zur nächsten Versammlung zu begleiten, damit ein anderer Stamm sie aufnehmen kann.«

Jetzt kam der entscheidende Moment.

Sämtliche Blicke richteten sich auf uns und glitten von einem zum nächsten: zu Ama, Cato, Ocho, Hona und zu mir. Ich fühlte mich nicht wohl in meiner Haut.

»Ich kannte Paraqui«, sagte Hiti. »Er war ein tapferer Krieger und es wäre mir eine Ehre, seine Kinder aufzunehmen. Dennoch weiß ich nicht, ob mein Stamm dazu in der Lage ist. Es tut mir weh, es zu sagen, aber wir konnten in diesem Sommer nicht so viel Wild erlegen, wie nötig gewesen wäre, und nun haben wir nicht einmal die Hälfte der Fleischvorräte, die wir für den Winter brauchen. Ich muss in dieser Angelegenheit gründlich überlegen. Ich darf nicht riskieren, dass mein Stamm hungert.«

»Ich verstehe dich, Hiti«, entgegnete Nioqo. »Deine Großzügigkeit ist weithin bekannt. Ich weiß, dass du alles in deiner Macht Stehende tun wirst, um sie bei euch aufzunehmen. Denn wo sollten diese Kinder sonst hingehen? Sie haben keine Familien mehr und alles, was sie besitzen, passt in diese wenigen Taschen.«

Iquo, der Schamane, zeigte auf den Stoßzahn mit den Kerben. »Den kenne ich, er gehörte dem Giganten, der euch das Leben gerettet hat. Es ist ein sehr machtvoller magischer Gegenstand. Er hat euch bis jetzt beschützt und könnte auch uns vor Unglück schützen.«

Hiti machte eine Geste, die das Unglück fernhalten sollte. »Den armen Paraqui scheint dieser Stoßzahn allerdings nicht beschützt zu haben«, meinte er.

Iquo wollte darauf etwas erwidern, doch Nioqo grinste breit. Mir wurde klar, dass der Wanderer sehr schlau war: Die interessanteste Neuigkeit hatte er sich bis jetzt aufgehoben.

»Iquo hat recht«, sagte er. »Diese Kinder haben das Glück auf ihrer Seite. Sie rufen das Wild herbei, sodass es ihnen vor die Speere läuft. Sie sind einem Ungeheuervogel begegnet, einem Tier, das keiner von euch jemals zu sehen bekommen hat.«

»Ein Ungeheuervogel«, murmelte ein Mann und verzog das Gesicht. »Was sollen wir mit einem so grässlichen Raubvogel anfangen?«

»Richtig«, stimmte Nioqo ihm zu. »Aber mit einem Giganten, mit dem könntet ihr schon etwas anfangen, oder?«

Alle verstummten.

»Wovon sprichst du?«, wollte Hiti wissen.

»Von der Herde, die diese Kinder auf dem Weg hierher aufgespürt haben. Die Fährte ist nur einen halben Tagesmarsch von eurem Lager entfernt. Wenn ihr euch beeilt …« Nioqo brauchte den Satz nicht zu beenden.

Rings um das Lagerfeuer kam ein Stimmengemurmel auf, das immer lauter wurde. Von einem Augenblick auf den anderen verwandelte es sich in wildes Lachen.

NEUNZEHN

Hiti wandte sich Nioqo zu. »Wanderer, du warst die ganze Nacht unterwegs. Willst du dich erst einmal ausruhen?«

Nioqo verneinte. »Meine Beine sind kräftig genug, um fünf weitere Tage zu laufen, ohne rasten zu müssen.«

Hiti nickte. »Dann wirst du mich führen. Ich will sofort aufbrechen, um der Fährte der Giganten zu folgen. Bali, Tiqi und Maca kommen mit mir. Und auch Iquo von den Geistern, wenn er dazu bereit ist: Durch seine Zauberkraft wird er uns vor dem Wild verbergen.«

Iquo kam mir wesentlich älter vor als unser Schamane Yabo. Dennoch zeigte er sich sofort einverstanden.

»Gut, somit ist das beschlossen«, fuhr Hiti fort. »Die anderen brechen das Lager ab und folgen uns, sobald sich die Kinder von Paraquis Stamm ausgeruht haben.«

Ama trat einen Schritt vor. »Wenn Nioqo sofort aufbrechen kann, können wir das auch.«

Nioqo lächelte. »Ihr müsst euch für die Große Jagd vorbereiten. Sobald wir die Herde gefunden haben, werdet ihr all eure Kraft benötigen. Dann brauchen wir viele Arme, die beim Transport des Lagers helfen.«

Damit war alles gesagt und jeder machte sich an die Arbeit.

Eine freundliche ältere Frau führte uns in ein Zelt, das nach sonnenwarmem Leder roch. Ich hatte diesen Duft schon lange nicht mehr gerochen und er rührte mich beinahe zu Tränen.

Auf dem Boden lagen keine Matten, aber er war mit einer Schicht sauberem Sand bedeckt. Ich folgte dem Beispiel von Hona und Ocho und legte mich sofort hin.

Kaum hatte ich die Augen geschlossen, ergriff Ama meinen Arm und schüttelte mich. »Steh auf!«

»Was?«, fragte ich verschlafen. »Jetzt schon?«

»Die Sonne hat die Mitte des Himmels überschritten. Wir müssen los.«

Ich stand auf und konnte kaum glauben, dass so viel Zeit vergangen war, seit mir die Augen zugefallen waren.

»Wo ist mein Fell?«

Chara schaute ins Zelt rein. »Sama hat es draußen aufgehängt. Sie hat gesagt … na ja, dass man es ein bisschen lüften sollte.«

»Es hat total eklig gestunken«, sagte Ocho laut.

Ich war beleidigt. Alle waren sie gegen mich, aber vermutlich waren sie bloß neidisch.

Draußen schien die Sonne heiß und sengend. Das Lager war verschwunden. Die Zelte, die Trockengestelle, die Matten, die Räucherhütten, alles war abgebaut und zusammengepackt worden. Unser Zelt ereilte dasselbe Schicksal, im Handumdrehen wurde es in ein Bündel verwandelt.

Abgesehen von uns waren von Hitis Stamm nur noch ein Dutzend Menschen hier, einschließlich des Säuglings, der mir bei unserer Ankunft aufgefallen war, eines kleinen

Jungen und zweier alter, vollkommen zahnloser Menschen. Alle Erwachsenen hatten ihre Rückentragen bereits geschultert.

Ich holte mir das Fell, dann nahmen auch wir unser Gepäck.

»Unsere Sachen wiegen nicht sehr viel«, sagte Ama zu Chara. »Wenn ihr wollt, können wir euch etwas abnehmen.«

»Danke«, sagte Chara. Gleich darauf hängte sie zwei Körbe an meine Rückentrage, die so schwer waren, als seien sie voller Steine.

Schweigend machten wir uns auf den Weg. Vorneweg ging Sama, die freundliche Frau, die uns zu unserem Zelt gebracht hatte. Ihr Ehemann Melo folgte mit zweihundert Schritt Abstand. Er lief zickzack, weil er mit seinem Wurfstock die Sträucher untersuchte und den anderen signalisierte, wo es etwas zu pflücken gab.

Ich verstand die meisten Signale ihrer Zeichensprache nicht. Daher empfing ich auch keine Botschaften von den Angehörigen dieses Stammes, aber es kann gut sein, dass sie einander welche schickten.

Ich wusste, dass das normal war. Es braucht Zeit, um sich auf neue Menschen einzustellen, und im Augenblick waren sie einfach noch nicht mein Stamm. Mein Stamm, beziehungsweise das, was davon übrig war, bestand nur noch aus Ama, Cato, Ocho und Hona. Alle anderen waren zu Herren des Rauchs geworden. Als mir das bewusst wurde, fühlte ich mich sehr einsam.

Wir entfernten uns vom Meer und drangen tiefer ins Hinterland vor. Wäldchen aus himmelhohen Langnadeln, Stinkbäumen und Sträuchern wechselten sich mit Wiesen voller Tümpel ab.

Die Stimmen von Quakern erfüllten die Luft und oft hörten wir es plumpsen, wenn sie ins Wasser sprangen. Ein rötlich schimmernder Runzelkopfvogel flog aus dem Gestrüpp auf. Chara, die neben mir lief, traf ihn mit ihrem Wurfholz, und mit einem erstickten Laut fiel der große Vogel zu Boden.

»Was für ein Wurf!«, sagte Ocho bewundernd.

»Ich kann mit dem Stock ganz gut umgehen«, erwiderte Chara. »Auch mit Steinen. Mit der Speerschleuder dagegen tue ich mich schwer.«

»Ich habe die Speerschleuder meines Vaters«, sagte ich und zeigte ihr die an meinem Lendenschurz hängende Waffe. »Aber Steine werfen kann ich auch gut. Einmal habe ich sogar einen Blattfresser getötet.«

Ocho stöhnte und Hona suchte sich ausgerechnet diesen Moment aus, um den ihr anvertrauten Korb fallen zu lassen. Mit einem Wink bedeutete Ama mir, Hona zu helfen, und ich gehorchte widerwillig.

Als ich wieder aufstand, sah ich, dass Chara und Ama schon weit voraus waren. Ich wollte schnell hinterher, doch Cato, der noch weiter hinten ging, rief mich.

»Was ist?«, fragte ich seufzend.

»Ich habe dich beobachtet«, sagte er. »Darf man erfahren, was du vorhast?«

Ich verstand nicht, was er meinte.

»Was du mit ihr vorhast?« Er zeigte auf Chara.

Ich verstand noch weniger.

»Sie gehört Ocho.«

»Wie meinst du das?«

Er boxte mich, so heftig, dass ich beinahe umgefallen wäre.

»He, spinnst du?«

»Nein, du spinnst, weil du von nichts eine Ahnung hast«, sagte er. »Ich werde eines Tages Ama heiraten, während du und Hona zusammengehören. Beri und Ocho dagegen haben niemanden. Beri lebt nicht mehr … Ocho aber schon, und deshalb braucht er eine Gefährtin. In dem neuen Stamm gibt es nur ein einziges junges Mädchen, und das ist Chara. Deshalb musst du sie in Ruhe lassen. Sonst bekommst du es mit Ocho zu tun, und auch mit mir.«

Es war eine sehr komplizierte Erklärung. Mir war noch immer nicht klar, ob ich ihn richtig verstanden hatte.

»Was soll das heißen, dass du eines Tages Ama heiraten wirst?«

»Wie einfältig bist du eigentlich? Hast du während unserer gesamten Wanderung nie gemerkt, dass Ama und ich jeden Abend zusammen Holz sammeln gehen? Und weißt du, warum?«

Nein, ich wusste es nicht.

»Damit wir uns im Wald küssen können. Und manchmal auch mehr. Einmal durfte ich sie sogar hier berühren.« Er legte sich eine Hand auf die Brust.

»Das ist nicht wahr!«

»Doch, es ist wahr. Ich habe sie ordentlich gedrückt.«

»Ich gehe sofort zu ihr und frage sie.«

»Versuch es und ich schlag dich hier und jetzt zu Brei!«

Er schien es ernst zu meinen. Aber da war noch etwas, das ich nicht verstand.

»Warum sagst du, dass ich Hona heiraten soll? Sie ist doch nur ein Kind.«

»Also, du bist ja wirklich *unglaublich* dämlich. Weißt du nicht, dass sie dich liebt? Ihr seid immer zusammen … Und sie ist eifersüchtig auf Chara! Als du mit Chara gesprochen hast, hat Hona den Korb fallen lassen, damit du stehen bleiben musst. Hast du das denn nicht gemerkt?«

»Sie. Ist. Ein. Kind«, wiederholte ich nachdrücklich.

»Sie ist nur drei Jahre jünger als wir. Sie wird älter werden. Wenn ihr erwachsen seid, machen die paar Jahre keinen Unterschied mehr.«

Noch nie hatte ich so einen Unsinn gehört. Hona war eine furchtbare Nervensäge und ich hoffte, eines Tages Ama zu heiraten. Hatten sie und Cato einander wirklich geküsst? Und mehr getan …?

Die Stammesgesetze schrieben vor, dass ein Junge und ein Mädchen erst zusammen sein durften, nachdem beide erfolgreich an einer Großen Jagd teilgenommen hatten. Doch auf unserer Wanderung waren keine Erwachsenen da gewesen, um über uns zu wachen. Jetzt fiel mir ein, dass sich Ama und Cato tatsächlich beinahe jeden Abend gemeinsam vom Lager entfernt hatten, um Holz zu suchen. Ich hatte geglaubt, dass sie es taten, um sich fern von uns in Ruhe darüber zu streiten, wer in unserer Gruppe die Befehle gab. Wie dumm war ich gewesen!

Dieser Gedanke löste einen seltsamen Schmerz tief in meinem Inneren aus. Cato war ein furchtbarer Angeber und meiner Meinung nach wollte er Ama nur heiraten, um Anführer unseres Stammes zu werden. Vielleicht sollte ich es ihr sagen und sie bitten, mich auch mal zu küssen.

Während ich darüber nachgrübelte, beobachtete ich Ocho und Chara, die sich miteinander unterhielten, als ob es mich gar nicht gäbe. Oh, wie wütend ich war!

Bei Sonnenuntergang erreichten wir eine von Herzbäumen gesäumte Lichtung, und die Gruppe beschloss, hier das Lager aufzuschlagen.

Die Männer entzündeten ein Lagerfeuer, aber es wurden weder Zelte aufgebaut, noch wurde viel ausgepackt, denn wir wollten schon vor Sonnenaufgang wieder aufbrechen. Die unterwegs gesammelten Pflanzen und erlegten Tiere wurden zubereitet, darunter auch Charas Runzelkopfvogel.

Nachiliqua, Charas Mutter und Heilerin des Stamms, bat uns nach dem Essen, noch einmal unsere Geschichte zu erzählen.

»Habt ihr es tatsächlich geschafft, allein im Wald zu überleben? Ihr habt wirklich Schlimmes durchgemacht. Ihr müsst sehr mutig und auch sehr tüchtig sein!«

Natürlich schauten wir nun alle Ama an, die die Gabe hatte. Sie lächelte und begann zu erzählen.

Sie sah wunderschön aus, als sie um das Feuer tanzte, die Rufe der Tiere nachahmte und schilderte, wie wir Fische gefangen und unsere Waffen und anderen Ausrüstungsgegenstände hergestellt hatten.

Nachdem Ama ihre Geschichte beendet hatte, schlief ich fast sofort ein. Als Hona mich weckte, hatte sich der Himmel bereits rosa verfärbt und meine Haut war nass vom Tau.

Wir brachen auf und bald merkte ich, dass meine Freunde nicht mehr in meiner Nähe waren. Ama und Cato sprachen mit den beiden Jungen, die ebenso wie wir an der Großen Jagd teilnehmen sollten. Ocho unterhielt sich mit einem alten Mann, den sie »Großvater Nahomo« nannten, über Seile. Ich hingegen wurde von Hona und Chara begleitet, die rechts beziehungsweise links von mir gingen. Nach dem Gespräch vom gestrigen Tag fühlte ich mich irgendwie unbehaglich.

»Sag mal …«, begann Chara. »Sie wollen nicht, dass ich mit dir darüber rede, aber mir will auch keiner sagen, ob es stimmt oder nicht. Hast du wirklich die Gabe des Tötens? Und stimmt es, dass du ein Graufell erlegt hast?«

»Ja, das stimmt«, antwortete ich. »Ich habe lange gebraucht, um es zu begreifen, weil ich mit dem Wurfstock nie besonders gut getroffen habe … Sicherlich kann ich damit nicht so geschickt umgehen wie du. Außerdem bin ich ein bisschen jünger als die anderen, wenn auch nur ein paar Tage … Jedenfalls muss ich in der Gruppe immer ganz hinten gehen, deshalb war ich bei unseren Jagden nie derjenige, der als Erster angreifen konnte.«

»Das liegt aber vor allem daran, dass Roqi lauter als ein wühlender Grunzer ist«, spottete Hona.

»Hast du nie versucht zu jagen, wenn du allein warst?«, fragte Chara, ohne Hona zu beachten.

»Ich … nein, nicht sehr oft. Ich habe immer gedacht, das sei nichts für mich.«

Chara lachte. »Was sollte ein Mann denn sonst tun, anstatt zu jagen?«

»Keine Ahnung«, antwortete ich ehrlicherweise. »Ich habe immer gern Yabo zugehört, der unser Schamane war. Vielleicht hätte ich ihn eines Tages gebeten, mich in die großen Geheimnisse einzuweihen. Aber ich weiß nicht, ob er dazu bereit gewesen wäre … Es ist immer schwer herauszufinden, was Menschen mit magischen Kräften denken. Aber so etwas hätte ich gern gemacht.«

»Hm. Roqi von den Geistern. Als Name klingt das gar nicht mal so schlecht. Aber jetzt, wo du entdeckt hast, dass du die Gabe des Tötens hast, werden sie nicht zulassen, dass du etwas anderes machst. Es ist eine sehr seltene Gabe.«

Ich zuckte die Schultern. Vielleicht hatte sie recht.

»Roqi hat nicht wirklich die Gabe des Tötens«, warf Hona

ein. »Er hat sie an dem Tag des Großen Feuers entdeckt, als alle gestorben sind … Deshalb hat seine Zeremonie nicht stattgefunden. Yabo von den Geistern hat Roqis Gabe dem Stamm nicht vorgestellt.«

»Stimmt das?«, erkundigte sich Chara.

»Pfff«, machte ich. »Ja, schon, aber nur, weil Yabo nicht mehr dazu gekommen ist. Wenn es ihm möglich gewesen wäre, hätte er die Zeremonie sicherlich für mich abgehalten. Und wie ist das bei dir?«

Chara erzählte mir fast ihre ganze Geschichte. Sie begann bei ihrer Familie (Hiti, Nachiliqa und ihre Schwester Maca, die erst vor Kurzem den Jäger mit den großen Ohren geheiratet hatte) und machte mit dem übrigen Stamm weiter: Wer nett war und wer nicht, wem man trauen konnte und vor wem man sich besser in Acht nahm. Es war ein wahrer Wirbel von Namen, bis ich irgendwann aufgab und nur noch dem Klang ihrer Stimme lauschte, ohne zu verstehen, was sie sagte.

Plötzlich blieb Chara so abrupt stehen, dass ich sie beinahe umgerannt hätte. Auch die anderen ihres Stammes hatten angehalten.

Alle, Männer und Frauen, standen unbeweglich da, mit hochgerecktem Kopf.

»Was ist denn?«, signalisierte ich Hona.

»Keine Ahnung.«

Chara erwachte aus ihrer Erstarrung. »Habt ihr sie nicht empfangen?«

»Was denn?«

»Die Botschaft. Sie kam von meinem Vater und den anderen Jägern.« Chara holte tief Luft. »Sie haben sie gefunden. Sie haben die Giganten gefunden.«

ZWANZIG

Der Stamm nahm den unterbrochenen Marsch wieder auf, vollkommen lautlos, als ob die ersehnte Beute in unmittelbarer Nähe wäre und nicht viele Tausend Schritt entfernt. Jedes Mal, wenn ich aus Versehen auf einen trockenen Zweig trat oder zu laut atmete, schauten die Erwachsenen mich vorwurfsvoll an.

Anstatt in gerader Linie weiterzugehen wie bisher, beschrieben wir eine großzügige Kurve auf die Wärme zu. Erst nach einer Weile wurde mir klar, dass es wegen des Windes war: Sie wollten in die Nähe der Herde kommen, ohne dass uns die großen Tiere witterten.

Schließlich gelangten wir an den Rand eines Sumpfs. Vor uns lag ein Netz aus Teichen und Bächen, an deren Rändern Kolbengras und Sträucher mit Spinnenbeinblumen wuchsen. Die Pflanzen waren so hoch, dass ich, wäre ich inmitten von ihnen gestanden, nicht über sie hätte hinwegschauen können.

In der Ferne grenzte der Sumpf an einen Wald aus Sumpfnadeln und Eierblattbüschen, die direkt aus dem Wasser zu wachsen schienen.

»Die Giganten sind da drinnen«, erklärte der alte Nahomo, dessen Stimme ich jetzt zum allerersten Mal hörte. »Sie lieben das Wasser, weil es ihr Gewicht trägt. Außerdem bietet ihnen der Wald Schatten und reichlich Blätternahrung.«

»Ich kann sie nicht sehen«, warf Chara ein.

»Wir sind noch sehr weit von ihnen entfernt«, erklärte ihre Mutter. »Aber diese Stelle hier eignet sich gut als Jagdlager. Der Boden ist fest genug.«

Dieser Satz wirkte wie ein Befehl, denn sofort stellten alle ihre Rückentragen und Körbe ab und machten sich daran, das Lager aufzuschlagen. Als sie die Zelte errichteten, dachte ich, sie würden nun auch Trockengestelle für das Fleisch aufbauen, die Räucherhütten und überhaupt alles, was nach einer beendeten Jagd so gebraucht wurde.

Chara schüttelte lachend den Kopf. »Das machen wir erst, wenn die Jagd gut verlaufen ist, sonst würde es Unglück bringen … Mein Vater ist sehr abergläubisch. Bevor wir nicht erfolgreich zurückkehren, ist es verboten, die Häutemesser auch nur zu berühren.«

Ich gab ihr ein Zeichen, dass ich verstanden hatte, denn auch Yabo von den Geistern hielt vor der Jagd seine besonderen Rituale ab. Allerdings waren sie ein bisschen anders als die von Hitis Stamm.

Bei Einbruch der Dunkelheit wurde das Feuer gelöscht und es wurden Wachen aufgestellt, die verhindern sollten, dass sich dem Lager Raubtiere näherten. Ich hätte mich dafür gern freiwillig gemeldet, doch uns jungen Menschen wurde gesagt, dass wir unsere Kräfte für die Große Jagd aufsparen sollten. Weil es warm war, blieben wir im Freien und schwitzten vor uns hin, belagert von unersättlichen Schwärmen von Stechschwirrern.

Ich brauchte lange, um einzuschlafen, und schlief schlecht. Beim kleinsten Geräusch schreckte ich hoch, und es gab sehr viele Geräusche. Deshalb war ich froh, als endlich die Sonne aufging.

»Was machen wir jetzt?«, fragte ich Chara. »Gehen wir deinem Vater entgegen?«

»Er wird zu uns kommen«, antwortete sie. »Wir müssen nur warten.«

Also warteten wir. Wir nutzten die Zeit, um unsere Speere und Speerschleudern zu kontrollieren, die Wurfstöcke und all die anderen Waffen, die wir bei der Großen Jagd einsetzen würden.

»Es wird großartig«, sagte Cato. »Ich werde derjenige sein, der dem Giganten den Todesstoß verpasst, ihr werdet sehen.«

»Von wegen«, widersprach einer von Charas Freunden. »Das werde ich sein.«

»Dann werden wir es gemeinsam tun«, sagte Cato versöhnlich. »Wichtig ist, dass wir überlegt angreifen.«

»Euer Wunsch erfüllt sich gleich«, erwiderte Hiti. »Es ist so weit.«

Ich stieß einen erschrockenen Schrei aus, weil ich nicht gemerkt hatte, dass der Häuptling zusammen mit Nioqo und den Kundschaftern zu uns gestoßen war. Einer nach dem anderen schlüpfte aus dem Gebüsch. Sie hatten sich den ganzen Körper mit Schlamm und Gras beschmiert, sodass sie, wenn sie reglos stehen blieben, wie Teile der Landschaft aussahen und nicht wie Menschen.

Der Stamm versammelte sich rings um sie herum und Hiti begann, von ihren Entdeckungen zu berichten, teils mit Worten, teils mit Gesten, deshalb war mir nicht klar, ob ich alles richtig verstand. Sie hatten die Herde offenbar mitten im Sumpf angetroffen. Die Tiere machten unter den Bäumen Rast, in zehnmal tausend Schritt Entfernung von unserem Jagdlager.

»Die Herde besteht aus vier Tieren«, fuhr Hiti fort. »Angeführt werden sie von einer alten Kuh, dann sind da noch zwei weitere Kühe und ein sehr junger Bulle.«

Aufgeregtes Gemurmel kam auf. Seit Langem war keine so große Herde mehr gesichtet worden.

»Nioqo meint, dass irgendwo in ihrer Nähe auch ein großer Bulle herumstreifen müsste, der die Kühe sucht, um sich mit ihnen zu paaren, doch seine Fährte haben wir nicht gefunden. Vermutlich ist er noch nicht nahe genug ... oder aber schon weitergezogen.«

»Der erwachsene Bulle bereitet mir keine Sorgen, aber die alte Leitkuh schon«, sagte Iquo von den Geistern. »Eine so alte Gigantenkuh ist mit Sicherheit sehr klug und hat viele Jagden überlebt. Wir müssen sehr vorsichtig sein.«

Ich war ein bisschen enttäuscht, denn sie sprachen miteinander, als wären wir gar nicht da. Ich drehte mich zu Ama um, weil ich wissen wollte, wie sie darüber dachte, und sah, dass sie neben Cato stand und beide den Männern aufmerksam zuhörten. Eifersucht überkam mich, und Hona warf mir einen Blick zu, den ich nicht deuten konnte.

Ich verlor mich in meinen Gedanken, bis ich Hiti sagen hörte: »Gut, dann ist das beschlossen. Genau so machen wir es.«

»Was machen wir?«, fragte ich leise.

Niemand gab sich die Mühe, mir zu antworten, sodass ich mich noch stärker ausgeschlossen fühlte.

»Alter Nahomo«, sagte Hiti. »Ich bitte dich, hierzubleiben und das Lager gemeinsam mit Großmutter Qechela zu verteidigen. Ich vertraue dir die Leben all jener an, die nicht mit auf die Jagd kommen können: von Taca, die erst vor Kurzem ein Kind geboren hat, und von ihrem kleinen Huri. Außerdem von Pacano und der jungen Hona, der Tochter von Paraqui.«

Der Alte nickte, stolz auf diese Aufgabe, die meiner Ansicht nach nur eine Strategie war, um ihn loszuwerden.

»Der übrige Stamm kommt mit uns in den Wald. Iquo, ich fordere dich auf, den Zauber der Herren des Rauchs herbeizurufen, der uns vor den Giganten verstecken und vor Unglück bewahren soll. Halte das Unglück von uns fern und beschütze die jungen Menschen, die heute an ihrer ersten Großen Jagd teilnehmen: meine Tochter Chara und Hupu und Ichu aus dem Stamm, der meinen Namen trägt. Und die jungen Menschen aus Paraquis Stamm: Ama und Cato, Ocho und Roqi ...«

Ich war ziemlich verblüfft, dass sich dieser Mann an unsere Namen erinnerte, und fühlte mich unglaublich stolz, bis ich Cato sagen hörte: »Roqi nicht.«

Ich starrte ihn an. Alle starrten ihn an.

»Was soll das bedeuten?«, fragte Hiti.

»Dass Roqi seine Gabe noch nicht entdeckt hat. Und dass er deshalb noch nicht bereit ist für die Große Jagd.«

»Das ist nicht wahr!«, schrie ich. »Ich habe meine Gabe gefunden. Es ist die Gabe des Tötens.«

»Das behauptest du. Aber Yabo von den Geistern hat es nicht durch eine Zeremonie bestätigt.«

»Aber doch nur, weil er da schon tot war!«

»Jedenfalls hat die Zeremonie nicht stattgefunden.«

Knurrend stürzte ich mich auf ihn und warf ihn zu Boden. Normalerweise vermied ich es, mich mit Cato zu prügeln, weil er viel stärker war als ich. Jetzt aber war ich derartig wütend auf ihn, dass ich ihn mitten ins Gesicht boxte, bevor es Ocho gelang, mich von ihm fortzureißen.

Nioqo sah uns streng an.

Hiti schüttelte den Kopf. »Als Erwachsener benimmt man sich nicht so.«

»Er hat angefangen«, sagte ich und merkte selbst, wie kindisch das klang.

Der Häuptling schaute mir direkt in die Augen. »Ist das, was dein Freund sagt, wahr? Hast du die Zeremonie der Gabe durchlaufen?«

Cato war nicht mein Freund, nicht mehr, und ich biss mir auf die Lippen. »Nein, das heißt …«

»Was Cato sagt, stimmt!«, rief Ocho aus.

Hiti wandte sich ihm zu. »Sagst du auch die Wahrheit?«

Chara, die neben ihm stand, machte eine bestätigende Handbewegung. Bitter bereute ich, ihr gestern meine ganze Geschichte erzählt zu haben. Dadurch war sie zu einer weiteren Zeugin geworden, die gegen mich aussagte. Auch Ama machte das Wahrheitszeichen, nur Hona hielt sich zurück.

»Dann tut es mir leid, Roqi, aber du kannst nicht mitkommen«, sagte Hiti. »Ein Kind in der Jagdgruppe würde nur das Unglück anziehen.«

»Aber ich bin doch kein Kind mehr! Ich bin genauso alt wie die anderen. Und ich habe eine Gabe, genau wie sie.«

Ich trat zu Iquo von den Geistern und warf mich zum Zeichen der Unterwerfung vor ihm auf den Boden. »Du bist ein Schamane, ich bitte dich, nimm die Zeremonie für mich vor, damit ich ein Mann werden kann. Ich flehe dich an!«

Iquo sah mich an, dann wandte er sich ab. »Ich kann es

nicht tun. Nicht jetzt. Die Giganten sind viel zu nah, sie würden meine Magie wahrnehmen und fliehen. Wir haben dafür keine Zeit.«

»Aber …«

Der Schamane machte die Geste der Weigerung, die in dieser Situation einer Verurteilung gleichkam.

»Roqi, bitte, hör damit auf. Wir Jäger müssen jetzt aufbrechen«, sagte Nioqo.

»Wenn wir wieder zurück sind, werde ich die Zeremonie für dich durchführen«, versprach Iquo. »Dann kannst du dabei sein, wenn wir das nächste Mal auf Giganten stoßen und eine Große Jagd abhalten.«

»Es kann *Jahre* dauern, bis wir wieder Giganten finden«, protestierte ich. »Viele Jahre!«

Niemand brachte den Mut auf, mir in die Augen zu sehen. Mit einem Schrei rannte ich davon. Ich hätte vor Wut platzen können.

Es war ungerecht. Es war einfach nicht richtig. Das waren *meine* Giganten. Ich war derjenige, der sie gefunden hatte. Als ich mich mit Hona im Wald verirrt hatte, hatte ich die Spuren des ausgewachsenen Bullen entdeckt, die die Jäger nun zu der Herde geführt hatten. Ich hätte mitmachen müssen, eigentlich sogar in der ersten Reihe. Schließlich war ich derjenige mit der Gabe des Tötens.

»Paraqui war ein großer Jäger«, sagte ich leise zu mir selbst. »Auch mein Vater war einer. Unser Stamm ist weit gewandert, um Giganten zu töten, und jetzt ist es Hitis Stamm, der diese Ehre erringt. Die anderen werden zu Erwachsenen. Aber ich nicht. Ich nicht!«

Ich ließ mich zu Boden fallen. Um meine Wut loszuwerden, kroch ich zu einem jungen Baum und brach all seine

Äste ab. Doch ich hatte nicht gemerkt, dass es sich um eine Stinknadel handelte, und der widerliche Geruch seiner Rinde löste bei mir einen Brechreiz aus.

Ich hätte nicht sagen können, warum, aber es half mir, mich wieder zu beruhigen.

Was sollen sie von dir denken, wenn du dich so aufführst?, dachte ich. Du musst ihnen zeigen, dass du für die Große Jagd bereit bist. Geh zu ihnen zurück, rede ganz ruhig mit Hiti und Iquo. Sicher werden sie eine Lösung finden.

Cato hatte mir eins ausgewischt, weil er neidisch auf mich war. Das war er schon immer gewesen, aber es sollte keine Rolle mehr spielen: Ich war nicht mehr Roqi-der-Letzte-in-der-Gruppe, und das musste ich ihnen beweisen.

Als ich zum Lager zurückkehrte, lief Hona mir entgegen und umarmte mich.

»Oh, Roqi«, sagte sie, »es tut mir so leid.«

»Das letzte Wort ist noch nicht gesprochen«, erwiderte ich. »Wo ist Hiti? Ich muss ihm sagen, dass …«

Hona schaute mich mit ihren großen Augen an. »Sie sind schon alle weg. Iquo hat den Segen der Geister erbeten und dann sind sie in Richtung Sonnenuntergang losgegangen.«

Was? Das war nicht möglich! Ich konnte es nicht glauben.

Doch das Lager war leer. Zurückgeblieben waren nur die beiden Alten, die junge Frau mit dem Säugling und der kleine Junge, den sie Pacano nannten.

»Ach, du bist wieder zurück«, sagte die Großmutter. »Dann brauche ich dich wenigstens nicht zu suchen.«

Ich sagte nichts darauf und wollte gehen, doch sie hielt mich fest. Sie nahm mein Fell an sich und klemmte es sich unter den Arm.

»Das hier legen wir mal beiseite. Es stinkt viel zu sehr, um es mit sich herumzutragen.«

»Du kannst mir das nicht wegnehmen, es gehört mir!«

»Und wie ich das kann, mit dem Fell stinkst du wie …«

»Der Geruch kommt von einem Stinknadelbaum, das Fell hat nichts damit zu tun.«

»Ich gebe es dir später zurück. Geh jetzt erst einmal Taca helfen: Sie flicht Seile und kann deine Hilfe gut brauchen. Oder denkst du etwa, dass du hier nicht zu arbeiten brauchst? Los, beeil dich. Wenn die anderen von der Jagd zurückkehren, werden wir alle Hände voll zu tun haben.«

Ich war wütend. Jetzt verpasste ich nicht nur die Jagd, ich musste auch noch schuften.

»Ich will das nicht machen«, sagte ich.

Die Alte packte mich an einem Ohr und zog mit aller Kraft daran. »Wenn du ein Mann werden willst, musst du Disziplin lernen!«

Ihr Griff war unglaublich fest, und weil es mir nicht gelang, mich daraus zu befreien, musste ich nachgeben.

Ich versprach, beim Seilemachen zu helfen. Dann ging ich zu Taca, nahm mir wortlos ein Bündel Grashalme und machte mich ans Werk.

EINUNDZWANZIG

Für diejenigen, die daran teilnehmen, gibt es nichts Schöneres als eine Jagd.

Für denjenigen, der gejagt wird, gibt es nichts Furchtbareres.

Und für denjenigen, der warten muss, gibt es nichts Langweiligeres.

»Bleib hier, Roqi.«

»Mach ja nichts, Roqi.«

»Geh als Letzter hinter der Gruppe her, Roqi.«

»Wir rufen dich dann schon, Roqi.«

Und Roqi gehorchte. Er war brav, sammelte Wurzeln, flocht Seile, passte auf Hona auf. Während die anderen den Spaß hatten.

Seit die Welt geendet hatte, hatte ich mich schon hundertmal bewiesen. Ich hatte den Herrn des Waldes getötet und auch das Graufell, das mich angefallen hatte. Ich hatte mit meinem Speer ein Wasserfelltier getroffen und hätte es auch getötet, wenn nicht das Ungeheuer gekommen wäre und es fortgeschleppt und Beri so schwer verletzt hätte.

Auch die Giganten hatte ich gefunden.

Warum wurde ich trotzdem immer noch von allem ausgeschlossen?

Weil ich der Jüngste war (mal abgesehen von Hona)? Weil ich erst vor Kurzem meine Gabe entdeckt hatte und es noch nicht durch eine Zeremonie bestätigt worden war?

Nun, es gab da ein Problem: Ich hatte genug. Einfach genug.

Ich stand auf.

»Wohin gehst du?«, wollte Taca wissen.

»Ich muss austreten.«

»Und warum machst du das nicht einfach hier?«, nörgelte die alte Qechela (oh, wie ich sie hasste!).

»Weil ich das nicht will.«

»Was ist los, schämst du dich etwa?«

Ich würdigte sie keiner Antwort.

Stattdessen verschwand ich zwischen den Zelten und ging zu jenem, in dem wir unsere Sachen gelassen hatten. Dort nahm ich mir meine Speerschleuder und zwei Speere. Das Messer hing bereits an meinem Gürtel. Ich vergewisserte mich, dass Hona immer noch neben Taca und der alten Frau saß und Seile flocht, und dass der alte Mann nirgends in der Nähe war. Dann schlich ich mich zwischen Büscheln von Spinnenbeinblumen geduckt davon.

Als ich den ersten Eierblattbaum erreicht hatte, lehnte ich mich an seinen Stamm.

Sollte ich es wirklich tun, fragte ich mich. Möglicherweise war es eine sehr schlechte Idee. Aber andererseits: Warum nicht? Was konnten mir diese Menschen schon anhaben? Sie waren nicht mein Stamm. Mein Stamm war tot. Und diese Giganten gehörten mir. Ich hatte jedes Recht, sie mir anzuschauen.

Geduckt lief ich durch das hohe Gras, am glitschigen Rand eines Teichs entlang.

»Cato, du sagst immer, dass ich so laut wie ein Grunzer bin. Na, mal sehen, ob du mich bemerkst, bevor ich dich zu Boden werfe.«

Ich wusste ungefähr, in welche Richtung die anderen gegangen waren, aber das genügte nicht: Ich musste ihre Fährten finden, auch wenn sie alles getan hatten, um keine Spuren zu hinterlassen, und ich auf diesem Gebiet nicht so gut wie Ocho war.

Der Sumpf war voller Leben. Stechschwirrer und Brummer surrten und summten um mich herum, Weißstirn-Wasservögel glitten auf dem Wasser dahin, Sumpfgreifer flogen über mich hinweg. Und dann gab es noch die lauten Quaker, die Schuppenflitzer und die Schlangen, sowie die zwischen den Schilfrohren herumwuselnden Großohrnager.

Als der Wald dichter wurde, fand ich kaum noch trockenen Boden, auf den ich meine Füße setzen konnte, denn die Sumpfnadeln wuchsen direkt aus dem Wasser und überall waren Teiche, Quellen und Bäche. Vielleicht hätte ich durch den Wald hindurchschwimmen können, doch ich traute mich nicht. Möglicherweise lebte in dem tieferen Wasser das eine oder andere Vielzahnmaul.

Ich lief einen umgestürzten Baumstamm entlang und wäre beinahe hinuntergerutscht, weil er so glitschig war. Als ich durch den Schlamm watete, sank ich bis zu den Knien ein. Ich klammerte mich an einen Baum, um nicht hinabgezogen zu werden.

Dann blieb ich keuchend stehen.

Seit ich das Lager verlassen hatte, war einige Zeit vergangen und mit Sicherheit hatten die beiden Alten inzwischen meine Flucht bemerkt. Aber eigentlich konnte mir das egal sein. Sie konnten mir nichts tun.

Mittlerweile musste ich in dem Gebiet angelangt sein, in dem die Jagd stattfinden sollte. Allerdings entdeckte ich keinerlei Hinweise auf die Anwesenheit der anderen oder der Giganten. Nirgends auch nur die winzigste Spur. Durch den Wald zog ein Geruch nach Fäulnis und ich war mir nicht sicher, ob ich den Weg zurück zum Lager finden würde.

Hatte ich mich verirrt?

Oh nein, das wäre eine Katastrophe ...

Schließlich beschloss ich, auf einen Ogechebaum zu klettern, um mir die Umgebung von oben anzusehen. Ich rammte meine Speere in den weichen Boden und umarmte den von rauer Borke umhüllten Stamm, auf dem alle möglichen Arten von Insekten und Maden herumkrochen. Sofort bekam ich etliche Stiche und Bisse ab. Nein, ein Vergnügen würde das Klettern sicherlich nicht sein.

Auf einem hohen Ast angekommen, schaute ich mich um, doch die Bäume standen so dicht, dass ich nicht sehen konnte, was am Boden unter ihren Kronen vor sich ging.

Wütend kletterte ich wieder herunter. Ich hatte einfach nur Zeit vergeudet. Ich zog die Speere aus dem Boden ...

»Bist du wahnsinnig geworden?«

Ama und Ocho kamen hinter dem Ogechebaum zum Vorschein, auf dem ich gerade eben noch gewesen war, so plötzlich, dass ich vor Schreck beinahe in den Schlamm gefallen wäre.

»Seid ihr verrückt? Mir ist fast das Herz stehen geblieben.«

»Ach, wir sind verrückt, ja?«, fauchte Ama. »Darf man erfahren, was du hier treibst?«

»Ich habe euch gesucht.«

»Du solltest gar nicht hier sein. Du kannst bei der Großen Jagd nicht mitmachen.«

»Doch, kann ich. Könnte ich. Wenn mich Cato nicht verraten hätte.«

Ama sah mich sehr ernst an. »Cato hat das Richtige getan, Roqi. Wenn er es nicht gesagt hätte, dann hätte ich es gesagt. Ein Kind darf nicht an der Großen Jagd teilnehmen. Du hättest alles zum Scheitern gebracht.«

Ich musste lachen. »Natürlich. Erinnere dich doch bitte mal daran, dass es ohne mich gar keine Große Jagd gäbe. Ich bin derjenige, der euch auf die Fährte der Giganten geführt hat. Aber immer, wenn euch gerade danach ist, schließt ihr mich aus.«

Ama seufzte. »Es tut mir leid. Und das meine ich ernst. Wir hätten früher daran denken sollen. Wir hätten Iquo vor dem Verlassen von Hitis altem Lager bitten sollen, für dich die Zeremonie abzuhalten. Aber das ist keinem von uns eingefallen, auch dir nicht, und nun ist es dafür zu spät. Deshalb musst du jetzt gehen, verstehst du? Die Jagd wird gleich beginnen …«

»Perfekt«, sagte ich und nahm meine Speere. »Ich bin bereit.«

Ich war abgelenkt gewesen und hatte nicht auf Ocho geachtet, der sich von hinten angeschlichen hatte und mich nun packte.

»Na gut, du Held«, zischte er. »Du hast es versucht, aber du wirst uns nicht unseren wichtigsten Tag verderben. Verschwinde endlich!«

»Nein, ich verschwinde nicht.«

»Dann werde ich dich dazu zwingen.« Er versuchte, mir die Speere zu entreißen.

Ich schubste ihn und wir fielen beide in den Schlamm. Das war meine zweite Prügelei an diesem Tag. Ocho war allerdings noch kräftiger als Cato und viel zu groß und stark für mich.

Erbarmungslos schlug er auf mich ein, bis Ama plötzlich »Ah!«, schrie. Sie stürzte neben uns zu Boden.

»Ama«, sagte ich. »Was ist denn los?«

Ihre Augen waren so verdreht, dass ich nur das Weiße sah, und ihr Gesicht war bleich wie heller Sand.

»I… ich habe die Botschaft de… des neuen Stamms empfangen«, stammelte sie. »Die Giganten … sie kommen … aus dieser Richtung.«

Mit ihrem Finger zeigte sie auf den Wald vor uns, und im gleichen Augenblick hörte ich es auch. Ein tiefes Grollen, wie ein Todesschrei.

Es war der Ruf, mit dem die Giganten alle Bäume umwerfen, die ihnen im Weg stehen, und sie mitsamt der Wurzeln aus dem Boden reißen. Der Ruf, mit dem sie angreifen.

Sie kamen direkt auf uns zu.

ZWEIUNDZWANZIG

Der Boden bebte und von den Bäumen regnete es Blätter. Das Wasser der Teiche begann, Wellen zu schlagen, so hoch wie Meereswellen bei starkem Wind. Hinzu kamen die lauten, grollenden Rufe.

»Bald werden sie hier sein«, rief ich. »Wie sollten die Giganten gejagt werden? Wie war der Plan?«

»Offenbar ist er gescheitert. Hiti, Nioqo und zwei weitere erfahrene Jäger sollten die Tiere als Erste angreifen«, erklärte Ama. »Ein Überraschungsangriff, bei dem sie ihnen die Beinsehnen durchtrennen wollten, um sie an der Flucht zu hindern. Danach sollten wir dazukommen und ihnen den Todesstoß verpassen.«

»Kannst du ihre Botschaften sehen? Was passiert gerade?«

Ama zitterte. Ich hielt sie an den Armen.

»Roqi …«

»Was hast du gesehen?«

»Sie haben den jungen Bullen getötet … Aber die Mutter, die alte Gigantenkuh … Sie hat begriffen, was los ist. Sie hat die anderen Kühe gewarnt. Und jetzt greifen sie an.«

»Sie greifen an?«

»Ich glaube, wir müssen hier weg!«, rief Ocho. »Und zwar sofort!«

Ich half Ama beim Aufstehen, nahm meine Waffen und sah mich um. Welche Richtung sollten wir einschlagen?

Mir blieb keine Zeit, eine Antwort darauf zu finden, denn genau in diesem Moment kamen die Giganten.

Seit ich das letzte Mal eines dieser Tiere gesehen hatte, waren fünf Jahre vergangen. Damals war ich noch ein kleines Kind gewesen und ich konnte mich erinnern, wie aufgeregt die Erwachsenen gewesen waren. Mein Vater hatte mich in ein Wachsbeerengestrüpp geschoben, um mich zu verstecken, und mir dann Zeichen gegeben, den Kopf herauszustrecken, um zuschauen zu können.

Der Gigant war mir unermesslich groß vorgekommen, zweimal so hoch wie mein Vater und lang wie vier hintereinanderliegende Erwachsene. Sein Körper war von einem kurzen dichten Fell bedeckt gewesen, ähnlich dem der Langzahn-Holznager oder Braunen Pelzschwimmer. Seine Beine waren wie dicke alte Baumstämme, der Schwanz war so lang, dass er beinahe den Boden berührte. Ein Hals war nicht zu sehen, sodass der Kopf wie eine Verlängerung des Leibes wirkte. Er ging in einen zweiten Schwanz über, der anstelle der Nase mitten im Gesicht hing. Der Gigant konnte ihn wie einen Arm einsetzen, indem er damit Blätter von den Zweigen riss und sie sich ins Maul stopfte. Seine Ohren waren im Verhältnis zum Kopf klein, riesig dagegen waren die Stoßzähne.

»Ist er nicht herrlich?«, hatte mein Vater in Zeichensprache gesagt. »Er ist der Häuptling aller Tiere, er ist der Geist des Lebens. Die schiere Kraft der Natur.«

Damals erschien mir das etwas übertrieben. Na ja, das

Tier war tatsächlich enorm groß und diese Schwanznase in seinem Gesicht sah wie eine dicke Schlange aus. Als er Wasser ließ, entsprang zwischen seinen Hinterbeinen ein mächtiger gelber Strom, der mich sehr beeindruckte.

Aber abgesehen von alldem war er einfach nur ein riesiges Tier. Vögel flatterten um ihn herum und setzten sich auf seinen Kopf, um die Insekten zu fressen, die in seinem Fell lebten.

Warum also waren die Erwachsenen so aufgeregt gewesen?

Diese Frage sollte mich noch jahrelang beschäftigen.

Heute, an diesem Tag, begriff ich es endlich. Das, was uns da entgegenkam, waren nicht einfach nur riesige Tiere. Es waren Wirbelstürme aus Fleisch. Lebende Erdbeben.

Drei Gigantenkühe mit feurigen Augen trampelten alles nieder, was ihnen im Weg war. Die steil erhobenen Nasenschlangen stießen wütende Signale aus, die mir durch und durch gingen und meine Knochen erbeben ließen.

Die alte Mutterkuh führte den Angriff an: In ihrer Flanke steckten drei Speere, doch sie schien sie gar nicht zu spüren. Sie stürzte auf einen hohen Eierblattbaum zu, der ihr im Weg stand, packte ihn mit ihrer Schlangennase, entwurzelte ihn mit einem triumphierenden Laut und schleuderte ihn von sich, als sei der Baum ein Speer.

Erst jetzt bemerkte ich, dass das Tier Menschen verfolgte: Hiti und Nioqo, die mit nach hinten gehaltenen Speeren so schnell liefen, wie sie nur konnten. Dabei wichen die beiden Jäger geschickt dem nach ihnen geworfenen Baum aus. Eine der jüngeren Kühe versuchte, Nioqo mit ihrer Nasenschlange zu packen, stach sich jedoch an der Speerspitze. Der Schmerz verstärkte nur ihre Wut und vervielfachte ihre Kräfte.

Der Boden bebte jetzt nicht nur, er schwankte regelrecht. Vögel flogen auf und die drei Gigantenkühe kamen den Jägern immer näher.

»Weg hier, Roqi!«, schrie Ocho. »Los, weg!«

»Wir können nicht davonlaufen«, widersprach Ama. »Wir müssen ihnen helfen.«

Ich wusste nicht, wer von den beiden recht hatte, aber ich konnte mich ohnehin nicht mehr bewegen. Mir war, als seien meine Beine am Boden festgewachsen.

Und nun sah ich Chara und Cato, die, jeder mit einem Speer in der Hand, in der Krone einer Sumpfnadel lauerten. In voller Konzentration runzelten sie die Stirn und pressten die Augen zu schmalen Schlitzen zusammen: Sie befanden sich genau über dem Weg, den die Giganten nehmen würden, und hatten offenbar beschlossen, die Tiere von oben anzugreifen.

Als Hiti sie erblickte, rief er: »Nein, weg da!«

Anstatt auf ihn zu hören, zielte Cato und warf seinen Speer. Chara tat es ihm sogleich nach. Charas Speer verfehlte sein Ziel, während der von Cato eines der jüngeren Weibchen mitten ins Auge traf.

Der Schmerz ließ das Tier vor Wut wahnsinnig werden. Als die anderen beiden, die Mutter und die zweite junge Kuh, sahen, was passiert war, gingen sie auf die Sumpfnadel los und auf die beiden Menschen, die darin saßen.

Die Tiere rasten auf den Baum zu, dass die Erdklumpen nur so flogen. Cato und Chara sprangen herunter und rannten los. Weil sie keine anderen Wurfwaffen bei sich hatten, konnten sie nur laufen, einfach nur weglaufen.

Hiti und Nioqo wollten die wütenden Kühe ablenken und rannten laut schreiend und Speere schwingend hinterher, doch sie waren zu weit weg und die alte Gigantenmutter war viel zu erzürnt.

Als Erstes packte sie Chara. Sie wickelte ihr die Nasenschlange um den Leib und drückte mit aller Kraft zu. Ich hörte Chara schreien, als sie hochgerissen wurde, sah ihr schmerzverzerrtes Gesicht, das herumwirbelnde lange dunkle Haar. Die Gigantenkuh hob Chara in die Luft, schleuderte sie ausgerechnet gegen Cato, sodass beide zu Boden stürzten, und trampelte wütend auf ihnen herum.

»Nein!«, schrie Hiti. »Neiiiin!«

Er warf seinen Speer und traf das Tier an einer empfindlichen Stelle unten am Bauch. Nioqo tat es ihm nach.

Anstatt dass der Schmerz die Gigantenmutter erschreckt und zur Flucht veranlasst hätte, erzürnte er sie nur noch mehr. Mit gesenktem Kopf ging sie auf ihre Angreifer los, holte Nioqo ein, packte auch ihn mit ihrer Nasenschlange und schleuderte ihn gegen einen Sumpfnadelstamm.

Der Wanderer krachte gegen das Holz, fiel in den Schlamm und blieb reglos liegen.

Das alles hatte nicht länger gedauert als drei Atemzüge.

Cato. Chara. Nioqo.

Ihre Namen hallten in meinem Kopf wider.

Wie war das möglich gewesen?

Gestorben, einfach so, im Zeitraum eines Wimpernschlags.

»Oh nein«, sagte Ama. »Oh nein, nein, nein.«

Nun ereigneten sich, mehr oder weniger gleichzeitig, mehrere Dinge. Weil ich so erschüttert und verwirrt war, wusste ich hinterher nicht mehr genau, was wann passierte.

Die anderen Jäger des Stammes kamen aus dem Wald gelaufen. Speere flogen durch die Luft und blieben in den Beinen der Gigantenkühe stecken, in ihren Flanken, im empfindlichen Bauch.

Wieder und wieder griffen die Tiere an. Doch jedes Mal, wenn sie einen der Jäger beinahe erreicht hatten, attackierte ein anderer sie von hinten und lenkte sie ab. Nach jeder weiteren Verletzung bewegten sie sich langsamer, wirkten etwas geschwächter.

Die alte Leitkuh hielt am längsten durch. Schließlich stand sie jedoch in einem schlammigen Teich, aus dem sie sich nicht mehr befreien konnte. Daraufhin begann das Massaker. Die Jäger fielen ebenso wütend über die Gigantenkuh her, wie sich diese zuvor an Cato, Chara und Nioqo ausgetobt hatte.

Blut. Verzweifeltes Gebrüll. Das dumpfe Aufschlagen von Stöcken. Das schmatzende Geräusch, das entsteht, wenn eine Steinklinge durch Fleisch fährt.

Und in unmittelbarer Nähe die Körper meiner Freunde.

Kalt und tot.

Allein.

Auch Hiti schien von der Enormität dieses Verlusts wie erschlagen. Während die Jäger seines Stammes ihr Werk vollendeten, stand er unbeweglich da, mit dem letzten nicht geworfenen Speer in der Hand.

Irgendwann gelang es ihm, zu Chara hinüberzuwanken. Er hob ihren Körper hoch und drückte ihn an seine Brust, bevor er den Mund aufriss und einen markerschütternden, wilden Schrei ausstieß.

Behutsam legte er Chara wieder auf den Boden und betrachtete sie lange Zeit. Dann kam er auf uns zu, dorthin, von wo aus Ama, Ocho und ich alles gesehen hatten.

Hitis Gesicht war vollkommen ausdruckslos, ganz so, als

ob seine Seele zusammen mit der seiner Tochter fortgeflogen wäre. Er war am Leben und gleichzeitig tot.

Sein schlammverschmiertes Gesicht verzog sich zu einer hässlichen Fratze. Er ließ den Speer fallen, hob eine Hand auf Brusthöhe und schloss sie zur Faust, während er die andere, offene Hand Richtung Boden drehte.

Das Zeichen des Unglücks.

Hiti hatte uns soeben untrennbar mit dem Zeichen des Unglücks verbunden.

Ich spürte, wie mein Herz immer heftiger schlug.

»Wir müssen gehen«, sagte ich leise.

»Aber Cato ... Nioqo ...«

»Sie sind tot«, erwiderte ich. »Und wir werden ebenfalls sterben, wenn wir uns nicht in Sicherheit bringen. Jetzt. Sofort. Los, weg hier!«

Ama und Ocho schien nicht klar zu sein, dass sie in großer Gefahr schwebten. Sie waren noch immer von dem blutigen Schauspiel gefangen, vom Anblick der Giganten, die vor unseren Augen zerlegt wurden, vom Anblick unserer toten Freunde.

Sie begriffen nicht.

Ich aber schon.

Ich hatte begriffen.

Von den fünf, die unter demselben Mond geboren worden waren, gab es nur noch drei.

Und diese drei waren mit dem Zeichen verbunden worden.

Wir hatten nur noch eine Entscheidung zu treffen: zu fliehen oder aber uns von Hiti und seinem Stamm töten zu lassen.

DREIUNDZWANZIG

Ich lief und lief und lief.

Zweige peitschten mir ins Gesicht. Die Speerschleuder stieß bei jedem Schritt gegen meine Hüfte. Meine Füße rutschten im Schlamm aus. Aber ich lief und lief und lief immer weiter.

Das Laufen besitzt diese besondere, beinahe magische Macht: Es nimmt uns unsere Sorgen.

Irgendwann verschwanden all die Bilder und Geräusche aus meinem Kopf: die tödlich verletzten Giganten, die zu Tode getrampelten Menschen, das Blut, die Schreie ... Auf einmal war all das weg und es gab nur noch meine Bewegungen, meine wirbelnden Beine, der eine aufsetzende Fuß und dann der andere.

Und so blieb ich stehen.

Ich beugte mich vor und erbrach eine saure, grünliche Flüssigkeit. Dann wandte ich mich zu Ama und Ocho um, die mir ebenso erschöpft und erschüttert vorkamen, wie ich es war.

»Warum ... warum sind wir hier?«, stammelte Ama. »Wir hätten ... Wir hätten bleiben, erklären sollen ... Vielleicht ...«

»Vielleicht lieber nicht«, entgegnete ich. »Außerdem können wir nicht mehr dorthin zurück.«

Ich war überzeugt davon und endlich begriff es auch Ocho. »Sie würden sagen, dass es unsere Schuld war«, erwiderte er.

»Genau.«

»Aber das ist doch Unsinn«, empörte sich Ama. »Wie sollen wir an dem, was geschehen ist, schuld sein?«

»Denk doch mal nach. Unser Stamm wurde vernichtet. Wir kommen zu einem anderen Stamm und bringen die Nachricht mit, dass sich ganz in der Nähe eine Herde Giganten befindet. Der Stamm sucht die Tiere seit vielen Jahren und kann sie nicht finden. Aber wir haben sie gefunden. Und als dieser Stamm aufbricht, um die Tiere zu töten, kommt es zu der verhängnisvollsten Jagd seit Menschengedenken, bei der die Tochter des Häuptlings stirbt, und mit ihr auch einer von uns, sowie der Fremde, der uns zu dem Stamm gebracht hat.«

»Aber ...«

»Aus der Jagd ist für diesen Stamm eine große Tragödie geworden«, fuhr ich fort. »Du hast Hitis Zeichen gesehen und weißt, was es bedeutet. Dass wir verdammt sind. Dass die Geister des Rauchs mit uns fliegen. Dass wir Unglück bringen.«

Durch unsere Köpfe zog dieselbe Botschaft. Gesteinigte Menschen, lebendig unter einem Berg von Steinen begraben. Genau das wäre mit uns geschehen, wenn wir bei den Jägern geblieben wären.

»Wir müssen zum Lager«, sagte ich. »Wir müssen Hona holen und verschwinden, bevor die anderen zurückkommen und den beiden Alten erzählen, was passiert ist.«

»Aber was, wenn die Menschen im Lager eine Botschaft erhalten haben?«, fragte Ama. »Sie könnten meiner Schwester etwas antun …«

»Das glaube ich nicht. Sie ist ja noch ein Kind. Außerdem ist sie bei ihnen geblieben und hat ihnen nichts getan.« Ich wandte mich Ocho zu. »Weißt du, wo wir uns befinden?«

Er schaute sich um. »Nein … nein, ich habe unsere Fährte verloren.«

»Von Hitis Lager aus sind wir in Richtung Sonnenuntergang gelaufen, deshalb müssen wir jetzt auf den Sonnenaufgang zugehen«, überlegte Ama.

Sie wies zum Himmel. Die Sonnenscheibe hatte die Mitte des Himmels schon seit einiger Zeit überschritten und eilte nun auf den Horizont zu, der zu unserer Rechten lag. Bis zum Anbruch der Abenddämmerung würde es nicht mehr lange dauern. Aber wir kannten erst einmal unsere Richtung. Wir liefen nach links, von der Sonne weg.

Auf der Flucht vor Hitis Jägern hatte ich meinen Wurfstock verloren, doch am Boden fand ich einen gebogenen Ast, der ungefähr die richtige Form hatte. Ich hob ihn auf und steckte ihn in meinen Gürtel, in dem sich schon mein Messer und die Speerschleuder befanden. Ich wollte gut bewaffnet sein, für den Fall, dass es zum Kampf kam.

Wegen der beiden Alten machte ich mir keine Sorgen, auch nicht wegen der jungen Mutter … Aber einige Jäger könnten vorausgelaufen sein. Wir mussten auf alles gefasst sein.

Wir erreichten das Lager, als es Abend wurde. Weil das Lagerfeuer nicht angezündet worden war, lag alles im Dunkeln.

Aus einem der Zelte drang leiser Gesang: ein Schlaflied. Taca brachte ihren kleinen Sohn zu Bett.

»Was machen wir jetzt?«, flüsterte Ama.

Ich war es nicht gewohnt, dass sie mir solche Fragen stellte. Eigentlich war sie die Anführerin. Bisher war immer sie diejenige gewesen, die Entscheidungen getroffen hatte, und ich hatte gehorcht. Oder ich hatte Cato gehorcht. Doch Cato war tot und jetzt fragte Ama mich, was wir tun sollten.

»Wir holen Hona«, signalisierte ich. »Und unsere Sachen. Wir können sie nicht hier lassen.«

»Und wenn sie uns entdecken?«

»Vielleicht haben ihnen die anderen noch keine Botschaft geschickt und sie wissen gar nicht, was passiert ist. Wir könnten sagen … dass wir vorausgelaufen sind. Oder aber wir sagen, dass sie uns geschickt haben, um Verstärkung zu holen. Dann machen wir einen Überraschungsangriff und überwältigen sie. Die Alten kommen mir nicht sehr kräftig vor.«

Mir war bewusst, dass das kein besonders guter Plan war. Ich war noch nie gut darin gewesen, Pläne zu schmieden, das war eigentlich Amas Aufgabe. Aber im Moment gab es keinen anderen Vorschlag, es musste genügen.

Auf Zehenspitzen schlichen wir aus unserer Deckung ins Lager. Ich musste an Cato denken und daran, wie er mich immer ausgeschimpft hatte, weil ich so viel Krach machte. Ich spürte einen Stich in meinem Innersten. Plötzlich hatte ich wieder all die Bilder von der Jagd im Kopf, doch ich verscheuchte sie. Ich musste mich auf das konzentrieren, was ich gerade tat.

Wir kamen am ersten Zelt vorbei, aus dem lautes Schnarchen drang. Wahrscheinlich schliefen hier die beiden Alten.

»Da«, sagte Ocho in Zeichensprache. »Unsere Sachen.«

Neben einem Haufen Gepäckstücke lagen Yabos Stoßzahn und unsere Rückentragen. Weil wir nur drei Träger waren, würden wir wohl einiges zurücklassen müssen.

Ich machte Ocho Zeichen, den Stoßzahn aufzuheben, und schaute eilig unsere Sachen durch. In den Körben befand sich vieles, was wir nicht so dringend brauchten, darunter vor allem die Feuersteine, die Cato mitgeschleppt hatte und die furchtbar schwer waren. Er war derjenige mit der Gabe für das Herstellen von Feuersteinklingen gewesen, wir anderen konnten mit den Steinen nicht viel anfangen.

»Ich gehe Hona suchen«, bedeutete mir Ama und lief davon. Sie war unglaublich leise und bewegte sich in der Dunkelheit so sicher wie ein Flattertier.

Seltsamerweise hatte ich jetzt, wo wir im Lager waren, gar keine Angst mehr, dass sie uns bemerken könnten. Ich war vollkommen ruhig: Ama würde Hona finden, wir würden unentdeckt entkommen und alles würde gut werden.

Und wirklich waren die beiden Mädchen kurz darauf bei uns.

»Hallo«, sagte Hona. »Warum …?«

Ihre Schwester gab ihr durch Zeichen zu verstehen, dass sie still sein sollte. Uns signalisierte sie gleich darauf: »Lasst uns gehen.«

»Einen Augenblick«, antwortete ich. »Wo ist mein Fell?«

»Lass doch dein blödes Fell hier«, signalisierte Ocho. »Wir verschwinden, und fertig.«

Doch ich wollte nicht ohne meinen Graufellpelz gehen.

»Dort drüben«, bedeutete mir Hona. »Großmutter Qechela hat es über die Äste von dem Eierblattbaum gehängt.«

Ama und Ocho wollten mich aufhalten, aber ich beachtete sie nicht und lief zu dem Baum. Ich fand das Fell sofort und legte es mir über den Rücken. Sein Gestank kam mir vertraut und beinahe angenehm vor.

Als ich zu den anderen zurückkehrte, hatten sich Ama und Ocho bereits die Enden des Stoßzahns über die Schulter gelegt. Ich nahm die schwerere Rückentrage und überließ die andere Hona. Wir verließen das Lager leise wie Geister und niemand bemerkte uns.

Als wir wieder im dichten Wald waren, war ich so erleichtert, dass ich unwillkürlich schrill auflachte.

Hona blieb stehen. »Sagt es mir endlich. Was ist geschehen?«

»Wir verschwinden«, antwortete Ama. »Und zwar sofort. Wir dürfen keine Spuren hinterlassen.«

»Aber … Was ist mit Cato? Und was ist mit der Großen Jagd?«

Wir brachten es einfach nicht über uns, ihr die ganze Geschichte zu erzählen, also zuckten wir nur mit den Schultern.

»Was ist los?«

»Nachher, wir erzählen es dir nachher«, sagte Ama. »In welche Richtung sollen wir jetzt eigentlich gehen?«

Ich schaute zum Himmel hinauf und zeigte in die Richtung der Wärme.

Ama nickte. »In Ordnung.«

Ich wollte gerade loslaufen, als sich mir eine riesige, pelzige Pfote mit zwei überlangen Krallen auf die Schulter legte.

Ich konnte nicht anders, ich schrie erschrocken auf. Eine lange feuchte Zunge legte sich um mein Ohr.

Hona lachte. »Oh!«, sagte sie. »Das ist ja Chiri.«

VIERUNDZWANZIG

Der junge Blattfresser stellte sich auf die Hinterbeine und drückte mich mit den Vorderbeinen an sich. Seine langen Krallen zerkratzten meine Brust.

»Er bringt mich um!«, rief ich.

»Er will dich nicht umbringen«, sagte Hona lachend. »Er hat dich lieb. Er umarmt dich nur.«

Seine Zunge lag um meinen Hals gewickelt, als wolle er mich erwürgen, doch sie entrollte sich sogleich wieder und ließ eine klebrige Speichelschicht zurück. Wenn das ein Kuss war, dann war ein Kuss die ekligste Sache der Welt und ich wollte niemals wieder geküsst werden.

Das Tier löste sich von mir und umarmte Hona, die diese Liebkosung erwiderte. »Habe ich dir gefehlt? Ja, habe ich dir gefehlt?«

Ich kam einfach nicht mit. Ich hatte dieses verdammte Biest mit Steinwürfen vertrieben, warum hatte es mich geküsst? Und wie hatte es uns gefunden?

»Weißt du noch, was Nioqo gesagt hat?«, rief Ama. »Wenn junge Blattfresser ihre Eltern verlieren, schließen sie sich irgendeinem anderen Lebewesen an. Du hast ihn verjagt und er ist uns trotzdem nachgelaufen. Ich schätze, er hat dein grässliches Fell gerochen ...«

Hona kicherte.

Ich zog die Nase hoch. »In Ordnung«, sagte ich, »ich habe verstanden, Chiri hat eine tolle Spürnase. Aber die Menschen im Lager können uns jeden Moment entdecken oder Hiti und die Jäger kommen zurück ... Jedenfalls müssen wir schleunigst weiter. Los, Ocho, wir beide tragen den Stoßzahn.«

Wir bückten uns und hoben den langen Stoßzahn an, doch Ocho wich plötzlich zurück, sodass der Stoßzahn mit einem Plumps zu Boden fiel. Neugierig strich Chiri mit einer Pfote darüber.

»Was ist denn? Los, Ocho!«

Er schaute erst mich an, dann Ama und Hona und schüttelte den Kopf.

»Ich kann nicht.«

»Was kannst du nicht?«

»Ich kann nicht mit euch mitkommen und das Lager verlassen«, sagte Ocho. »Wo sollen wir denn hingehen? Und was sollen wir dort tun?«

Seine Stimme zitterte und seine kräftigen Schultern bebten. Er weinte.

Ama fuhr ihm zart mit der Hand über die Wange. »Wir werden etwas finden. Wir sind ein Stamm ...«

»Nein, sind wir nicht. Vielleicht waren wir mal ein Stamm, als Cato und Beri noch dabei waren. Aber jetzt? Wir können doch nicht ... Auf uns allein gestellt haben wir keine Chance zu überleben.«

Ich seufzte. »Ocho, ich habe es dir doch schon mal erklärt: Wir haben keine Wahl. Wenn Hiti zurückkehrt, wird er allen sagen, dass wir das Zeichen tragen. Und du weißt, was dann passiert.«

Ocho hob den Kopf. Seine Augen glitzerten wie das Meer im Mondlicht.

»Warum sollte er sagen, dass ich das Zeichen trage? Ich trage es nicht. Du bist derjenige, der es trägt.«

In meinen Ohren begann es zu summen und zu brummen, und an den Armen bekam ich eine Gänsehaut.

»Wa… was willst du damit sagen?«, stotterte ich.

»Verdammt, denk doch mal nach. Und du auch, Ama. Es ist alles Roqis Schuld, es war immer seine Schuld, von Anfang an. Und die seiner verdammten Gabe des Tötens. Hat er jemals zuvor etwas getötet? Nein, und alles war in Ordnung. Dann hat er den Blattfresser erledigt, und sofort darauf brach das große Feuer aus. Er hat Jagd auf die Wasserfelltiere gemacht, und ein Ungeheuer hat Beri tödlich verletzt. Und schließlich hat er die Giganten gerufen, die schon seit vielen Jahren niemand mehr gesehen hatte, und die haben Cato umgebracht …«

»Ich habe nichts getan, ich habe die Giganten nicht gerufen, ich habe nur ihre Spuren gefunden.«

»Aber du hättest im Lager bleiben sollen und bist trotzdem in den Wald gekommen. Sobald du dort aufgetaucht bist, ist alles schiefgegangen. Du bist es gewesen, Roqi. Es tut mir leid, aber es ist eben so. Du trägst das Zeichen.«

Ich lachte, weil ich immer noch dachte, er würde scherzen.

Doch er scherzte nicht.

Ich schaute Ama an. »Sag … sag du es ihm bitte«, stammelte ich. »Ich trage nicht das Zeichen … Ein Kind kann das Zeichen nicht haben.«

»Du bist aber kein Kind mehr. Du bist noch kein Mann, aber auch kein Kind mehr. Du hast deine Gabe gefunden«, stellte Ama fest.

»Und diese Gabe ist verflucht«, sagte Ocho.

Ich konnte es nicht glauben. Er konnte das doch nicht wirklich denken.

»Was soll ich denn deiner Meinung nach tun?«, fragte ich ihn.

»Weggehen«, antwortete Ocho. »Cato war auch dieser Ansicht … Er hatte mit mir darüber gesprochen, weißt du? Er hat gesagt, wir sollten dich verjagen. Er war der Ansicht, dass das Graufell Unglück bringt und dass du deshalb ständig diesen Pelz mit dir herumschleppst … Als wir den anderen Stamm erreicht haben, war er froh. Er hat gesagt, dass es in diesem Stamm einen Mann der Geister geben würde, der uns vor dir schützen könnte. Aber so kam es nicht. Cato ist tot, und jetzt … Jetzt musst du gehen.«

»Aber wohin denn? Wie soll ich es allein schaffen? Dann töte mich lieber gleich hier!«

Ich zog mein Messer aus der Scheide und reckte ihm meine nackte Brust entgegen.

»Töte mich, Ocho, dann geht es wenigstens schnell. Töte mich!«

Ich versuchte, ihm mein Messer in die Hand zu drücken, doch er wich zurück und das Messer fiel zu Boden.

Ich wandte mich an Ama und flehte sie an: »Sag du es ihm doch … Wir müssen weg, und zwar alle zusammen …«

Ama zögerte. Sie schaute erst Ocho und dann mich an.

»Ich hatte Cato heiraten wollen«, sagte sie leise. »Lange schon hatten wir davon gesprochen, sogar als wir noch klein waren. Und jetzt …«

Erstaunt riss ich die Augen auf, doch bevor ich etwas sagen konnte, seufzte Ama und zeigte auf Hona. »Meine Schwester ist noch jung, ich muss auf sie aufpassen. Und Ocho hat recht: Wir sind nur zu viert, zu wenige für einen Stamm. Wir brauchen andere Menschen. Ich weiß nicht, ob du das Zeichen trägst oder nicht. Aber ich weiß, dass Hona und ich hierbleiben müssen.«

»Wenn das so ist, bleibe ich ebenfalls hier. Ich werde mit Hiti reden. Im Grunde habe ich ja nichts getan. Ihr wisst, dass ich nichts getan habe.«

»Du kannst nicht bleiben«, sagte Ocho. »Du trägst das Zeichen und Hiti hat dich verstoßen. Wenn du jetzt nicht gehst, werden sie dich töten. Wenn du jedoch verschwindest, können wir sie überreden, dich in Ruhe zu lassen. Dann wirst du möglicherweise durchkommen.«

»Aber ich ...«

Ocho bückte sich, doch er hob nicht mein Messer auf, sondern einen runden Stein.

»Ich will den nicht nach dir werfen, Roqi. Denn eine Zeit lang waren wir Brüder. Du musst jetzt gehen, sonst verjage ich dich mit diesem Stein. Das schwöre ich dir!«

Er meinte es ernst.

Wirklich ernst.

Ich hob mein Messer vom Boden auf. Dann schaute ich zu dem Stoßzahn hinüber, an dem all die Sachen hingen. Für mich allein war er zu schwer. Ich konnte ihn nicht mitnehmen. Sie würden ihn mir wahrscheinlich ohnehin nicht überlassen. Ich musste mich wohl mit der Rückentrage begnügen, die ich vorhin nicht abgelegt hatte.

»Ist es wirklich das, was ihr wollt?«

Hona lief zu mir und umarmte mich. »Roqi, ich weiß

nicht, was passiert ist, aber geh nicht … Sie meinen es nicht ernst. Du trägst doch gar nicht das Zeichen.«

Ama zog ihre Schwester von mir weg. »Lass ihn«, sagte sie. »Er bringt Unglück. Du darfst ihn nicht berühren.«

»Aber ich habe ihn doch lieb!«

Ama drückte sie an sich. »Willst du ebenfalls ein Rauchgeist werden, Hona? Bist du dir sicher? Wenn du das willst, dann geh mit ihm. Aber ihr werdet sterben, auch du, weil das Unglück mächtiger als alles andere ist. Das Unglück des Zeichens wird dich umbringen. Roqis Gabe wird dich umbringen.«

»Ich will aber nicht sterben!«, sagte Hona weinend.

Auch ich wollte nicht, dass sie starb.

»Ich zähle jetzt bis drei, und bei drei werfe ich den Stein«, sagte Ocho. »Ich werde dich mitten auf der Stirn treffen, wenn du nicht sofort verschwindest.«

»Ocho, du und ich, wir sind mit wenigen Tagen Abstand zur Welt gekommen …«

»Eins …«

»Ama, bitte …«

»Zwei.«

»Hona, kleine Hona …«

»Drei.«

Als ich »drei« hörte, wich ich zurück und kreuzte instinktiv die Arme vor meinem Gesicht. Und das rettete mir das Leben, denn der Stein, den Ocho geworfen hatte, traf meine Unterarme, anstatt wie angedroht meine Stirn.

In diesem Augenblick begriff ich, dass es wahr war, dass sie tatsächlich glaubten, ich würde das Zeichen tragen, dass sie mich für schuldig hielten und mir niemals verzeihen würden.

Ich drehte mich um, dem Sumpfnadelwald zu, und sah die Bäume, die sich sacht im Nachtwind bewegten. Sie kamen mir so ruhig vor, sie waren groß und alt und würden alles überdauern.

Ich fing an zu rennen, die Trage schlug im Rhythmus meiner Schritte gegen meinen Rücken. Weitere Steine zischten an mir vorbei. Die Wucht, mit der sie geschleudert wurden, wurde stärker und stärker. Einer traf die Rückentrage und einer traf mich am Knöchel. Beinahe wäre ich gestürzt.

Aber es war nicht der Stein, der mir wehtat, sondern Ochos Stimme, die mir hinterherrief: »Verschwinde und lass dich nie wieder hier sehen!«

FÜNFUNDZWANZIG

In tausend Schritt Entfernung vom Lager, an einem Hang unterhalb eines Breitkronenwalds, stand ein Federblattbaum, der höher als alle benachbarten Bäume war. Ein kräftiger Baum mit Ästen, die so knotig wie die Finger eines Greises waren.

Ich legte eine Hand auf den Stamm. Die Rinde fühlte sich kühl und rau an. Meine Augen waren voller Tränen. Ich konnte nicht mehr richtig atmen. Ich wollte nicht darüber nachdenken, was soeben geschehen war.

Ama und Ocho hatten gesagt, dass ich das Zeichen trug. Sie hatten mich verjagt.

Aber sie waren doch meine Familie, wir waren zusammen auf die Welt gekommen und ich hatte noch keinen einzigen Tag meines Lebens ohne sie verbracht.

»Ocho, Ama und Hona sind mein Stamm.«

Ich legte die Rückentrage am Fuß des Federblattstamms ab und ging, so leise ich konnte, zu der Stelle zurück, an der Ocho und Ama mich weggejagt hatten. Ich hoffte, sie zu sehen. Ich hoffte, dass sie darauf warteten, dass ich zurückkehrte.

Sie würden mir sagen, dass sie es nicht so gemeint hatten, und ich würde antworten, dass ich Verständnis dafür hätte, schließlich stünden wir nach dem Tod von Cato und Chara und Nioqo alle unter Schock. Ich würde ihnen sagen, dass ich ihnen deshalb nicht böse war. Gemeinsam würden wir in das Lager des Stammes gehen und erklären, was genau bei der Jagd passiert war.

Doch als ich die Stelle erreichte, war niemand da.

»Freunde?«, sagte ich leise. »Habt ihr euch versteckt, um mich reinzulegen?«

Offensichtlich nicht. Sie waren gegangen, und das war alles. Im Grunde hatte ich von Anfang an gewusst, dass es so sein würde. Dennoch verletzte es mich abermals, und noch tiefer als zuvor.

Es war alles wahr.

Sie hatten sich von mir abgewendet.

Wieder ergriff Panik von mir Besitz und ich bekam keine Luft mehr. Ein neuer Gedanke bohrte sich in meinen Kopf: Was, wenn sie gegangen waren, um die anderen zu holen, damit diese Jagd auf mich machten?

Ich konnte es mir nicht vorstellen … Aber ich hätte mir vorher nichts von dem vorstellen können, was geschehen war.

Ich dachte an Hiti und die Geste, die er gemacht hatte, als er mir gegenüberstand. Ob sein Stamm vielleicht eine andere Zeichensprache hatte als meiner? Oder lag es daran, dass er außer sich vor Wut gewesen war? Schließlich hatte er den Tod seiner Tochter mit ansehen müssen. Aber er konnte doch nicht mich dafür verantwortlich machen, schließlich hatte ich nichts Schlimmes getan.

Ich musste versuchen, mit ihm zu reden.

Doch was, wenn er wiederholen würde, dass ich das Zeichen trug?

Ich wusste, was in diesem Fall passieren würde: Sie würden mich jagen und steinigen.

Ich spürte die Angst am ganzen Körper. Ich riss den Zweig eines dicht belaubten Eierblattbaums ab und verwischte damit meine Spuren am Boden. Dann ging ich zum zweiten Mal zu dem Federblattbaum, unter dem meine Rückentrage lag, und zog den Zweig dabei so hinter mir her, dass nicht einmal ein erfahrener Fährtensucher meiner Spur folgen konnte.

Zumindest hoffte ich, dass es so war.

Bei dem Federblattbaum angekommen, spürte ich meine Arme und Beine nicht mehr, ein dicker Kloß verstopfte meinen Hals, und in meinem Mund machte sich ein bitterer Geschmack breit.

Die Welt war klein und eng. Ein starker Wind voll unbekannter Gerüche kam auf, er schien zu schreien, zu brüllen. Wie ein Tier, das mich aus seinem Revier verjagen wollte. Die Äste des Breitkronenbaums begannen zu knacken … Oder war da jemand, der auf mich zukam, um mich zu töten?

Catos Geist, der mich dafür bestrafen wollte, dass ich seine Große Jagd zum Scheitern gebracht hatte?

Ich musste unbedingt schlafen, aber ohne die Nähe der anderen fehlte mir der Mut, mich auf den Boden zu legen. Ich sah mich schon von einem aus dem Sumpf herbeigekrochenen Vielzahnmaul gefressen …

Schließlich hatte ich eine Idee. Ich öffnete den Hauptkorb der Rückentrage und wühlte darin herum. Vielleicht hatte ich es ja auch irgendwo liegen lassen … Aber nein, zum Glück fand ich es. Ein schönes, von Ocho geflochtenes Seil, dick und fünfmal so lang wie ein Erwachsener.

Ich band es mir um die Taille, knüpfte das andere Ende an die Rückentrage und kletterte den Stamm des Federblattbaums hinauf.

Normalerweise hätte ich das blitzschnell geschafft, denn bei aller Bescheidenheit kann ich verraten, dass ich ein hervorragender Baumkletterer bin. Doch in dieser Nacht klappte gar nichts. Meine Hände und Füße waren schweißnass und glitschig. In der Dunkelheit konnte ich nichts sehen und jedes Mal, wenn ein Insekt auf mich fiel, erschrak ich, als hätte ein Ungeheuer mich angegriffen, und verlor den Halt.

Endlich erreichte ich eine Astgabel, die einigermaßen bequem wirkte und vor allem so breit und stabil war, dass ich mich darauflegen konnte, wenn ich ein Bein auf der einen Seite und das andere auf der anderen Seite herunterhängen ließ und mein Gesäß in der Lücke dazwischen platzierte.

Ich zog die Rückentrage an dem Seil hoch, sicherte sie, indem ich das Seil um den Stamm wickelte, und versuchte, es mir gemütlich zu machen.

Es war eine sehr feuchte Nacht und ich merkte, wie ich Fieber bekam. Ich zitterte. Der Wind rüttelte an den Ästen und ich fürchtete, dass meine Astgabel splittern könnte. Dann würde ich vom Baum stürzen und mir den Rücken brechen, und niemand wäre da, um mir zu helfen.

»Wind, Wind, Wind, warum hörst du nicht auf zu blasen? Sonne, ich bitte dich, mach ein Mal eine Ausnahme und geh jetzt auf. Bitte, ich habe noch nie eine Nacht ganz allein verbracht!«

Doch weder der Wind noch die Sonne erhörten mich.

Flattertiere schwirrten um mich herum, das Holz knirschte. Würde die Astgabel abbrechen oder nicht?

Ich weinte um Cato und um Chara und Nioqo, und auch um mich, der zum Opfer einer schrecklichen Ungerechtigkeit geworden war. Irgendwann schlief ich ein, aber bald schrak ich auf und nickte wieder ein. Mit einem Mal kam es mir vor, als würde ich rutschen. Ich merkte, dass mein Hinterteil in der Lücke zwischen den beiden Ästen immer tiefer sank und ich abzustürzen drohte. Also kroch ich näher an den Stamm heran und band mich mit dem Seilende daran fest.

Als die Sonne endlich aufging, hätte ich mir vor Verzweiflung die Haare ausreißen können. Ich fühlte mich wesentlich müder als in der Nacht zuvor. Vor allem aber begriff ich, dass die Ereignisse des vergangenen Tages kein Albtraum gewesen waren. Sondern wahr.

Was sollte ich jetzt nur tun?

Ich kletterte erst einmal von dem Federblattbaum hinunter. Meine Rückentrage ließ ich oben, weil sie dort in Sicherheit war. Ich erleichterte mich und fand in tausend Schritt Entfernung Richtung Kälte einen Teich mit klarem Wasser, aus dem ich trinken konnte. Inmitten der Grasbüschel an seinem Rand sonnten sich gefleckte Quaker, und weil ich Hunger hatte, beschloss ich, mir ein paar davon zu fangen. Ich legte mich auf den Boden und kroch unendlich langsam auf den mir am nächsten Sitzenden zu. Quaker sind dumme Tiere, sie sehen einen nur, wenn man sich bewegt. Wenn man ganz reglos bleibt, bemerken sie einen nicht.

Ich ließ meinen Arm vorschnellen, um den Quaker zu ergreifen, doch er glitt mir aus den Fingern, sprang mir auf den Kopf und von dort aus in ein Gestrüpp von Blaufackelblumen.

Ich ärgerte mich, weil ich hungrig war und nicht den ganzen Tag mit den blöden Quakern vergeuden wollte. Ich versuchte es bei einem zweiten Quaker und dann bei einem dritten, aber vergebens. Schließlich verfluchte ich sie, außerdem schmeckten sie roh sowieso nicht gut. Stattdessen grub ich mit einem Stock im Schlamm nach Gelbblumenwurzeln, die ich kurz abwusch und dann an Ort und Stelle aß.

Sie stillten nicht wirklich meinen Hunger. Ich kehrte zum Federblattbaum zurück und beschloss, dieses Mal bis ganz hinauf in den Wipfel zu klettern, teils weil ich hoffte, oben in der Krone ein Nest voller Eier zu finden, teils aber auch, weil ich dachte, dass ich von dort oben aus beobachten könnte, was in Hitis Lager vor sich ging.

Mit einer Geschicklichkeit, um die mich wohl sogar Astspringer beneidet hätten, stieg ich höher und höher. Leider fand ich kein einziges Nest, dafür aber unter einem lockeren Stück Rinde dicke fette gelbe Maden, die gar nicht mal so haarig waren.

Maden schmecken gegart am besten und am allerbesten, wenn man sie über einem Feuer röstet, bis sie schön knusprig sind. Ich konnte hier jedoch kein Feuer machen und war im Feuermachen ohnehin nicht besonders geschickt, also verzehrte ich sie roh, und fertig.

Vom Wipfel des Federblattbaums aus konnte man das Lager ziemlich gut überblicken, auch wenn es sehr weit weg war. Die Menschen sahen klein wie Insekten aus und liefen hastig hin und her.

Hatten meine Freunde mich etwa verraten und wurde dort unten gerade die Jagd auf mich organisiert?

Nein, das war es nicht. Sie waren mit etwas anderem beschäftigt. Sie bauten irgendetwas. Eine Reihe von Menschen ging, mit Äxten bewaffnet, auf den Wald zu und kehrte mit langen Stangen zurück, die auf komplizierte Weise übereinandergestapelt wurden. Andere gruben mit zugespitzten Stöcken ein tiefes Loch.

Was machten sie da?

Ich hatte keine Ahnung, wollte es aber unbedingt herausfinden.

SECHSUNDZWANZIG

Vom Wipfel des Federblattbaums aus beobachtete ich das geschäftige Treiben in Hitis Lager.

Eine Gruppe Jäger traf ein. Sie zogen ein großes dunkles Paket hinter sich her. Ich brauchte eine Weile, bis ich begriff, was das war: Gigantenhaut. Offenbar hatte sie diese am Schauplatz der Jagd abgezogen, mitten im Sumpf, und brachten sie jetzt ins Lager.

Es musste anstrengend gewesen sein, eine dieser riesigen Gigantenkühe zu häuten, die noch dazu halb in den Schlamm eingesunken war. Vermutlich waren Hiti und die anderen die ganze Nacht damit beschäftigt gewesen. Das war wohl auch der Grund, warum sie nicht sofort ins Lager zurückgekehrt waren, um dort von den Jagdunfällen zu berichten.

Mein Vater hatte immer gesagt: »Zuerst tut man das, was getan werden muss, und danach kümmert man sich um alles andere.«

Sogar der Tod einer Tochter war Teil von *allem anderen*, denn sonst fielen die Gelbfelle und Kadavervögel über die erlegten Tiere her, ebenso wie die Brummer und die anderen Insekten, die Eier in totes Fleisch legten. Wenn die Jäger nicht sofort getan hätten, was getan werden musste, hätte der Stamm keine Vorräte für den Winter.

Die Männer hängten die Haut an zwei Breitkronenbäumen auf und begannen anschließend, mit breiten Schabern das daran haften gebliebene Fleisch abzukratzen.

Genau das war der Fehler, den ich bei meinem Graufellpelz gemacht hatte: Ich war müde gewesen und hatte die Fleischreste nicht gründlich genug vom Leder abgekratzt. Das war allerdings nicht weiter schlimm, inzwischen hatte ich mich an den Geruch gewöhnt.

Auf einmal kamen Ama und Ocho aus einem Zelt heraus. Ich zuckte zusammen, als ich sie bemerkte. Sie sahen so schön aus, so mit sich und der Welt im Einklang. Mit ruhigen Schritten gingen sie auf die arbeitenden Menschen zu und unterhielten sich mit ihnen. Da ich weit weg war, konnte ich nicht hören, worüber sie sprachen. Anschließend nahmen sie sich Steinschaber und halfen den Jägern.

Danach geschah lange Zeit nichts Interessantes, bis mein Magen laut knurrte und mich daran erinnerte, dass niemand kommen würde, um mir etwas zu essen zu bringen.

»Du bist allein, Roqi. Du musst für dich selbst sorgen.«

Also kehrte ich zu dem Teich zurück und versuchte abermals, Quaker zu fangen.

Dieses Mal strengte ich mich an, um mich wie ein richtiger Jäger zu verhalten, und nicht wie der Dummkopf von heute Morgen. Ich war sehr leise und konzentrierte mich auf Geräusche, auf das *Klick-klick-klick*, mit dem sich die Quaker untereinander unterhalten, aber es war nichts zu hören. Ich nahm an, dass es ihnen in der Sonne zu warm geworden war und sie sich an kühlen Orten versteckten.

Ich fluchte leise vor mich hin und fühlte Tränen in mir aufsteigen, und weil mich niemand sehen konnte, weinte ich mich tatsächlich erst mal aus.

Nach einer Weile riss ich mich zusammen, da Verzweiflung mir auch nicht weiterhalf und ich furchtbaren Hunger hatte. Ich ging in den Wald.

Dort fand ich unreife Nüsschen und am Rand eines Teichs ein dickes Büschel Kolbengras, das wir so nennen, weil es grün ist und oben eine weiche schwanzartige Verdickung hat. Kolbengras eignet sich gut, um daraus Seile zu flechten. Aus den klein gestoßenen Wurzeln hatte meine Mutter immer wunderbare Fladen gebacken.

Aber meine Mutter gab es nicht mehr und auch kein Lagerfeuer oder Steinschüsseln und Speck.

Plötzlich hatte ich meine Mutter wieder vor Augen. Sie war nicht viel größer als ich, sie lächelte und ihre weißen Zähne hoben sich von der dunklen Haut ab. In den letzten Tagen hatte ich nur selten an sie und meinen Vater gedacht und an ihren Tod. Die anderen waren stets bei mir gewesen, ich hatte mich nie wirklich einsam gefühlt.

Doch jetzt war es anders. Ich hätte meine Mutter so gern wiedergesehen und umarmt …

»Nein, Roqi, nicht. Zuerst tut man das, was getan werden muss, und danach kümmert man sich um alles andere.«

Ich aß die Kolbengraswurzeln roh und behielt die Stängel, um daraus bei Gelegenheit ein Seil zu flechten, denn ich besaß ja nur eines. Dann stand ich auf und kehrte zu meinem Federblattbaum zurück.

Plötzlich sah ich zehn Schritt von mir entfernt ein großes Langohr, das den Kopf aus einem Gebüsch hervorstreckte. Ich warf meinen Wurfstock nach ihm und traf es genau am

Kopf. Das Langohr fiel erschlafft ins Gras und war sofort tot.

»Eigentlich ist es gar nicht so schlecht, die Gabe des Tötens zu haben«, sagte ich mir.

Ich schnappte mir das Tier, schlitzte ihm mit dem Messer den Bauch auf und zog alles heraus, was darin gewesen war. Sofort verschlang ich Leber und Herz, die sehr süß schmeckten. Ich wusste eigentlich, dass man Langohren immer braten muss und keinen Teil von ihnen roh essen darf, weil man sonst krank werden kann, aber ich war so hungrig.

Anschließend häutete ich das Tier. Den Körper legte ich auf mein Bündel Kolbengrasstängel, die Rückseite des Fells schabte ich mit der Messerklinge fein säuberlich ab, wie es die Jäger mit der Gigantenhaut gemacht hatten.

Als ich damit fertig war, trug ich alles, also das Kolbengras, das abgezogene Langohr und das Fell zu meinem Federblattbaum und kletterte auf die Astgabel. Ich fragte mich, was ich mit dem Fleisch machen sollte, da ich kein Feuer anzünden konnte, um es zu braten.

Ich kam zu dem Schluss, dass es am besten wäre, es in feine Streifen zu schneiden. Diese Streifen hängte ich über einen Ast, um sie in der Sonne zu trocknen. Als auch das erledigt war, kletterte ich wieder in den Wipfel hinauf, um zu sehen, was gerade im Lager los war.

Ich konnte keine Veränderungen entdecken. Ama und Ocho waren immer noch bei der Arbeit, während ständig weitere Jäger mit großen Fleischstücken eintrafen. Der Anblick von so viel Nahrung ließ mir das Wasser im Mund zusammenlaufen.

Die Jäger füllten die frisch gegrabenen Gruben mit Holz und entzündeten darin große Feuer. Andere schnitten das

Fleisch in Scheiben, bespritzten diese mit Meerwasser und hängten sie zum Trocknen auf, so wie ich es getan hatte. Dazu also waren die Gestelle aus übereinandergestapelten Stangen gedacht, die sie am Morgen aufgebaut hatten.

Drei mit Speeren und Steinen bewaffnete Männer beteiligten sich nicht an diesen Arbeiten, sondern patrouillierten durch das Dorf, um Rotfelle und Greifer fernzuhalten, die immer wieder versuchten, an das Fleisch zu kommen.

Verdammt!, dachte ich und kletterte schnell zu dem Ast zurück, auf dem ich meine Fleischstreifen aufgehängt hatte, aber sie waren alle weg. Vögel oder Astspringer oder wer auch immer hatten sich meine Beute geholt.

Ich ärgerte mich unglaublich. Den Rest des Tages verbrachte ich damit, Kolbengrasstängel zu flechten und mir tödliche Fallen auszudenken.

Als ich sah, wie sich die Sonne dem sumpfigen Horizont näherte, fing mein Herz an, immer schneller zu schlagen. Ich wollte keine zweite Nacht allein im Dunkeln verbringen.

Doch die Nacht kam trotzdem.

Ich verbrachte sie wieder auf meiner Astgabel und bald tat mir der Rücken weh. Stechschwirrer umschwärmten mich und stachen mich überall. Ich sehnte mich so sehr nach meinen Freunden, nach dem Geruch eines Feuers und dem von gebratenem Fleisch.

Wieder dachte ich darüber nach, zu ihnen zurückzukehren und um Gnade zu bitten, doch mir fehlte der Mut dazu. Ich hatte Angst vor dem Zeichen und vor dem, was sie mir deswegen antun könnten.

Außerdem hatte ich den ganzen Tag lang keine einzige Botschaft von Ama empfangen, nicht einmal ein Wort des

Abschieds. Hieß das, dass ich nicht mehr Teil des Stammes war? Vielleicht gab sie mir tatsächlich die Schuld an Catos Tod. Sie und Cato hatten heiraten wollen.

Diese Vorstellung machte mich wütend, denn lange Zeit hatte ich gedacht, dass ich Ama etwas bedeutete oder ihr zumindest eines Tages etwas bedeuten würde. In Wahrheit aber hatte ich nichts verstanden und jetzt hatte sie mich einfach ausgeschlossen.

Der folgende Tag verlief nicht viel anders als der vorangegangene: Es gelang mir nicht, etwas zu fangen, und ich musste mich mit Kolbengraswurzeln und ein paar Früchten begnügen, die ich zufällig unterwegs fand.

Die Jäger trugen weiterhin Fleischstücke, Häute und große Knochen ins Lager. Ama und Ocho arbeiteten zusammen mit Charas Schwester Maca und einmal glaubte ich, sie lachen zu sehen.

»Ja, lacht ihr nur. Ihr denkt nicht mehr an Roqi, den ihr ins Verderben gestürzt habt.«

Einmal sah ich Hona, die den Säugling im Arm hielt. Sie wirkte zufrieden, anscheinend hatte auch sie mich vergessen.

Ich hatte weder den Mut, zu ihnen zurückzukehren, noch den, wegzugehen. Ich blieb auf meinem Baum und beobachtete sie, wobei ich stets darauf achtete, mich gut zwischen den Zweigen zu verstecken, damit man mich nicht bemerkte. Eigentlich glaubte ich nicht, dass mich jemand auf diese Entfernung sehen könnte, und falls doch, hätte ich genügend Zeit wegzulaufen. Dennoch zog ich es vor, kein Risiko einzugehen.

Am dritten Tag ging ich noch vor Sonnenaufgang auf die Jagd und erwischte drei Quaker, die ich roh aß. Hitis Stamm war nach wie vor damit beschäftigt, das Gigantenfleisch zu salzen und zu braten oder zu trocknen.

Am vierten Tag fand ich nichts Essbares und hungerte. Hitis Stamm gerbte die Gigantenhäute.

Der fünfte, der sechste, der siebte und der achte Tag verschwammen in meinem Kopf miteinander. Das Einzige, woran ich mich danach erinnern konnte, war, dass ich Hunger hatte und mir klarzumachen versuchte, dass ich, um zu essen, weniger Zeit im Baumwipfel und mehr Zeit bei der Jagd verbringen sollte. Doch ich befürchtete, Hitis Jägern zu begegnen, und blieb dann doch die meiste Zeit über auf dem Baum sitzen.

Der Hunger quälte mich. Ich schlief zu wenig, aß hin und wieder Maden und Kräuter und konnte meine Rippen abzählen, weil ich immer dünner wurde. Mein Kopf fühlte sich eigenartig leicht an. Manchmal erwischte ich mich selbst dabei, wie ich endlos lange ein Blatt betrachtete. Mitunter kam es mir vor, als würde ich in einem Traum leben.

So ging es eine ganze Weile.

Dann, am neunten oder vielleicht auch am zehnten Tag, geschah etwas.

SIEBENUNDZWANZIG

Wie an jedem der vorangegangenen Tage saß ich hungrig, durstig und übermüdet auf meinem Baum. Ich flocht Seile und behielt dabei das Lager im Auge.

Ein Teil von mir hoffte immer noch, dass Ama und Ocho ihr Verhalten bereuten und mich suchen kamen. Wie konnten sie mich einfach aus ihrem Leben herauslöschen? Und was war mit Hona?

Plötzlich sah ich ausgerechnet Hona den Kreis der Zelte verlassen. Sie trug nicht ihren üblichen Lendenschurz, sondern eine Tunika aus gebleichtem Leder, die ihr irgendjemand geliehen haben musste. Hinter ihr kamen Ama, Maca und die anderen Frauen des Stammes und als Letzte Großmutter Qechela. In einer Reihe gingen sie hintereinander zu einem Holzstapel, den sie einige Tage zuvor aufgeschichtet hatten.

Erst jetzt begriff ich, warum es nur Frauen waren und warum sie das Holz aus dem Wald geholt hatten.

Eine Bestattung.

Die Frauen bildeten einen Kreis und begannen zu tanzen, und obwohl ich das Lied, das sie dabei sangen, nicht hören konnte, wusste ich, welches es war. Es war dasselbe, das wir an Beris Bestattungsfeuer gesungen hatten. Seither war weniger als ein Mond vergangen, und doch kam es mir vor, als wäre es schon so lange her …

In dem Lied ging es um die Herren des Rauchs, die aus Luft bestanden und inmitten der Sterne umherstreiften. Eines Tages kamen sie auf die Erde und sahen, dass es auf ihr viel Wild gab. Doch um jagen zu können, brauchten die Herren des Rauchs Körper. Also bauten sie sich Körper aus Holz und Lehm, drangen in sie ein und wurden zu den ersten Menschen. Wenn einer von ihnen bei einer gefährlichen Jagd starb, vertrauten seine Gefährten ihn dem Wind an, damit er zum Himmel zurückkehren und den großen Zyklus von Neuem beginnen konnte.

»Jetzt kehrst du zum wahren Leben zurück, Herr des Rauchs«, sagte ich leise vor mich hin. »Das Feuer ist Licht und befreit vom Schmerz.«

Nun verließ der Zug der Jäger das Lager. Hiti ging als Erster, mit einer lodernden Fackel in der Hand. Hinter ihm kamen die übrigen Männer. Sie trugen drei große, in geflochtene grüne Blätter gewickelte Pakete. Es mussten frische, duftende Fransenblätter sein, und in den sorgfältig umwickelten Paketen steckten sie: Cato und Chara, die an der Großen Jagd teilgenommen hatten und gestorben waren, bevor sie zu richtigen Erwachsenen werden konnten. Und Nioqo der Wanderer, der Mann ohne Stamm, der bis zuletzt versucht hatte, sie zu retten.

Die Frauen tanzten weiter und öffneten dabei ihren Kreis, damit die drei Leichname auf den Holzstoß gelegt werden konnten.

Aus dem Wald kam ein Ungeheuer. Es war in den Pelz

eines Gelbfells gehüllt und mit schwarzen Kadavervogelfedern geschmückt. Dieses Ungeheuer war Iquo von den Geistern, aber gleichzeitig auch etwas anderes: die Seele und die Essenz all jener Tiere, die sich von toten Lebewesen ernähren und deren Atem den Geruch des Todes trägt.

»Jetzt kehrt ihr zum wahren Leben zurück, Herren des Rauchs. Eure Körper braucht ihr nicht mehr, legt sie ab und geht, ohne zurückzublicken.«

Iquo von den Geistern stürzte sich auf Hiti, um ihm die Fackel zu entreißen, doch die anderen Männer stellten sich zwischen sie und hinderten ihn dreimal daran. Beim vierten Mal griff Iquo die Frauen an, doch sie umzingelten ihn und entrissen ihm all seine Kleidungsstücke, bis er nackt dastand.

Da streckte Iquo die Arme zum Himmel hoch und Hiti kniete sich nieder und überreichte ihm die brennende Fackel. Iquo entzündete mit ihr den Holzstoß.

Die Flammen loderten hoch und hell auf und spiegelten sich flackernd in den umgebenden Teichen. Bald stieg aus den Blätterpaketen dichter Qualm auf, der in geraden Rauchsäulen zum Himmel emporstieg.

»Kehrt nun zum wahren Leben zurück, Herren des Rauchs. Unsere Tränen braucht ihr nicht, wandelt sie in ein Lächeln um. Fliegt hinauf und werdet zu Wolken. Schaut von dort oben zu uns herab.«

Iquo tanzte weiter und der gesamte Stamm mit ihm. Wieder und wieder umkreisten sie das Bestattungsfeuer.

Wie gern wäre ich dort unten gewesen, um mit ihnen zu tanzen. Stattdessen hockte ich auf diesem Baum. Mittlerweile war klar, dass der arme Roqi die Gabe zu töten besaß, aber das Recht zu leben verloren hatte.

Ich dachte daran, von meinem Baum hinunterzuklettern und zu ihnen zu laufen, um zu sehen, wie sie reagieren würden, doch ich tat es nicht. Ich blieb dort, wo ich war, bis die Flammen erloschen waren und alle langsam zu den Zelten zurückkehrten, zuerst die Jüngsten und als Letzte Charas Mutter und Charas Schwester, die einander umarmten und noch lange, nachdem der Holzstoß abgebrannt war, stehen blieben und auf die Asche starrten.

Erst als es Nacht und ganz still war, traute ich mich, tiefer hinunterzusteigen, zu der Astgabel, die zu meinem Bett geworden war. Ich machte es mir so gemütlich, wie es ging, und fiel in einen tiefen Schlaf.

Am nächsten Morgen wachte ich später auf als sonst: Die Sonne stand bereits hoch am Himmel. Ich hatte eine volle Blase und mein Magen war so leer, dass es sich anfühlte, als habe er sich um mein Rückgrat gewickelt.

Trotzdem wollte ich nachschauen, was im Lager los war, und kletterte in den Wipfel hinauf. Ich kam nur langsam voran und merkte, wie meine Kraft nachließ. Ich befürchtete, ohnmächtig zu werden. Zitternd schwang ich meine Beine über den vorletzten Ast, der ziemlich dünn war und sich stets unter meinem Gewicht bog, zog mich hoch und legte einen Arm um den Stamm.

Ich sah die Teiche, das Gras, die Bäume und den großen dunklen Aschehaufen des erloschenen Bestattungsfeuers.

Und nichts anderes.

Keine Zelte, keine Trockengestelle für das Fleisch, keine brennenden Feuerstellen. Nichts.

Das Lager von Hitis Stamm gab es nicht mehr.

Sie waren fortgegangen.

ACHTUNDZWANZIG

Ich ließ mich hinabfallen, zerbrach dabei Äste und Zweige, riss Blätter und Triebe ab. Auf meiner Astgabel angekommen, löste ich mit tränennassen Augen das Seil, mit dem ich meine Rückentrage am Stamm gesichert hatte, schleuderte die Trage auf den Boden und rutschte am Stamm hinunter.

Verwirrt stand ich auf. Wunderbarerweise war die Rückentrage durch den Aufprall nicht zerbrochen, nur zwei der Taschen aus geflochtenen Pflanzenfasern waren aufgegangen und ihr Inhalt war herausgefallen.

Ich bückte mich und sammelte die Speerschleuder, die Steinklingen, die Angelhaken, die Holzschalen und den Wassersack wieder ein. Mit der Trage auf dem Rücken rannte ich zu dem Lager, oder vielmehr zu dem, was noch davon übrig war. Ich sah Abdrücke im Boden, zertretenes Gras, Baumstämme mit Einkerbungen, in denen Seile festgebunden gewesen waren. Dann entdeckte ich eine von vielen Füßen hinterlassene Fährte, die in die Richtung der Kälte führte.

Ich folgte ihr und rannte, so schnell es mit der Rückentrage ging. Laut rief ich: »Hilfe!« und »Lasst mich hier nicht allein zurück!«

Ich stolperte und stürzte. Die Rückentrage, die bis jetzt gehalten hatte, brach an einer der Hauptstreben und all meine Besitztümer fielen heraus. Schreiend erhob ich mich auf die Knie, um mich gleich wieder hinabsinken zu lassen, mich am Boden zu wälzen und mir die Haare auszureißen.

Nach einer Weile beruhigte ich mich.

Alles, was in den letzten Tagen geschehen war, zog vor meinem inneren Auge vorbei und auf einmal war alles ganz klar und ich begriff.

Ich, Roqi, trug das Zeichen.

Ama und Ocho, aber auch Hona, alle drei hatten sich von mir losgesagt.

Ich war allein.

Ich konnte verzweifeln, verhungern und verdursten oder mich von irgendeinem Tier töten lassen. Oder aber ich konnte mich anpassen. Und überleben.

»Die Welt hat geendet«, sagte ich zu den Bäumen und zu dem Himmel über meinem Kopf, »doch Roqi lebt immer noch. Von heute an ist er der ohne Stamm, der, der allein reist und die Gabe des Tötens besitzt.«

Ich würde nicht dem Stamm folgen, der mich verjagt hatte. Stattdessen würde ich für mich allein leben, würde mir Nahrung beschaffen, mir eine Behausung für den Winter bauen, und dann …

Es gab kein *dann*. Das Einzige, was zählte, war das Jetzt.

»Wenn mein Vater hier wäre, würde er sagen: Beschaff dir etwas zu essen. Wäre meine Mutter hier, würde sie sagen: Such Wasser. Beri würde lachen und sagen: Du musst Feuer haben. Und Nioqo der Wanderer würde mir raten, mir etwas zu bauen, das mich vor dem Wind schützt.«

Wasser, Nahrung, Feuer und ein Unterschlupf. Das waren die vier Geheimnisse des Lebens und ich sollte sie mir gut einprägen, um sie niemals wieder zu vergessen.

Wasser war im Moment kein Problem, rings um mich herum gab es sogar zu viel davon. Nahrung dagegen war knapp. In den letzten Tagen hatte ich zu wenig gegessen und mittlerweile war ich so schwach, dass ich kaum noch aufrecht stehen konnte. Auch wusste ich nicht, ob ich überhaupt noch in der Lage war, meinen Wurfstock auf ein Beutetier zu schleudern. Abgesehen davon hatte ich zwar die Speerschleuder meines Vaters bei mir, besaß aber keinen einzigen Speer.

»Du kannst Fallen bauen«, rief ich mir ins Gedächtnis.

Ich hatte Seile und ein Messer. Ich konnte ein paar Schlingen knüpfen.

Allein hatte ich bisher noch keine Fallen ausgelegt, doch ich hatte schon oft meinen Eltern dabei geholfen, und auch Cato und Ocho, die sich mit solchen Schlingen gut auskannten.

Es genügte, an einem Ende eines Seils eine Schlaufe zu machen. Das andere Ende wurde so über einen Ast gelegt, dass die Schlinge gerade noch den Boden berührte. Dann musste der Ast zurückgebogen und mit einem Stein blockiert werden, und die Falle war fertig. Wenn ein Weißbüschelschwanz oder ein Beutelnager in die Schlinge geriet, lösten die durch ihre Bewegungen hervorgerufenen Erschütterungen die Blockierung des Asts, der in seine ursprüngliche Position zurückschnellte. Dadurch zog sich die Schlinge zu und das Tier war gefangen.

Natürlich war es leichter, Fallen zu beschreiben, als sie tatsächlich herzustellen, und viel lieber hätte ich mich an einen Strand gelegt und geschlafen …

»Du bist Roqi«, sagte ich zu mir. »Wenn du leben willst, musst du jagen.«

Als der halbe Nachmittag vergangen war, hatte ich in der Nähe eines Teichs zwei Fallen aufgestellt und mir außerdem ein paar Wedelherzen beschafft, sowie Mehlfrüchte und einige Wurzeln, die alle zusammen meinen schlimmsten Hunger gestillt hatten.

Nun musste ich mich um das Nächstwichtigste kümmern: um Feuer.

Zwar war das Bestattungsfeuer schon seit Langem erloschen. Dennoch wühlte ich in der Asche herum, um nach Glutresten zu suchen. Doch ich fand keine und das bedeutete, dass ich mir selbst Feuer machen musste.

Leider war ich nicht Beri. Feuer zu entfachen ist sehr langwierig und eigentlich gelingt es nur, wenn eine gute Portion Glück mit ins Spiel kommt. Ich suchte in meinem Rucksack nach Feuersteinen, die man nur gegen einen anderen Stein zu reiben braucht, um Funken zu erzielen, und die mir viel Mühe erspart hätten. Doch ich erlebte eine weitere böse Überraschung. Entweder ich hatte keine eingepackt oder ich hatte sie verloren.

»Verdammt!«

Dann musste ich mir eben anders helfen.

Als Erstes sammelte ich sehr trockenes Gras und baute daraus ein Nest. Es wäre gut gewesen, auch etwas Feuerpilz zu haben, der Funken länger am Leben hält, doch bis ich nicht irgendwo Feuerpilze gefunden hatte, musste es auch so gehen.

Ich lief umher und entdeckte eine Stinknadel, deren Holz zwar nicht gut riecht, aber für meine Zwecke ideal war. Ich brach einen trockenen geraden Zweig ab und schnitt ein Ende spitz zu. Aus einem anderen Zweig schnitzte ich mir ein Brettchen, in das ich ein kleines Loch bohrte.

In dieses Loch legte ich etwas trockenes Gras. Ich setzte mich auf den Boden, legte das Brettchen zwischen meine Beine, drückte die Spitze des Zweigstocks in das Loch und begann, den Stock zwischen meinen Handflächen schnell zu drehen.

Wer noch niemals auf diese Weise Feuer gemacht hat, glaubt vielleicht, dass man den Stock dabei sehr fest nach unten drücken oder aber sehr schnell sein muss, doch das stimmt gar nicht. Man muss den Stock vielmehr gleichmäßig drehen und darauf achten, dass es zu möglichst viel Reibung zwischen den Hölzern kommt.

»Sing beim Feuermachen«, hatte Großmutter Chila immer gesagt. »Flammen lieben Musik und werden nachschauen wollen, warum du sie rufst.«

Also sang ich das Lied von dem Jäger, der sich im Wald verirrt und friert, bis ein Stern vom Himmel herabfällt und einen Sandstrauch in Brand setzt, sodass sich der Jäger wärmen und seine Beute braten kann.

Mir war, als hörte ich Amas Stimme, und mein Herz presste sich zusammen, doch dann schüttelte ich den Kopf und konzentrierte mich auf das Lied und die Bewegungen meiner Hände.

Ab und zu legte ich eine kurze Pause ein und hob den Stock etwas an, um zu sehen, ob sich das trockene Gras bereits geschwärzt hatte. Da ich keine Veränderung feststellen konnte, machte ich schnell weiter.

Es brauchte Zeit. Sehr, sehr viel Zeit. Als die Sonne bereits unterging, hob ich den Stock wieder einmal und sah, dass das Gras schwarz geworden war. Schnell legte ich das geschwärzte Gras in das vorbereitete kleine Nest und blies ganz sacht hinein, um die Flammen nicht zu erschrecken.

Nichts geschah, also musste ich wieder von vorn anfangen. Dieses Mal wurde das Gras auf dem Brettchen jedoch schneller schwarz. Ich legte es in das Nest und pustete vorsichtig darauf. Endlich stieg ein feiner Rauchfaden auf.

Ohne mit dem Pusten aufzuhören, stellte ich das Nest auf dem Boden ab und legte erst einen dünnen trockenen Zweig und dann einen dickeren hinein. Und endlich brannte es. Mein Feuer.

Als ich es mit ausreichend Holz versorgt hatte, ging ich meine Fallen kontrollieren. Eine war kaputtgegangen und ich nahm das Seil mit, um es neu zu verknoten.

In der anderen Falle dagegen hatte ich etwas gefangen. Ein Zwerg-Maskengesicht, nicht größer als meine Faust, baumelte in der Schlinge.

Ich brachte es zum Feuer, in das ich noch mehr Holz legte. Dann häutete ich das kleine Tier und nahm es aus, steckte es auf ein Stöckchen und briet es über den Flammen.

Das brutzelnde Fleisch duftete so gut, dass mir sofort das Wasser im Mund zusammenlief. Ich schaffte es nicht zu warten, bis alles ganz durch war, sondern verschlang es halb roh und zerbrach sämtliche Knochen, um an das Mark darin zu kommen.

So ein winziges Wesen reichte natürlich nicht, um meinen Hunger zu stillen, aber es war immerhin ein Anfang.

Trotz meiner Müdigkeit und Erschöpfung ging ich nach dem Essen in den Wald, um die Fallen neu aufzustellen. Danach schabte ich das Fell meiner Beute ab, denn trotz seiner geringen Größe könnte es sich noch als brauchbar erweisen.

Schließlich schlief ich ein, wachte jedoch immer wieder auf, weil ich dachte, das Feuer sei ausgegangen. Ich legte Holz nach und schaute in die lodernden Flammen. Dabei rückte ich so nah an das Feuer, dass es mir fast die Wimpern versengte.

»Feuer, du darfst mich nie wieder verlassen. Ich verspreche dir auch, dich immer großzügig mit Holz zu füttern. Ich werde dich immer gut behandeln«, versprach ich. »Du hast meine ganze Familie getötet. Aber jetzt musst du mich beschützen. Hast du verstanden? Denn ich habe nur noch dich.«

NEUNUNDZWANZIG

Ich blieb einige Tage an Hitis altem Lagerplatz. Wie viele Tage es waren, wusste ich nicht, aber genug, um einige Dinge herzustellen: eine neue, größere und stabilere Rückentrage, an der ich drei Beutel aus geflochtenen Gräsern befestigte. Aus einem sauberen, ausgebleichten Weitspucker-Schädel stellte ich einen Feuerbehälter her. Ich steckte ihn in ein geflochtenes Körbchen, das ich mir an einer langen Schnur umhängte. Außerdem fertigte ich eine Axt, drei Jagdspeere, Angelhaken aus Knochen, zwei kleine und zwei große Schalen, etliche Seile und sechs einsatzbereit geknüpfte Schlingenfallen, die ich schnell auslegen konnte.

Ich hatte nicht alles neu herstellen müssen: Die Beutel an meiner alten Rückentrage hatten einige nützliche Dinge enthalten, wie etwa bearbeitete Steine, was ein großes Glück darstellte, da ich beim Meißeln von Steinklingen nie sehr erfolgreich gewesen war.

Am stolzesten aber war ich auf mein Zelt. Es bestand aus drei geraden Nadelbaumpfählen, in deren obere Enden ich je ein Loch gebohrt hatte, um sie mit einer Sehne miteinander zu verbinden. Dank dieser Verbindung konnte man die

Pfähle ganz einfach aufstellen. Sie bildeten ein dreieckiges Gestell, über das ich Blätter legen würde. Ich hoffte, mir mit der Zeit so viele Häute zu beschaffen, dass ich mir daraus eine ganze Zeltplane zusammennähen konnte.

Allmählich bekam ich das Gefühl, ganz gut allein zurechtzukommen.

Es gab nur zwei Probleme.

Das erste bestand darin, dass … Manchmal wachte ich auf, ging Wasser holen, jagte … und meinte plötzlich, eine Botschaft von Ama zu empfangen, oder Ocho lachen zu hören. Oder mir war, als würde Hona hinter mir herlaufen und auf mich einreden, und mir wurde ganz schwer ums Herz. Außerdem fing ich an, mit mir selbst zu reden, einfach nur, um eine Stimme zu hören.

»Na, das ist aber ein schönes Feuer, Roqi, alle Achtung!«

»Hm, dieses Großnagerbeinchen schmeckt wirklich sehr gut!«

»Denk dran, dass du morgen wieder Holz sammeln musst.«

So in der Art.

Mir wurde allmählich klar, dass ich etwas tun musste, um nicht mehr so unter meinen Erinnerungen zu leiden. Ich musste mich zwingen, nicht mehr an die Vergangenheit zu denken. Also versuchte ich mich auf das zu konzentrieren, womit ich gerade beschäftigt war, sowie auf die vier Pfeiler meines neuen Lebens: Feuer, Wasser, Unterschlupf, Nahrung.

Die Nahrung war und blieb mein größtes Problem. Der Winter nahte, und obwohl ich mit meinem Stamm weit in die Wärme hinein gewandert war, wusste ich doch, dass früher oder später die schlechte Jahreszeit anbrechen würde, in der es weniger Wild und weniger essbare Pflanzen gab.

»Das bedeutet, dass du Vorräte anlegen, dich rechtzeitig auf den Winter vorbereiten musst.«

Dabei fiel es mir jetzt schon schwer, genügend Nahrung zu finden. Hitis Stamm hatte einige Zeit in dem Sumpf verbracht und sämtliche essbaren Früchte, Beeren und Wurzeln eingesammelt.

Auch Wild gab es nicht mehr viel. Die großen Tiere waren von den Jägern des Stammes erlegt worden, die kleinen, wie etwa die Weißbüschelschwänze, die Maskengesichter, die Beutelnager und die Blindgräber, hatte ich mit meinen Fallen weggefangen.

Jeden Tag musste ich mich etwas weiter von meinem Lager entfernen, um etwas zu finden … Und immer öfter kehrte ich mit leeren Händen zurück.

»Es erklärt sich eigentlich von selbst«, sagte ich mir eines Abends. »Warum hat Hiti angeordnet, weiterzuziehen? Weil es hier nichts mehr gibt. Deshalb beschloss er, in die Kälte zurückzukehren, wo es in den Wäldern vor Wild nur so wimmelt.«

Mal abgesehen davon, dass der Stamm dank der Giganten genügend Vorräte besaß, um gut über den Winter zu kommen.

»Du musst ebenfalls hier weg, Roqi. Such dir einen neuen Ort, an dem du viele Pflanzen und genügend Wild findest.«

Roqi hatte recht … Also, ich hatte recht. Ich musste weiterziehen. Aber wohin?

Nioqo hatte uns seinerzeit erzählt (und bei dieser Erinnerung spürte ich wieder die Sehnsucht nach all dem, was ich verloren hatte), dass wir uns auf einer langen schmalen Landzunge befanden.

Ich war jetzt dem Meer auf der Sonnenaufgangsseite

ziemlich nahe und ich wusste, dass die Sonnenuntergangsseite der Landzunge fünf oder sechs Tagesmärsche von hier entfernt war. Wenn ich auf die Wärme zuging, würde sich mir das Meer irgendwann in den Weg stellen. Aber wann, nach wie vielen Tagesmärschen? Zwei oder vielleicht fünf? Oder gar fünfzig?

Yabo von den Geistern hatte gesagt, dies hier sei ein unbekanntes Gebiet, in das vor uns noch nie ein Mensch vorgedrungen sei.

»Du könntest schlimmen Gefahren begegnen.«

Oder aber großen Schätzen. Bäume, deren Äste schwer mit Früchten beladen waren. Ein unglaubliches Gewimmel von köstlichem Wild.

Zog ich dagegen in Richtung Kälte, wäre ich auf den Spuren von Hitis Stamm unterwegs und würde mich wie ein Kadavervogel von dem ernähren, was sie übrig gelassen hatten. Das wollte ich nicht.

Ich war kein Kadavervogel. Tagelang hatte ich darauf gewartet, dass sich Ama und meine früheren Freunde dazu herabließen, nach mir zu suchen. Doch das war nicht geschehen. Unsere Wege hatten sich getrennt.

»So ist es nun mal, daran lässt sich nichts ändern. Aber du kommst sehr gut allein zurecht.«

Schließlich fällte ich meine Entscheidung. Ich würde auf das Meer zugehen, das irgendwo in der Wärme lag.

Mit diesem Plan im Kopf legte ich mich schlafen, und am nächsten Morgen fing ich gleich nach dem Aufwachen mit den Vorbereitungen an. Ich holte mir Wasser, sammelte so viel Nahrung, wie ich finden konnte, und packte meine Rückentrage.

Als ich sie mir auflud, wäre ich beinahe rücklings umgekippt. Sie war so schwer, dass ich sie nicht einmal einen einzigen Tag lang hätte tragen können. Also leerte ich sie wieder aus und packte nur die Dinge ein, auf die ich unmöglich verzichten konnte. Alles andere, darunter auch einiges an Essbarem, versteckte ich unter einem Steinhaufen am Fuße meines Federblattbaums. Ich war mir sicher, diesen Ort jederzeit wiederfinden zu können, um mir das überschüssige Seil, die Steinklingen und die vielen anderen nützlichen Dinge zu holen, auf die ich erst einmal verzichten musste.

Am folgenden Tag brach ich noch in der Morgendämmerung auf. Ich ging immer auf den Sonnenaufgang zu, auf dem Pfad, den ich mit Hitis Stamm gegangen war, als sie mit ihrem Lager weitergezogen waren.

Ich lief langsam und schaute mich gründlich um, weil ich unterwegs essbare Pflanzen und Früchte sammeln wollte, stets bereit, meinen Wurfstock zu schleudern. Tatsächlich gelang es mir, einen Rotschnabel zu erlegen, der auf einem Teich schwamm, und beinahe hätte ich auch ein paar Braunhuscher erwischt, doch sie bemerkten mich zu früh und flogen davon.

Auf einer Lichtung schlug ich mein Lager auf und entzündete ein Feuer. Zum ersten Mal seit langer Zeit fühlte ich mich wohl, denn mir war, als wäre ich inzwischen mit dem Wind vertraut und als wären die Geräusche des Waldes auf meiner Seite.

Am darauffolgenden Tag erreichte ich das Meer und ging an der Küste entlang in Richtung Wärme. Stundenlang lief ich über Sand, der irgendwann in Gras überging. Jenseits des Wassers lag ein anderes, lang gezogenes und von Bäumen bewachsenes Land, das mich nun ständig begleitete.

Mir fiel ein, dass Hona und ich überlegt hatten, wie man

zu den Inseln gelangen könnte, und ich stellte mir vor, das Land auf der anderen Meeresseite zu besuchen. Da ich keine Möglichkeit hatte, das Wasser zu überqueren, musste ich mich damit begnügen, jenen fernen Wald zu betrachten und die Vögel, die über ihn hinwegflogen und zu weit entfernt waren, um in die Reichweite meiner Speere zu geraten.

Als die Sonne unterging, ließ ich mich am Strand nieder, machte ein Lagerfeuer und röstete darin einen Streifenschleicher, den ich im Gras gefunden hatte.

Am nächsten Tag ging es weiter auf die Wärme zu, und ebenso an dem darauffolgenden.

Als ich mich an Seitenkrabblern und Raumuscheln übergessen hatte, richtete ich meine Schritte ins Landesinnere in der Hoffnung, dort auf Wild zu stoßen. Wenn es mir zum Beispiel gelingen würde, einen Ästeschädel zu erlegen und das Fleisch einzusalzen und zu trocknen, hätte ich einen Grundstock für den Winter und eine schöne große Haut für mein Zelt.

»Aber vielleicht findest du ja etwas noch Größeres!«, rief ich. »Vielleicht einen Weitspucker. Oder einen Windläufer. Oder sogar ein Panzertier! Warum eigentlich nicht?«

Ich hatte schon seit Langem kein Panzertier mehr gesehen und wusste, dass es sehr schwer war, sie zu töten: Sie waren so hoch wie ein Erwachsener und doppelt so lang und trugen einen riesigen runden Panzer auf dem Rücken, der so hart war, dass ihn nicht einmal die schärfste Steinklinge durchdringen konnte. Hatte man es jedoch geschafft und dieses Tier erlegt, konnte man den Panzer leeren und säubern und als vollkommen wetterfeste Behausung verwenden.

Eine Panzerhütte, dachte ich. Ich könnte sie innen mit

geflochtenen Matten auskleiden und den Graufellpelz vor den Eingang hängen. Ich könnte darin sogar Feuer machen, denn der Rauch würde durch das Schwanzloch abziehen …

Ich sah mich schon in meiner gemütlichen, warmen Panzerhöhle sitzen. Es wäre wunderbar. Wie schade, dass ich sie Ama und Ocho nicht würde zeigen können. Und Hona. Wer weiß, was für ein Gesicht sie machen würde!

Ich blieb abrupt stehen. In dem Dunkelnadelwald, durch den ich gerade lief, hatte ich einen Baum entdeckt, auf dessen Stamm ein glatter Schnitt zu sehen war.

War das ein Panzertier gewesen? Ein Langzahn-Holznager?

Ich ging näher heran und betrachtete die Zweige, an denen sich keine Nadeln mehr befanden. Weiter vorn sah ich einen Baum, dessen Stamm einen ähnlichen Schnitt aufwies. Dort fand ich einen großen und breiten Abdruck, der sich im Schlamm nicht sehr deutlich abzeichnete.

Als ich mich hinkniete, um daran zu riechen, stieg mir ein Gestank in die Nase, von dem mir schwindlig wurde. Tierurin, mehrere Tage alt. Und so viel davon, dass man damit einen kleinen Teich hätte füllen können.

Ungläubig richtete ich mich wieder auf.

»Schau an, Roqi, du hast soeben die Fährte eines weiteren Giganten gefunden!«, sagte ich leise zu mir.

DREIßIG

Es war ja nicht so, dass ich ein großer Gigantenexperte war. Schließlich hatte ich nur den einen gesehen, als ich noch klein war, und die Herde von Gigantenkühen, die schuld daran war, dass Hitis Stamm mich verstoßen hatte.

Wenn man in einem Lager von Jägern aufwächst, lernt man jedoch zwangsläufig vieles über diese Tiere: Wie sie riechen, wie sie sich verhalten, welche Schlichen sie kennen.

»Das sind die Spuren eines erwachsenen Bullen«, murmelte ich. »Er ist sehr groß und in der Brunst.«

Dass es ein männliches Tier sein musste, erkannte ich an den Schnitten in der Baumrinde, denn sie stammten von langen Stoßzähnen und die haben nur die Bullen. Die Höhe, in der sich diese Schnitte befanden, sowie der Fußabdruck ließen darauf schließen, dass es sich um ein ziemlich großes Tier handelte. Und der Geruch des Urins verriet mir, dass dieser Bulle auf der Suche nach Kühen war. Yabo hatte mir erzählt, dass die Giganten in der Fortpflanzungszeit mit ihrer langen Nasenschlange an Pfützen schnüffeln und auf diese Weise kommunizieren, so wie wir Menschen uns mithilfe von Sprache oder Zeichen verständigen.

»Weißt du was?«, sagte ich leise. »Ich glaube, wir kennen uns bereits, mein lieber Gigant …«

Als ich mich zusammen mit Hona im Wald verirrt hatte, hatte ich diesen Riesenhaufen Dung gefunden. Auch der hatte von einem sehr großen und brünstigen Gigantenbullen gestammt. Ob es wirklich derselbe war?

Ich war mir fast sicher. Hier in der Gegend gab es einfach nicht genügend dieser Tiere, als dass es zwei von vergleichbarer Größe hätten sein können.

Ich nahm an, dass der Bulle, auf dessen Spur ich damals gestoßen war, der Kuhherde gefolgt war, aber zu spät gekommen war: Bevor er sie erreicht hatte, hatte Hitis Stamm die weiblichen Giganten erlegt. Also war mein Bulle in Richtung Wärme weitergelaufen, um andere Weibchen zu finden, bevor der Sommer vorbei war.

»Gibt es hier etwa noch andere Gigantenmädchen?«

Ich musste lachen. Jahrelang hatten die Tausend Stämme verzweifelt nach Giganten Ausschau gehalten und keine entdeckt. Und ich fand ständig welche.

Noch viele Generationen lang würden die Frauen bei den Versammlungen meine Geschichte besingen.

Roqi, der die Giganten in die Welt zurückgeholt hat.

Mit eiligen Schritten ging ich weiter, bald fing ich an zu laufen. Der Fährte zu folgen war leicht, denn mein neuer Freund tat nichts, um seine Spuren zu verwischen. Er bahnte sich seinen Weg, indem er die Bäume einfach beiseitedrückte oder gar entwurzelte. Ich sah einen mindestens hundert Jahre alten Breitkronenbaum, dessen Wurzelteller zur Hälfte aus dem Boden ragte und dessen Zweige kahl waren, weil der Gigant sämtliche Blätter abgestreift und aufgefressen hatte.

Wie unvorstellbar stark und mächtig diese Tiere waren! Ich fragte mich im Nachhinein, warum Hiti geglaubt hatte, mit den wenigen ihm zur Verfügung stehenden Jägern eine ganze Herde davon erlegen zu können. Er war leichtsinnig gewesen und deshalb war alles schiefgegangen. Es war gar nicht meine Schuld gewesen.

Wie angewurzelt blieb ich stehen. Zum ersten Mal in meinem Leben war mir klar geworden, dass auch Erwachsene Fehler machen konnten. Bisher hatte ich Häuptlinge für unfehlbare und mit allen erdenklichen Tugenden ausgestattete Wesen gehalten … Dabei waren sie in Wirklichkeit auch nur Menschen und begingen Fehler, so wie alle anderen auch.

»Er hätte nicht die ganze Herde angreifen dürfen. Iquo hatte ihn gewarnt, dass das alte Muttertier schlau ist …«

Aber jetzt war es zu spät, sich darüber Gedanken zu machen. Was geschehen war, konnte nicht mehr rückgängig gemacht werden. Yabo hatte oft gesagt, die Zeit sei wie ein geschleuderter Speer: Sie fliegt immer nur in eine Richtung.

Ich folgte der Spur der Verwüstung, die den Wald in zwei Teile zerschnitt, und als die Sonne unterging, schlug ich mein Lager am Ufer eines Sees auf.

Es war herrlich: Der See erstrahlte in den Gelb- und Rosatönen des Sonnenuntergangs. In Ufernähe schwammen Braunenten und Streifenschnabelenten, ein paar Rotfelle beobachteten sie von den Gebüschen am Ufer aus, und zwischen den hohen Stängeln des Kolbengrases waren einige träge Grabnager unterwegs.

Normalerweise hätte ich versucht, sie zu fangen, denn Grabnager schmecken gut und sind leicht zu erwischen. Dann hätte ich allerdings tagelang hier bleiben und Fleisch und Fell verarbeiten müssen. Es gab jedoch eine Fährte, der ich folgen wollte.

Ich fand einen Dungberg, der höher war als ich. Ich steckte den Arm hinein, wie es damals Nioqo getan hatte, holte eine Handvoll Kot heraus und roch daran. Er war voller Herzbaumblätter und Grünkugelsamen, unreifen Nüsschen und Früchten des Chittambaums.

Ich konnte mich nicht daran erinnern, auf meinem Marsch Chittambäume gesehen zu haben. Dieser Dung kam mir jedoch frischer vor als die Spuren am Morgen. Ob ich den Giganten ein Stück weit eingeholt hatte?

Mein Vater hatte mal gesagt, dass ein Gigant so schnell und so ausdauernd wie ein Mensch laufen kann. Dieser hier ahnte nicht, dass ich ihm folgte, und hatte es nicht besonders eilig. Es sei denn, er hatte Weibchen aufgespürt …

Ich zog Kolbengrasstängel aus dem Boden und zerrieb die Wurzeln zu Mehl. Dieses formte ich mit Wasser zu Fladen, die ich auf einem heißen Stein buk. Das war mein Abendessen.

Am nächsten Morgen folgte ich weiter der Fährte.

Eine Weile ging ich am Seeufer entlang und bog dann in ein Wäldchen ein, das nun, da der Gigant hindurchgebrochen war, aus zwei Hälften bestand. Hinter dem Wäldchen lag ein Sumpf, in dem der Bulle ein Schlammbad genommen hatte.

Mir war, als würde ich ihn schon vor mir sehen. An einer Stelle hatte er sich den Bauch mit unreifen Sonnenfrüchten vollgeschlagen und bald darauf wohl Bauchschmerzen bekommen, denn seinen Fußabdrücken nach zu urteilen war er danach langsamer gegangen und hatte weiter vorn mehrere Dungberge abgesetzt, die voll unverdauter Früchte waren. In einem Teich hatte er, im Stehen schlafend und mit herabhängender Nasenschlange, die Nacht verbracht. Eine Messerzahnkatze hatte sich ihm auf weniger als fünfhundert Schritt genähert, war dann aber wieder davongeschlichen. Auch für ein derart kräftiges Raubtier war ein Gigantenbulle einfach zu groß.

Am folgenden Tag hatte mein neuer Freund Weibchen gewittert und war auf ihrer Duftspur gelaufen, doch weil es sich um eine alte Fährte handelte, hatte er sie nicht gefunden und seine Richtung geändert.

So vergingen die Tage, und der Abstand zwischen mir und dem Bullen nahm immer mehr ab. Das erkannte ich daran, dass die Dunghaufen und Urinpfützen noch frisch waren, wenn ich sie erreichte.

Ich wurde vorsichtiger und gewöhnte mir an, meinen Körper mit seinem Dung zu beschmieren. Das Fell versteckte ich in einem der Körbe an meiner Rückentrage, zusammen mit einigen Handvoll Dung, in der Hoffnung, dass der Gigant dadurch den Geruch nicht bemerkte.

Obwohl ich meinte, ihm mittlerweile sehr nahe gekommen zu sein, lief ich den ganzen Tag, ohne ihn jemals zu Gesicht zu bekommen. Ich kam an Seen vorbei und lief durch Sumpfnadelwälder, denen man deutlich ansah, dass er hindurchgelaufen war.

Als die Sonne unterging, beschloss ich, an einem Fluss zu übernachten.

Und genau dort, in fünfhundert Schritt Entfernung von mir, sah ich ihn neben einem riesigen Ogechebaum stehen.

Der Gigant.

Ich hatte ihn gefunden.

EINUNDDREIßIG

Er war gewaltig.

Seine Beine waren wie Baumstämme. Der Leib war sehr lang und der Rücken verlief vom Schwanz bis vorn zum Kopf beinahe gerade. Sein Kopf wurde von der endlos langen Nase beherrscht, die in diesem Moment nach oben gereckt war, um Blätter zu pflücken, und dies so behutsam tat, als handele es sich um die Hand eines jungen Mädchens.

Die beeindruckenden Stoßzähne waren fast halb so lang wie der Körper. Ich wunderte mich darüber, dass sie das Tier nicht aus dem Gleichgewicht brachten und nach vorn kippen ließen, denn sie bogen sich bis fast zum Boden hinunter und dann wieder nach oben, sodass sie sich in Höhe der Augen kreuzten.

Das kurze feuchte Fell (er musste gerade gebadet haben) hatte eine warme, derart leuchtende Honigfarbe, dass es mir schien, als wollte das Tier auffallen, anstatt sich zu verstecken. Es war, als wolle es durch sein ganzes Äußeres sagen: »Hier bin ich. Ich bin der Häuptling aller Lebewesen, verneigt euch vor mir.«

Die Ohren waren im Vergleich zum Körper eher klein

und schön geformt, die tränenden Augen verrieten, dass dieser Bulle bereits ein gewisses Alter erreicht hatte. Alt und schwach aber war er nicht, sondern reif, erwachsen und erfahren und auf dem Höhepunkt seiner körperlichen Kraft.

»Und so wirst du derjenige sein, der aus mir einen Mann macht«, sagte ich leise.

Mir wurde bewusst, dass ich in den langen Tagen meiner Verfolgungsjagd immer daran gedacht, aber nie den Mut gehabt hatte, es auszusprechen: Ich war dem Giganten gefolgt, um ihn zu töten. Ich musste ihn töten, denn die Große Jagd stellte für mich die einzige Möglichkeit dar, erwachsen zu werden.

Und ich musste erwachsen werden, weil ... weil man nicht für immer ein Kind bleiben kann und ich schon lange kein Kind mehr war. Ich hatte meine Gabe entdeckt, auch wenn niemand für mich den Segen der Geister erbeten hatte. Ich hatte meinen Stamm verloren, aber nicht mich selbst.

»Ich werde es für dich tun, Vater«, sagte ich. »In Erinnerung an jenen Abend, als du mich über das Feuer hinweg angeschaut hast und ich gedacht habe, du wolltest mich dafür tadeln, dass ich immer der Letzte der Gruppe war. Stattdessen aber hast zu mir gesagt, dass ich eines Tages allen zeigen würde, was in mir steckt. Der Letzte der fünf wird der Erste sein, das hast du damals gesagt. Ich werde beweisen, dass du recht hattest.«

Ich entfernte mich zweimal tausend Schritt vom Fluss, in Richtung Kälte, und erst hier wagte ich, ein Lager aufzuschlagen und ein Lagerfeuer zu machen.

Ich briet mir einen Fliegenden Astspringer, den ich unterwegs mit meinem Wurfstock erlegt hatte. Nachdem ich ihn gegessen und sein Fell saubergeschabt hatte, sah ich meine

Waffen durch und vergewisserte mich, dass sie gut ausbalanciert und die Klingen scharf und fest an den Schäften befestigt waren.

Ich wählte einen sechzig Schritt vom Lagerfeuer entfernten Baum als Ziel und übte mich im Werfen, bis ich meinen Arm nicht mehr spürte. Dann verkroch ich mich in mein Zelt und legte mich schlafen.

Am folgenden Morgen packte ich meine Sachen zusammen und kehrte zu dem Sumpf zurück. Der Gigant war vor mir aufgewacht und bereits weitergezogen. Ich folgte ihm mit so viel Abstand, dass er mich nicht wittern konnte, und dachte nach.

Ein Jagdtrupp sollte normalerweise aus mindestens sechs Jägern bestehen, ich dagegen würde ganz allein sein. Meines Wissens war es noch nie einem einzelnen Menschen gelungen, einen Giganten ohne Hilfe von anderen zu töten. Wie sollte ich es schaffen?

»Du kannst auf deine Gabe zählen.«

Aber ich wusste, das würde nicht reichen. Ich musste nahe genug an das Tier herankommen, um ihm die Sehnen eines Beins zu zerschneiden und so seine Beweglichkeit einzuschränken. Wenn mir das nicht beim ersten Versuch gelang, würde mich der Gigant angreifen.

Ich dachte an das erboste alte Muttertier, das Cato und Chara zertrampelt hatte. Ich wollte nicht so enden wie sie.

Was konnte ich tun?

»Du musst im richtigen Moment zuschlagen, die richtige Strategie entwickeln.«

Wichtig waren aber auch die mir zur Verfügung stehenden Speere. Um ein derart großes Tier zu töten, musste man oft zustechen. Ich würde mindestens zwei bis drei Speere brauchen, um die Beinsehnen zu durchtrennen, und fünf oder sechs weitere, um es so schwer am Bauch zu verletzen, dass es zusammenbrach.

Aber ich besaß nur fünf Speere.

»Ich habe keine Steinklingen dabei für die Fertigung von weiteren Speeren, weil ich die Steine in meinem Versteck bei Hitis altem Lager gelassen habe. Außerdem bin ich nicht gut darin, Steine zu bearbeiten.«

Ich dachte nach.

»Ich versuche, ihn mit Holzspeeren lahmzulegen. Mit langen Stöcken, deren Spitzen ich im Feuer gehärtet habe.«

Die Speere mit den Steinklingen würde ich mir für die Todesstöße aufheben.

»Ich werde viel Zeit brauchen.«

Aber die hatte ich ja.

So begann mein Leben mit Inibi. Dies war der Name, den ich dem Giganten gab. Ich lernte, morgens vor ihm aufzuwachen und abends nach ihm einzuschlafen. Ich lernte, sein Tempo einzuhalten und die Vögel wiederzuerkennen, die sich von den auf seiner Haut lebenden Insekten ernährten. Ich lernte, Inibis Traurigkeit mit ihm zu teilen, seine Einsamkeit.

Denn ja, der große Bulle war einsam, genau wie ich. Er hatte die Weibchen nicht finden können und mittlerweile war klar, dass es in dieser Gegend keine weiteren Herden gab.

Eines Tages wurde er vor Wut darüber geradezu wahnsinnig, sodass er buckelte und ausschlug wie ein Windläufer und zwei Bäume entwurzelte, nur um seinem Zorn Luft zu machen.

Irgendwann rochen seine Urinpfützen nicht mehr nach

Brunst. Die Paarungszeit war vorbei, die Schlingpflanzen hingen voller Früchte.

»Wenn ich nicht Jagd auf dich machen würde, könntest du es nächstes Jahr wieder versuchen«, sagte ich leise.

Aber ich fragte mich, ob das wirklich stimmte. Großmutter Chila hatte erzählt, dass es früher so viele Giganten auf der Welt gegeben hatte, dass ihre Herden ganze Wälder in Wiesen verwandelt hatten. Dann waren es immer weniger geworden, bis die Sichtung einer Herde von Gigantenkühen zu einem seltenen Ereignis geworden war und die Stämme immer weiterziehen mussten, um den jungen Menschen eine Große Jagd zu ermöglichen.

Was, wenn Inibi der Letzte war? Der letzte Gigant auf der ganzen großen Welt?

Bei diesem Gedanken bekam ich eine Gänsehaut. Wovon sollten die Stämme dann leben? Und wie sollten aus Kindern Erwachsene werden?

»Zum Glück habe ich dich, Inibi«, sagte ich, als ich ihn aus der Ferne beobachtete. »Wir sind durch ein unsichtbares Band verbunden. Wir leben füreinander, auch wenn du das noch nicht weißt. Wenn du der Letzte deiner Art bist, dann bin ich der letzte Jäger. Und das Getöse unseres Kampfes wird bewirken, dass die Sterne vom Himmel fallen.«

Jeden Nachmittag machte Inibi unter einem Baum Rast und schlief in dessen Schatten. Stets schlich ich mich dann an ihn heran, jeden Tag ein Stückchen weiter. Ich wollte, dass er sich an meinen Geruch gewöhnte, dass ich ihm vertraut wurde.

Ich beobachtete ihn und prägte mir alles ein. Die Art, wie er die Nasenschlange hochreckte, um sich damit hinter den Ohren zu kratzen. Das leichte Lahmen seines rechten Vorderbeins. Die große Narbe links an seiner Flanke, Erinnerung an einen Kampf vor langer Zeit.

»Du hättest sicher viele Geschichten zu erzählen, großer Vater. So viele Liebesabenteuer, so viele Kämpfe. Ich habe auch jemanden geliebt, weißt du? Ama. Und Hona. Ama hat mich abgewiesen, sie dachte, sie sei etwas Besseres als ich, und wollte einen anderen heiraten, der dann aber gestorben ist. Sie hat mich fortgeschickt, für immer. Hona dagegen … Hona war anders. Da war ich es, der sich für etwas Besseres hielt, weil sie noch zu jung war. Wie dumm ich war! Wenn ich zurückkehren könnte …«

Aber es gibt kein »wenn«, die Zeit ist ein fliegender Speer. Es ist sinnlos, sich in Erinnerungen zu verlieren.

Nachts kümmerte ich mich um meine Waffen und übte mich darin, sie einzusetzen. Das Messer. Die Speerschleuder. Wieder und wieder ging ich im Kopf die einzelnen Phasen der Jagd durch.

Ich war ganz allein auf mich gestellt und das bedeutete, dass ich keinen Fehler machen durfte.

Ich wusste, dass mir der Gigant in dem Moment, in dem ich für den Todesstoß Maß nahm, in die Augen schauen würde, und dass dieser feuchte, alte und mächtige Blick meinem Arm die Kraft nehmen konnte. Das durfte nicht passieren.

Morgens beim Aufwachen war mein erster Gedanke nun: Wird heute der Tag sein?

Ich unternahm Erkundungsgänge, schätzte ab, welche Richtung Inibi einschlagen würde, und suchte die beste Stelle für einen Hinterhalt: ein See, wo ihm das Wasser den Weg versperrte, oder Geröllfelder und Felsplatten mit scharfkantigen Steinen, auf denen er nicht schnell laufen konnte, oder Sümpfe, in denen ich mich für einen Überraschungsangriff verstecken konnte.

Trotzdem war da immer etwas, das mich am Angreifen hinderte, das mich unsicher machte.

Ich nannte mich selbst einen Feigling.

»Nein, es ist nicht Feigheit«, sagte ich mir. »Es ist die Geduld des Jägers.«

Dann, eines Abends, als ich soeben mein Zelt aufgestellt und einen erlegten, gehäuteten Weißbüschelschwanz aufgespießt und übers Feuer gehängt hatte, hörte ich hinter mir ein Geräusch, das weder von einem Graufell, noch von einem Schwarzen Pelzriesen, noch von einer Messerzahnkatze stammen konnte.

Trotzdem sprang ich auf, packte einen Speer und lief zu einem nahen Gebüsch, aus dem das Geräusch gekommen war …

Und heraus trat Hona, eine bis auf die Knochen abgemagerte und zu Tode erschöpfte Hona.

»Roqi«, sagte sie.

Dann kippte sie vornüber und fiel mir direkt in die Arme.

Lieblingsbücher
fürs Leben
THIENEMANN-ESSLINGER
www.thienemann-esslinger.de

ZWEIUNDDREIßIG

Sie war so leicht wie trockenes Laub.

Ich trug sie ins Zelt und legte sie auf das Fell. Dann schnitt ich von dem Weißbüschelschwanz ein Stück ab und legte es in einen Korb, in den ich auch Knochen, Wasser und heiße Steine aus dem Lagerfeuer gab, um Brühe zu kochen.

»Chiri, komm raus«, sagte ich in die Nacht hinein. »Ich weiß, dass du da bist.«

Als hätte er mich verstanden, kroch der junge Blattfresser mit verschämt gesenktem Kopf aus dem Gebüsch. Seit ich ihn das letzte Mal gesehen hatte, war er ordentlich gewachsen. Er hatte noch nicht die Dimensionen eines erwachsenen Blattfressers, aber viel fehlte nicht mehr. Auf vier Beinen war er höher als ich, auf den Hinterbeinen stehend und aufgerichtet wahrscheinlich doppelt so groß wie ich.

Zögernd traute er sich ins Lager und schnüffelte überall herum, vor allem an der Tasche, in der die ersten reifen Sonnenfrüchte des Jahres waren, die ich unterwegs gefunden hatte.

Ich öffnete die Tasche und ließ zu, dass er sie blitzschnell vertilgte.

»Na, du hattest wohl ganz schön Hunger, was?«

Natürlich antwortete mir der Blattfresser nicht. Stattdessen ging er zu dem Zelt und schnupperte an dem Graufellpelz. Ich begann zu ahnen, wie Hona mich gefunden hatte.

Inzwischen war die Brühe fertig. Ich goss etwas davon in eine Schale und rüttelte Hona wach. Sie öffnete die Augen.

»Nicht sprechen«, sagte ich. »Trink.«

Sie gehorchte. Die Brühe schien ihr Kraft zu geben, denn es gelang ihr, sich aufzusetzen. Ich brachte ihr eine weitere Schale voll. Sie bat auch noch um eine dritte, danach brach sie die gekochten Knochen auf und sog das Mark heraus.

»Roqi …«

»Nicht sprechen. Dafür ist später noch Zeit.«

»Aber ich muss. *Muss*.«

Sie schaute mich derart intensiv an, dass sich in meinem Innersten irgendetwas zusammenzog. Es war schon so lange her, dass ich unter Menschen gewesen war, ich hatte Mühe zu sprechen.

»Na gut«, antwortete ich. »Warum bist du gekommen?«

»Ich musste herausfinden, ob du noch lebst. Meine Schwester hat behauptet, du seist tot, und dass es so besser sei, weil jemand, der das Zeichen trägt, nicht unter anderen Menschen sein darf. Sie sagte … dass es deine Schuld sei, dass es den Stamm unseres Vaters nicht mehr gibt.«

»Ich trage das Zeichen nicht, Hona.«

»Das weiß ich doch! Es ist einfach ungerecht, meine Schwester und Ocho sind dumm. Deshalb bin ich eines Abends weggelaufen und habe mich auf die Suche nach dir gemacht.«

Ich nickte zu Chiri hinüber. »Hat er dir geholfen?«

Hona lächelte. »Er ist gut darin, Gerüche aufzuspüren.

An dem Abend, als meine Schwester dich weggeschickt hat, wollte sie auch ihn verjagen, aber ich habe ihn heimlich in der Nähe des Lagers versteckt. Ich musste das tun, sonst hätten die anderen ihn getötet. Als ich dann weggelaufen bin, habe ich ihn gebeten, dich zu suchen. Er ist deiner Fährte tagelang gefolgt, aber auf einmal schien er sie verloren zu haben. Das war in einem Wald, in dem sich überall Spuren eines Giganten befanden, und ich dachte, dass du deine Spuren verwischst, weil du dem Giganten gefolgt bist. So war es doch, nicht wahr?«

Schweigend nahm ich mir einen Weißbüschelschwanzschenkel, setzte mich damit ans Feuer und begann zu essen.

»Ich habe ihn Inibi genannt«, sagte ich schließlich. »Es ist ein alter Bulle. Er ist sehr einsam … Er hat eine Gigantenkuh gesucht, um sich mit ihr zu paaren, aber wir haben sie alle getötet. Ich glaube, er ist der Letzte, der übrig geblieben ist.«

»Der letzte Gigant?«

Ich nickte. »Hier in der Gegend mit Sicherheit.«

»Und du willst ihn töten?«

Unnötig, auf diese Frage zu antworten. Was sonst hätte ein Mann tun sollen?

»Es wird meine Große Jagd sein«, sagte ich. »Versuch nicht, mir das auszureden.«

Ich dachte daran, wie es gewesen war, als ich den Herrn des Waldes getötet hatte, und die Welt und alles andere endete. Hona hatte schon immer eine Schwäche für Tiere gehabt. Sie behandelte sie, als wären sie ihre Freunde und nicht etwas, das dazu da war, uns Nahrung und Felle und all das zu liefern.

»Ich will es dir überhaupt nicht ausreden«, widersprach sie. »Ganz im Gegenteil. Ich will dir helfen.«

Ich musste lachen. »Du?«

»Ja, ich. Es wird auch meine Große Jagd sein.«

»Du bist noch zu klein.«

»Ich bin nur drei Jahre jünger als du. Als ich bei Hitis Stamm war, habe ich meine Gabe gefunden.«

Das war ja unglaublich!

»Du?«, fragte ich verblüfft.

»Ja, ich.«

»Und worin besteht sie?«

»Es ist die Gabe der Kräuter. Großmutter Qechela und Maca sind beide Heilerinnen. Sie haben angefangen, mich zu unterweisen, und sagten, ich sei wie sie. Iquo von den Geistern hat die Zeremonie für mich abgehalten, in der Nacht, in der ich weggelaufen bin.«

Ich war fassungslos. Ich besaß noch keine vom Stamm anerkannte Gabe, während Hona, die wesentlich jünger war als ich, mich bereits übertroffen hatte. Ihre Schwester Ama hatte recht gehabt, als sie gesagt hatte, ich sei der Letzte der Letzten, in jeglicher Hinsicht.

Andererseits hatte ich Inibi gefunden, und das änderte alles.

»Wo ist er jetzt?«, fragte Hona.

»Wer?«

»Der Giga… Inibi.«

Ich brachte sie zu einer dreimal tausend Schritt von meinem Lager entfernten Stelle, eine von Sumpfnadeln gesäumte Lichtung.

Er döste mit gesenktem Kopf, sodass er seine Stoßzähne am Boden abstützen konnte. Ab und zu bewegte er den Schwanz, um die Brummer zu verjagen, die um ihn herumschwirrten.

»Er ist herrlich«, signalisierte Hona.

»Findest du?«

»Er ist so groß. Und sein Geist ist mächtig und sehr, sehr alt.«

Sie hatte recht. Genau dasselbe hatte auch ich gespürt. In Inibis Nähe herrschte eine besondere Art von Frieden. Das Gefühl, dass die gesamte Welt einen Sinn ergab.

»Wann …« Hona zögerte. »Wann werden wir ihn töten?«

»Ich warte schon seit vielen Tagen auf eine günstige Gelegenheit«, erwiderte ich. »Ein einzelner Mensch oder auch zwei Menschen sind für eine derartige Jagd zu wenige. Und du musst erst einmal wieder zu Kräften kommen.«

»Dann gib mir noch ein Stück Fleisch. Bitte. Ich habe Hunger.«

Wir kehrten zu dem Lagerfeuer zurück und teilten uns das, was von dem Weißbüschelschwanz übrig war. Hinter uns hatte sich Chiri auf die Hinterbeine gestellt. Mit den Vorderbeinen umklammerte er den Stamm eines Speerspitzenbaums, dessen Blätter er mit der langen Zunge büschelweise ausriss.

»Was sagen sie im Lager über mich?«, fragte ich nach einer Weile. »Ich habe euch viele Tage lang von einem Baumwipfel aus beobachtet. Ich habe bei der Bestattung von Cato und den anderen zugeschaut.«

»Ich weiß, wir haben dich alle gesehen, aber Hiti hat uns befohlen, so zu tun, als ob du nicht da wärst. Er hat schlimme Geschichten über dich erzählt. Und Iquo von den Geistern hat dich verflucht. Für den Stamm gibt es dich nicht mehr.«

Natürlich hatte ich es gewusst, aber es gesagt zu bekommen tat mehr weh, als ich gedacht hatte.

Bald darauf schlief Hona ein. Ich trug sie ins Zelt und betrachtete sie lange, während ich mich fragte, was ich nun tun sollte.

Ich würde Inibi töten, ich würde erwachsen werden. Aber was dann?

Hona konnte nicht bei mir bleiben, ich musste sie zu Hitis Stamm zurückbringen. Doch das konnte gefährlich für mich werden. Einen Gezeichneten durfte jeder töten, sogar von hinten.

Was sollte ich nur tun?

Ich erwachte vom Gezwitscher der Vögel, die die aufgehende Sonne begrüßten, und wusste, dass auch Inibi in diesem Moment die Augen aufschlug. Es war, als wären wir beide miteinander verbunden.

Ich weckte Hona.

»Was ist los? Ich bin noch müde …«

»Psst!«, machte ich. »Bald wird der Gigant aufbrechen und wir werden ihm folgen. Ich will ihn nicht verlieren. Beeil dich.«

Ich baute das Zelt ab und packte meine Sachen zusammen. Hona bekam von mir noch ein Stück Fleisch, das vom Vorabend übrig geblieben war, dann gingen wir los.

Wir erreichten die sumpfige Lichtung, auf der wir Inibi in der letzten Nacht gesehen hatten. Wie ich angenommen hatte, war er bereits aufgebrochen, um seine Reise in Richtung Wärme fortzusetzen. Vor uns lag die lange Bresche, die er durch den Sandnadelwald geschlagen hatte.

Hona folgte mir. Sie trug meine Speere.

»Schaffst du das?«

»Ja«, antwortete sie.

»Und Chiri auch?«

Hona nickte.

Ich lief los und versuchte dabei, immer tausend Schritt Abstand zu Inibi zu halten. Ich beobachtete ihn aus der Ferne, blieb stehen, wenn er anhielt, und lief weiter, sobald er sich wieder in Bewegung setzte. Weil uns der Wind ins Gesicht blies, konnte uns der Gigant nicht wittern, während ich ihn immer wieder roch, mit jeder Böe, die mir seinen Geruch nach Schweiß und Urin entgegenwehte. Heute war Inibi nervös. Er lief schneller als sonst und blieb kaum jemals stehen, um zu vertilgen, was er auf seinem Weg entdeckte.

Ob ihn etwas beunruhigte? Was konnte das sein?

Als er zu einer Reihe von Wedelbäumen kam, die seinen Weg blockierten, riss er mit seiner Nasenschlange einen davon aus dem Boden und schlüpfte durch die so geschaffene Lücke.

Hona und ich, und natürlich auch Chiri, folgten ihm.

Wir hatten wieder das Meer erreicht. Jenseits der Bäume konnte man das blaue Wasser sehen, das sich von einer Seite des Horizonts bis zur anderen erstreckte, und ganz in der Ferne Inseln: kleine, von der Sonne beschienene Punkte.

Im Schutz der Pflanzen schlich ich mich an den Giganten heran.

Inibi hatte uns auf eine sandige und steinige, halbmondförmige Halbinsel geführt. Auf drei Seiten war sie vom Meer umschlossen. Der einzige Fluchtweg führte durch die Wedelbaumreihe oder aber, weiter rechts, über ein von großen Tümpeln durchsetztes Geröllfeld. Genau dorthin hatte Inibi seine Schritte gerichtet und weidete nun Grasbüschel ab, die zwischen den Steinen wuchsen.

»Ist er nicht wunderschön?«, bedeutete Hona mir.

Ich nickte, aber eigentlich dachte ich an etwas anderes. Nämlich daran, dass ich endlich am Ziel war.

Dies war der perfekte Ort für die Jagd.

Der Moment, den Giganten anzugreifen, war gekommen.

Der Tag, an dem sich entschied, wer von uns beiden überlebte.

DREIUNDDREIẞIG

»Du hattest versprochen, dass wir noch warten, bevor wir ihn angreifen«, sagte Hona in Zeichensprache. »Dass ich erst wieder zu Kräften kommen sollte.«

»Das stimmt. Aber ich verfolge Inibi seit über einem Mond und noch nie hat sich solch eine Gelegenheit wie heute geboten. Wer weiß, wie lange ich warten müsste, bis sich wieder so etwas ergibt.« Ich schenkte ihr ein strahlendes Lächeln. »Schau nur: Das Meer versperrt ihm auf drei Seiten den Weg. Giganten lieben Süßwasser, doch das Salzwasser meiden sie. Wenn ich Inibi auf das Geröllfeld dort drüben treiben kann, werden ihn die losen spitzen Steine daran hindern, davonzugaloppieren oder uns anzugreifen. Das wird ihn verwundbar machen.«

»Ich verstehe«, sagte Hona. »Aber wie bringst du ihn dazu, weiter ins Geröllfeld hineinzulaufen, anstatt durch die Wedelbäume dort zu fliehen?«

Darüber hatte ich lange nachgedacht. Ich zeigte auf den Weitspuckerschädel, in dem ich Glut mit mir herumtrug.

»Damit, und mit deiner Hilfe«, antwortete ich in Zeichensprache.

»Wie kann ich helfen?«

»Du steckst die Bäume in Brand. Inibi wird erschrecken und in die einzige Richtung laufen, die ihm offen bleibt. Ich verstecke mich zwischen den Felsen dort hinten, und wenn er an mir vorbeikommt, werfe ich Speere, um seine Beinsehnen zu zertrennen. Er wird zusammenbrechen und wir töten ihn.«

»Aber was ist, wenn er dich bemerkt?«, fragte Hona. »Er könnte dich mit seinen riesigen Stoßzähnen aufspießen.«

Ich wunderte mich, dass sie die Gefahren so genau erkannte, obwohl sie noch so jung war. Vielleicht lag es daran, dass sie tatsächlich kein Kind mehr war: Sie hatte ihre Gabe entdeckt und diese war durch die Zeremonie bestätigt worden. Nach unserer Großen Jagd würde sie erwachsen sein.

»Das passiert schon nicht, du wirst sehen. Aber jetzt sollten wir uns beeilen.«

Schnell erteilte ich ihr Anweisungen. Sie sollte lediglich die Wedelbäume anzünden und sich anschließend zusammen mit dem Blattfresser verstecken und sich von allem, was geschehen mochte, fernhalten.

»Roqi, versprich mir, dass alles gut geht«, signalisierte sie.

Ich lächelte. »Natürlich. Aber sei vorsichtig. Wenn du alle Wedelbäume angezündet hast, versteckst du dich und kommst nicht eher heraus, bis alles vorbei ist. Hast du das auch wirklich verstanden?«

Als Erstes mussten wir eine Stelle finden, an der wir unser Gepäck so unterbringen konnten, dass es vor dem Feuer und vorbeikommenden Tieren sicher war.

Am Rand des Wedelwäldchens fand ich ein Erdloch, in dem ich die Rückentrage und alles andere unterbringen konnte, einschließlich des Graufellpelzes und meines Lendenschurzes. Ich deckte alles mit einer Schicht Steine ab und bestrich meinen nackten Körper mit Schlamm.

»Warum schaust du mich so an?«, fragte ich Hona. »Ich tue das, um meinen Geruch zu überdecken.«

Sie errötete, ohne zu antworten.

Mit einer aus Gras geflochtenen Schnur band ich mir die Haare zusammen. Dann legte ich den Gürtel um, an dem das Messer befestigt war. In die rechte Hand nahm ich die Speerschleuder mit einem bereits eingelegten Speer, unter den linken Arm klemmte ich mir die sechs übrigen Speere.

Die Waffen wogen schwer und behinderten meine Bewegungen, doch ich war ein geübter Läufer und würde trotzdem schnell vorankommen.

»Ich gehe mich jetzt verstecken«, sagte ich zu Hona. Ich zeigte auf den Weitspuckerschädel. »Da drin ist das schlafende Feuer. Du musst es aufwecken und ihm zu essen geben. Die Baumstämme dort drüben sind schön trocken. Bist du sicher, dass du das hinbekommst?«

Sie nickte.

Chiri hatte sich auf die Hinterbeine gesetzt und beobachtete uns mit seinen dunklen Augen. Es kam mir vor, als würde er alles verstehen. Er war wirklich ein seltsamer Blattfresser. Wer weiß, warum er beschlossen hatte, uns zu folgen, ausgerechnet uns, auf einer so langen Wanderung. Wer weiß, was in seinem Kopf vor sich ging.

»Ich gehe jetzt«, bedeutete ich Hona.

»Gute Jagd, Jäger«, signalisierte sie zurück.

Ich wollte mich schon umdrehen, als mir etwas einfiel und ich ihr einen meiner Speere übergab. Ich schenkte ihr ein Lächeln, bevor ich zwischen den Bäumen davonlief.

Immer wieder blieb ich im Schutz der Pflanzen stehen

und beobachtete meine Beute: Während ich mich vorbereitet hatte, hatte Inibi seine Schritte in Richtung Wald gelenkt und sich dadurch von der idealen Position entfernt. Gerade stand er vor einem kleinen Wedelbaum und riss ein Fransenblatt nach dem anderen ab. Er kam mir nicht mehr so nervös vor.

Ich schloss die Augen und schickte Hona eine Botschaft. »Wir haben nicht viel Zeit. Inibi könnte sich bald einen Weg durch den Wald bahnen und weglaufen. Du musst dich bereithalten.«

Hona antwortete mir mit einer Klarheit, die ich ihr nicht zugetraut hatte: »Ich werde bereit sein.«

Giganten haben scharfe Augen und einen untrüglichen sechsten Sinn für Gefahren, deshalb musste ich vorsichtig sein. Ich kroch aus dem Schutz der Bäume, versteckte mich in Inibis tiefen Fußabdrücken und bewegte mich sehr langsam, damit ihm der Wind nicht meinen Geruch zutrug. Trotzdem hörte er mich. Er hielt im Fressen inne, riss den kleinen Wedelbaum aus und schleuderte ihn mit einem kraftvollen Ruck der Stoßzähne hinter sich.

»Hona … Ich glaube, er hat mich bemerkt. Zünde die Wedelbäume an!«

Ich schickte diese Botschaft mit aller mir zur Verfügung stehenden Kraft, doch nichts geschah.

Inibi schnaubte, schlug heftig mit dem Schwanz und riss einen weiteren Baum aus. Er fühlte sich im offenen Gelände nicht wohl und wollte in den Wald zurückkehren, sein eigentliches Zuhause. Er trabte auf die Bäume zu und ich begriff, dass ich ihn sofort angreifen musste, auch wenn die Wedelbäume noch nicht brannten. Es gab keine andere Möglichkeit.

»Jetzt, Roqi!«

Ich sprang aus meinem Versteck und rannte los, rutschte im Sand aus, stolperte über Steine.

»Der Moment ist gekommen. Los, du schaffst es!«

Inibi lief rechts von mir und so, dass seine Flanke mir halb zugewandt war. Das Bein, auf dem er lahmte, war mir am nächsten, genau das Bein, an dem ich ihn zuallererst verletzen wollte.

Ich schätzte die Entfernung zwischen uns ab und schlich mich noch ein bisschen näher heran.

»Los!«

Ich streckte den rechten Arm aus, die Finger fest um die Griffringe der Speerschleuder geschlossen, atmete so tief ein, dass es mir beinahe die Brust zerriss, und warf den Speer.

Er beschrieb in der Luft einen perfekten Bogen, neigte sich dem Ziel zu und bohrte sich an der richtigen Stelle in Inibis Fleisch: genau in der Kniekehle, auf die ich gezielt hatte. Und dort blieb er stecken.

Inibi erstarrte, von dem plötzlichen Schmerz überrascht. Er hob die Nase zum Himmel und stieß einen Schrei aus, tief wie das Grollen von hundert Unwettern. Dann drehte er sich um und sah mich.

Sein Blick heftete sich auf mich und überschüttete mich mit einem Hass, der größer als die ganze Welt war, so heiß, dass er das Meer zum Kochen gebracht hätte. Inibi senkte den Kopf und galoppierte auf mich los, ganz so, als hätte mein Speer ihn nicht einmal gestreift.

Mit einem derartig wütenden Angriff hatte ich nicht gerechnet. Ich lief los und Inibi raste mir hinterher. Er streckte die Nase nach mir aus, um mich zu packen, und ich erinnerte mich an Nioqo, der seine Speere mit der Spitze nach hinten gehalten hatte, um sich auf der Flucht zu schützen. Tatsächlich stieß Inibis empfindliche Nasenspitze mit einer meiner Speerspitzen zusammen und wurde verletzt. Der Gigant brüllte seine Wut in die Welt hinaus.

Ich schlug einen Haken, um auf die Bäume zuzulaufen, und da sah ich das Feuer. Es fraß die erste Wedelbaumreihe auf und versperrte mir als grelle gelb, rot und orange lodernde Wand den Weg.

Auch Inibi hatte nicht mit dem Feuer gerechnet. Er schreckte davor zurück, hindurchzugaloppieren. Ich nahm einen weiteren Speer, legte ihn in die Speerschleuder ein und zielte direkt auf seinen Bauch. Wieder traf mein Speer ins Ziel, wieder stieß Inibi einen dumpf grollenden Schrei aus. Dieses Mal hatte ich ihm wirklich wehgetan, und das Feuer versetzte ihn in Panik.

Ich schleuderte einen dritten Speer, traf ihn abermals am Bauch, und Inibi drehte vor Schmerz durch. Er raste auf mich zu, schneller und schneller. Jetzt bekam ich wirklich Angst und hielt auf die Geröllhalde zu. Ich entdeckte ein Erdloch, sah beim Näherkommen, dass es aus einem Felsen mit einem runden Loch in der Mitte bestand, und ließ mich hineinfallen. Ich rollte mich in meinem Versteck zusammen und im nächsten Augenblick lief Inibi darüber. Steine und Erdklumpen regneten auf mich nieder, sodass ich den Himmel nicht mehr sah.

Ich wartete kurz, bis das gewaltige Tier weitergerast war. Als ich den Kopf aus dem Loch im Felsen steckte, stellte ich fest, dass Inibi weiter vorn stand und zögerte. Offenbar konnte er sich nicht entscheiden, welche Richtung er einschlagen sollte: zur Geröllhalde, zum Meer oder auf das Feuer zu.

Im nächsten Augenblick geschah etwas, womit ich nicht gerechnet hatte: Hona lief über den Strand, in der Hand den einzigen Speer, den ich ihr gelassen hatte, und mit tränennassem Gesicht.

»Nein! Roqi, neiiiiiin!«

Honas Botschaft traf mich klar und hart wie eine Ohrfeige. Sie dachte, ich wäre tot, denn sie hatte mich stürzen sehen. Sie dachte, der Gigant hätte mich zerquetscht, denn sie konnte nicht wissen, dass ich mich in ein rettendes Loch hatte fallen lassen. Und jetzt lief sie direkt auf Inibi zu. Um mich zu rächen.

Natürlich hatte das riesige Tier keine Angst vor einem kleinen Mädchen und ignorierte Hona einfach. Doch ich ahnte, was gleich passieren würde.

»Halt, Hona, mir geht es gut!«

Meine Botschaft erreichte sie nicht mehr rechtzeitig.

Sie schleuderte den Speer. Er flog durch die Luft und traf Inibi genau auf der Nasenschlange, seiner unglaublich langen und unglaublich empfindlichen Nase. Das erzürnte ihn, vielleicht sogar noch mehr als die Speere, die ich geworfen hatte und die immer noch in seinem Körper steckten.

Die gewaltige Kreatur wirbelte mit unvorstellbarem Schwung herum und der rechte Stoßzahn stieß gegen Hona. Die Wucht des Aufpralls schleuderte sie weit weg.

In der Luft überschlug Hona sich zweimal, mit seltsam leblos schlenkernden Armen und Beinen.

Sie landete auf Steinen.

Eine kleine Staubwolke stieg auf.

Hona bewegte sich nicht mehr.

VIERUNDDREIßIG

Inibi setzte zur Flucht über das Geröllfeld an, am Meer entlang, um dem Feuer auszuweichen, das ihm auf der rechten Seite den Weg versperrte. Er bewegte sich langsam und lahmend. Er blutete.

Ohne ihn weiter zu beachten, rannte ich zu Hona, um zu sehen, ob ich etwas für sie tun konnte, oder aber um wenigstens Abschied von ihr zu nehmen.

Ein Blick genügte, um zu erkennen, dass es für beides bereits zu spät war.

»Hona!«, schrie ich. »Hona!«

Sie konnte mir nicht antworten, sie würde es niemals mehr können. Behutsam küsste ich sie auf die Stirn.

Ich stand auf, sammelte die Speere ein und lief Inibi hinterher.

Du hast sie getötet, dachte ich. Verfluchter Inibi, ausgerechnet sie, die nie jemandem etwas Böses antun wollte.

Ich hatte Hona dazu gedrängt, sich an meiner sinnlosen Jagd zu beteiligen. Seit die Welt geendet hatte, war jede Jagd mit Blut bezahlt worden. Meine Schuld lastete schwer auf mir, wie ein Gewicht, das mir die Schultern hinunterdrückte.

Bestand sie womöglich genau darin, meine schreckliche Gabe? Darin, Freunde zu töten?

Oder trug ich tatsächlich das Zeichen und verdiente es deshalb nicht, weiterzuleben?

Bevor ich für immer aus der Welt verschwand, musste ich noch etwas erledigen. Nur noch eine Sache.

Das Geröllfeld war ein schwieriges Gelände voller Löcher, die sich plötzlich vor mir auftaten, voller Stachelmoos, voller Pfützen und glatter, nur von einer dünnen Sandschicht bedeckter Felsplatten. Auch Inibi hatte Schwierigkeiten, hier weiterzukommen. Er schwankte und mit jedem Schritt färbte sich sein sandfarbenes Fell röter.

Sobald ich in Schussweite kam, schleuderte ich einen weiteren Speer nach ihm, der sein Ziel jedoch verfehlte und irgendwo zwischen Steinen landete. Aber es war mir egal. Ich legte den nächsten Speer in die Speerschleuder ein und traf das Tier erneut am großen und empfindlichen Bauch.

Der Laut, den Inibi dieses Mal von sich gab, war kein wirkliches Brüllen mehr, sondern klang leiser und klagend. Er drehte sich zu mir um und warf mir einen traurigen Blick zu. Anstatt auf mich loszugehen, lief er von mir weg.

»Wo willst du hin, Feigling?«

Ich beeilte mich, den zu Boden gefallenen Speer zu holen, und nahm wieder die Verfolgung auf.

Inibi hatte an Tempo zugelegt. Es dauerte eine ganze Weile, bis ich ihn eingeholt hatte. Wieder warf ich einen Speer, wieder traf ich ihn. Dieses Mal an der Flanke.

Für den Wurf hatte ich kurz stehen bleiben müssen. Er nutzte das aus, um den Abstand zwischen uns zu vergrößern. An dieser Stelle neigte sich das Geröllfeld steiler dem Meer zu und ging abrupt in festen, feuchten Sand über. Inibi begriff sofort, dass er hier schneller laufen konnte, und galoppierte davon, um sein Leben zu retten.

Mir war nur noch ein einziger Speer geblieben und ich wusste, dass ich damit den Todesstoß ausführen musste. Deshalb lief ich möglichst dicht an den Giganten heran. Als ich sicher war, dass mein Wurf ins Ziel treffen würde, legte ich den Speer in die Speerschleuder ein und warf ihn.

Wieder ein perfekter Treffer, wieder in den Bauch, wo ich ihn schon mehrfach verletzt hatte.

Inibi schickte einen furchtbaren Schrei zum Himmel hinauf und blieb stehen. Ich dachte, gleich würde er in den Sand fallen, doch nichts dergleichen geschah.

Mir war, als könnte ich seine Gedanken hören: Du kriegst mich nicht, winziger Mensch.

Anstatt auf die Knie zu fallen und aufzugeben, lief er weiter. Ich hatte keine Waffen mehr, die ich nach ihm schleudern konnte. Ich folgte ihm trotzdem, denn es war nur noch eine Frage der Zeit: Das Blut quoll aus den Bauchwunden heraus und floss in Bächen über sein Fell. Inibis Kraft war groß, doch früher oder später würde kein Blut mehr übrig sein und er würde zusammenbrechen.

Also lief ich ihm hinterher, schrie, wann immer er langsamer wurde, warf Stöcke und Steine nach ihm und trieb ihn immer weiter an, damit er all seine Energie verbrauchte.

»Ergib dich, alter Vater! Du hast Hona getötet, und ich töte dich. Hör endlich auf zu kämpfen und lass es uns beenden.«

Inibi tat mir den Gefallen nicht. Es wurde Mittag, und als die Sonne allmählich unterging, lief ich immer noch hinter ihm her. Jedes Mal, wenn ich meine Erschöpfung spürte, dachte ich an Hona, und das gab mir neue Kraft.

Als die Abenddämmerung hereinbrach, lief Inibi nicht mehr, sondern humpelte. Mittlerweile war auch er müde und er konnte das Bein, das ich mit meinem ersten Wurf verletzt hatte, nicht mehr belasten. Ich hörte nicht auf, ihn mit Steinen zu bewerfen, hielt aber Abstand.

Die Nacht brach herein, der Mond ging auf und Inibi hatte tausend Schritt Vorsprung. Denn so ist es nun mal: Roqi ist immer der Letzte in der Gruppe.

Plötzlich versuchte Inibi, in Richtung Wald zu laufen. Ich warf mit Steinen nach ihm, um ihn daran zu hindern.

»Sinnlos, es zu versuchen, alter Vater. Ich bin viel stärker als du, und ich werde niemals aufgeben.«

Er musste am Klang meiner Stimme erkannt haben, dass ich auch meinte, was ich sagte, denn er blieb stehen. Er warf mir einen letzten Blick zu, dann knickte er die Vorderbeine ein, sodass sich seine Stoßzähne in den Boden rammten.

Ich stachelte ihn dazu an, wieder aufzustehen, indem ich ihm meine ganze Wut entgegenschrie. Er versuchte es tatsächlich auch, aber die Stoßzähne waren zu schwer. Seine Vorderbeine gaben nach und schließlich wälzte er sich auf die Seite.

Noch war er am Leben, doch ich wusste, dass er niemals wieder aufstehen würde. Also wurde ich mutiger, oder vielleicht auch nur verrückter, und ging näher an ihn heran. Jetzt nahm ich seinen Geruch wahr. Er schlug mit dem Schwanz, als wollte er mich wie einen Brummer verscheuchen.

»Aber ich bin kein Brummer. Ich bin Roqi, dein Jäger.«

Er versuchte, den Kopf zu drehen und mich mit seiner Nasenschlange zu packen. Ich wich ihr mit Leichtigkeit aus und wieder gab er diesen tiefen klagenden Laut von sich.

Ich hätte gegen ihn kämpfen wollen, um auf diese Weise

Hona zu rächen und auch um mir den Anblick eines so gewaltigen Tieres zu ersparen, das nun ganz langsam starb.

Aber ich besaß nur noch ein Messer, mit dem ich allerhöchstens seine Haut aufritzen konnte. Deshalb setzte ich mich hin und sah zu, wie er allmählich erlosch wie ein glühendes Stück Holz, das zu weit aus dem Feuer gesprungen ist.

In der Mitte der Nacht verließen fünf Schatten den Wald und schlichen in Kampfformation auf ihn zu.

Es waren Graufelle mit Augen wie glühende Sterne. Inibi witterte sie und hob aufgeschreckt die lange Nase.

»Was wollt ihr hier?«, schrie ich die Graufelle an. »Weg, ihr Biester, das hier ist Roqis Jagd!«

Die Raubtiere blieben stehen. Ich nahm einen Stein und warf ihn auf das mir am nächsten stehende Graufell. Ich traf es an der Flanke und es jaulte auf. Doch es lief nicht davon. Ebenso wenig die anderen. Stattdessen bleckten sie knurrend die Zähne.

Vier näherten sich Inibi und einer mir, geduckt und sprungbereit.

Das Graufell wollte mich angreifen und ich hatte nur mein lächerliches Messer dabei, um mich zu verteidigen. Doch es blieb in einigem Abstand zu mir stehen und knurrte mich weiter an, während seine vier Gefährten sich an Inibi heranschlichen.

Was sie vorhatten, war klar. Sie hatten Hunger und sahen das riesige Tier, das sie niemals angegriffen hätten, solange es bei Kräften war, als leichte Beute an.

»Das könnt ihr nicht tun!«, rief ich. »Er ist Roqis Beute! Ich habe alles geopfert, um ihn zu töten, und jetzt bin ich ganz allein!«

Ich ging einen Schritt vor. Das Graufell, das mich belauerte, knurrte lauter. Ich begriff, dass es mich anspringen würde, falls ich mich noch weiter vorwagte. Leben oder sterben, ich hatte die Wahl.

Inibi dagegen gehörte mir nicht mehr.

Jetzt gehörte er den Graufellen.

Das erste Tier machte einen Satz auf den Rücken des Giganten und fand mit den krallenbewehrten Pfoten in dessen Fell Halt. Inibi versuchte, sich zu verteidigen, das Graufell mit seiner Nasenschlange wegzuwischen, doch die Bewegung war so langsam und schwach, dass das Raubtier der langen Nase mühelos auswich.

Inibi konnte sich nicht mehr verteidigen, und dies war das Signal. Die Graufelle fielen gemeinsam über ihn her, bissen und zerrten an seiner Haut und rissen ganze Fleischstücke heraus. Das fünfte Graufell, das mich bewachte, entschied, dass ich im Grunde doch harmlos war, und schloss sich den anderen an. Als es Inibi ins Bein biss, gab dieser einen letzten Laut von sich, der fast wie ein Flüstern klang.

»Lebe wohl, Roqi«, schien er zu sagen. »Ich war der Letzte meiner Art und jetzt bist auch du der Letzte von deiner. Viel Glück!«

Danach rührte er sich nicht mehr und ich begriff, dass er tatsächlich tot war.

Eine Weile blieb ich noch stehen, schaute zu, wie die Graufelle hastig ihren Hunger stillten, und fühlte mich innerlich vollkommen leer. Schließlich wandte ich mich um und steckte mein Messer in seine Scheide.

Langsam und mit gesenktem Kopf ging ich davon.

FÜNFUNDDREIßIG

Und so hatte die Welt geendet und ich musste feststellen, dass ich ganz allein war.

Zu Hona zurückzufinden war einfach: Ich brauchte nur zu der Stelle zu gehen, über der die Todesflügel kreisten.

Ich erreichte sie, als der Himmel bereits heller wurde. Ich war müde und voller Abschürfungen und Schnitte an den Füßen, die ich mir beim Laufen über das Geröllfeld zugezogen hatte. Doch all diese Wunden waren mir gleichgültig. Ich dachte nur an Hona und hoffte, dass die verdammten Vögel sie noch nicht angerührt hatten.

Zum Glück hatte Chiri sie gut bewacht. Er fuchtelte mit seinen langen Krallen herum, wann immer ein Todesflügel versuchte, in ihrer Nähe zu landen.

Hona lag zu seinen Füßen. Ich hatte in letzter Zeit viele Tote gesehen, aber das, was da vor dem Blattfresser lag, sah meiner Freundin überhaupt nicht mehr ähnlich, und das schmerzte mich unvorstellbar.

Hona, das waren die dummen Füße, die immer so viel Lärm machten, wenn sie durch den Wald ging. Das war eine Stimme, die darum bat, irgendeinem kleinen Tier nicht wehzutun. Das war ein Lachen. Finger, die meine Hand umschlossen. Augen, aus denen alles Licht der Welt leuchtete.

Das aber, was dort auf dem Strand lag, war nicht mehr sie. Also ging ich zu meiner Rückentrage und holte die Axt, ging weiter zu dem Wedelwald, den Hona und ich während der Jagd in Brand gesetzt hatten, und fand einige Wedelbäume, die noch grüne Fransenblätter hatten. Ich schnitt genügend davon ab, um daraus eine Decke zu flechten.

Auf dem Rückweg fiel mir ein Baumstamm auf, der nicht ganz verbrannt war. Das Feuer hatte ein tiefes, langes Loch hineingegraben, sodass eine Hülle aus Rinde übrig geblieben war. Ich nahm den Baumstamm und schleifte ihn zu der Stelle, an der Chiri immer noch Wache hielt. Dann wickelte ich Hona in die Decke und legte sie in den ausgehöhlten Stamm wie in ein Bett. Sie passte gerade so hinein.

Jetzt brauchte ich ein Feuer, also entzündete ich eines. Ich weiß nicht mehr, woran ich dachte, während ich das Stöckchen zwischen meinen Händen hin- und herdrehte.

Vielleicht, dass sie mich alle hereingelegt hatten: Ich hatte einen Giganten getötet und war dadurch zu einem Mann geworden, und trotzdem fühlte ich mich nicht anders als vorher. Aber möglicherweise fühlte man sich als Mann ja genau so wie ich mich gerade: wie ein Kind, aber mit Fehlern beladen.

»Ja, Roqi, jetzt bist du wirklich erwachsen.«

Als das Feuer unter meinem Stöckchen zu leben begann, gab ich ihm Zweige zu essen, erst kleine und dann immer größere, damit es ordentlich heranwachsen konnte, zu einem großen Lagerfeuer.

Chiri protestierte, weil er Flammen nicht mochte.

Ich vergrub eine Hand in seinem weichen Fell. »Du brauchst keine Angst zu haben. Solange ich hier bin, wird es dir nichts tun.«

Ich schob den ausgehöhlten Baumstamm über den Strand, bis ans Wasser hinunter, und ich schwöre, dass Chiri verstand, was ich vorhatte. Er half mir, Honas Bett zu schieben, bis es im Wasser war. Das Meer trug es.

»Lächle, meine Freundin, denn bald wirst du mit den Wellen spielen.«

Ich schob Honas Baumstamm wieder zurück auf den Sand, setzte mich daneben und schaute den Wellen zu, die auf mich zu und wieder zurückrollten. Irgendwann schlief ich ein. Ich erwachte von der Sonne, die auf mich herabschien. Doch ich blieb sitzen. Ich wartete.

Als die Sonne hinter mir am Himmel hinabglitt und das Meer schwarz wurde, schob ich Honas Baumstamm ins Wasser und legte eine brennende Fackel darauf.

Das Holz fing sofort Feuer.

Ich hätte gern etwas gesagt, die richtigen Worte gefunden, doch sie fielen mir nicht ein. Vielleicht gab es sie auch gar nicht.

Der Baumstamm schaukelte in den Wellen. Ich hatte etwas Sorge, dass er umkippen könnte, doch er blieb im Gleichgewicht, und die Wellen zogen ihn von mir fort.

Ich dachte an meinen alten Stamm. An Biro, meinen Vater, und an Nia, meine Mutter, an Großmutter Chila und an Yabo von den Geistern, an Paraqui und all die anderen. Sie hatten ein schweres Leben gehabt. Sie hatten Kälte und Hitze getrotzt, Hunger und Durst, bis ein dummer Zufall sie für immer fortgerissen hatte.

Dann waren wir nur noch sechs gewesen. Die fünf vom

Mond und Hona. Bis Beri bei der Jagd starb und danach Cato und später Hona, beide aus demselben Grund.

Nur Ama und Ocho und ich hatten überlebt. Für die beiden war es gut ausgegangen. Sie hatten jetzt einen neuen Stamm. Bei der nächsten Versammlung der Stämme würden sie heiraten. Ich konnte mir vorstellen, dass Ama eine Anführerin sein würde, genau wie ihre Eltern, und dass aus Ocho ein guter Jäger würde. Sie würden Kinder haben und bald würde ihre Vergangenheit in ihren Erinnerungen verschwimmen, wie ein dunkler Nebel, an den man lieber nicht allzu oft denkt.

Bestimmt hasste Ama mich, weil ich ihr die Schwester geraubt hatte. Möglicherweise stellte sie sich aber auch vor, dass Hona und ich irgendwo glücklich waren, und sie würde eine ihrer Töchter Hona nennen.

Es war eine schöne Vorstellung und ich lächelte, während ich dem Feuer nachschaute, das sich flackernd immer weiter entfernte. Ein Weilchen träumte ich von diesem Leben, das es niemals geben würde, einem Leben, in dem Hona und ich gemeinsam erwachsen waren und lange Winter in einem gemütlichen warmen Lederzelt verbrachten, uns aneinanderkuschelten und gemeinsam durch die Wälder liefen.

Das Bild eines möglichen Lebens, das zufällig nicht stattfand.

Was aber war der Sinn meines Lebens?

Ich wusste es nicht.

Oder vielleicht wusste ich es doch: Als alles anfing, war ich ein Kind gewesen, auf der Suche nach seinem Platz im Stamm. Jetzt gab es den Stamm nicht mehr, aber ich wusste, dass ich es trotzdem schaffen könnte, dass meine Reise eben erst begonnen hatte.

Chiri, der neben mir hockte, stieß einen schrillen Schrei aus und ich kraulte ihm das Fell.

»Auf der anderen Seite des Meeres sind Inseln, weißt du? Eines Tages will ich sie mir anschauen … Hona hätte das auch gern getan. Eigentlich ist sie schon unterwegs dorthin.«

Der Baumstamm verbrannte unter dem Sternenhimmel. Als er ganz weit draußen war, sprangen plötzlich mondhelle Fische aus dem Wasser. Sie hatten lange Schnauzen und eine glatte, glänzende Haut. Sie gaben Laute von sich, die wie Gelächter klangen.

Die Fische aus Mondlicht sprangen wieder und wieder in die Höhe, sie bildeten einen Kreis um meine Freundin, als wollten sie sie grüßen.

Auch ich grüßte sie.

Ich sandte mit aller mir zur Verfügung stehenden Kraft eine Botschaft. Sie lautete: »Lebe wohl, Hona.«

Zurück kam ein Bild, eine vage Erinnerung an ihr Lächeln, aber vielleicht war es gar keine Botschaft, sondern nur ein Traum.

Und ich blieb allein zurück. Es gab keine Giganten mehr, die ich jagen konnte, und ich merkte, wie die Angst in mir aufstieg und mir in den Hals kniff, aber ich würde ihr keine Zeit geben, mein Herz zu verschlingen.

Stattdessen stand ich auf und zwang mich zu lächeln.

Wasser.

Nahrung.

Feuer.

Unterschlupf.

Das waren meine vier Herausforderungen. Ich musste mich ihnen stellen, einer nach der anderen, ohne an das Übrige zu denken.

Ich würde einfach weiterleben.

»Los, Chiri, das Zelt baut sich nicht von allein auf, und wir müssen auch etwas essen. Es gibt jede Menge zu tun.«

Gemeinsam wandten wir, er und ich, uns vom Meer ab und kehrten zum Lagerfeuer zurück.

Die Wellen verwischten meine Fußabdrücke im Sand.

NACHWORT UND DANK

Tja.

Wahrscheinlich hast du nicht erwartet, dass sich die Geschichte so entwickelt.

Ich auch nicht, um ehrlich zu sein.

Ich habe Roqis Reise ohne vorherigen Entwurf geschrieben, ohne die geringste Vorstellung davon zu haben, was als Nächstes passieren würde, bis … na ja, bis es eben passiert ist.

Und es war ganz schön hart.

Eigentlich hat für mich alles schon vor einigen Jahren begonnen, als ich auf ein Buch gestoßen bin, in dem es um das Verschwinden der Megafauna des Pleistozäns ging, also darum, wie es auf unserem Planeten, der vor langer Zeit von riesigen, fantastischen Tieren bevölkert wurde, zu einem plötzlichen Massenaussterben kam.

Über die Gründe dieses Massenaussterbens sind sich die Wissenschaftler seit jeher uneins. Die einen sagen, es lag am Klima. Die anderen geben Menschen die Schuld. Oder einem Zusammenwirken dieser beiden Faktoren.

Eine Hypothese, die ich sehr plausibel und gleichzeitig erschreckend finde, lautet, dass zwar wir Menschen diese Tragödie zu verantworten haben, aber nicht so, wie man zunächst denken könnte.

Roqi und seine Tausend Stämme waren keine blutrünstigen Menschen ohne Respekt vor der Natur, ganz im Gegenteil. Nur dass sie irgendwann als Jäger zu geschickt und zu erfolgreich wurden.

Damit wir uns richtig verstehen: Die meisten ihrer Jagden verliefen erfolglos und für viele der Jäger gingen sie tödlich aus … wie es auch in dieser Geschichte geschildert wird. Aber bei Tierarten, die sich nur langsam fortpflanzten, wie zum Beispiel bei den Mastodonten, die in diesem Buch Giganten heißen, konnte sich der Tod auch nur eines einzigen Exemplars auf die Größe der Herden auswirken, die mit der Zeit immer kleiner wurden und schließlich verschwanden.

Alles in allem geschah dies also, ohne dass es irgendjemand bemerkt hat. Wie hätte man es auch beobachten oder etwas daran ändern können?

Ähnelte diese Epoche der, in der wir gerade leben? Das mag jeder für sich selbst entscheiden.

Vielleicht fragt sich der eine oder andere auch, ob Roqi und seine Freunde wirklich gelebt haben. Und falls ja, wo und wann.

Dies ist eine Geschichte aus einer lange vergangenen Zeit. (Wir müssen dafür unsere Uhren um ungefähr zehntausend Jahre zurückstellen.) Sie spielt in einer Gegend, die wir heute Florida nennen und die ein Bundesstaat der Vereinigten Staaten von Amerika ist.

Im Grunde aber ist das alles nicht wichtig, weil Roqi es nicht weiß und wir es deshalb auch nicht wissen müssen.

Dafür aber haben sämtliche Tiere und Pflanzen, die in diesem Buch vorkommen, wirklich existiert: Der Blattfresser zum Beispiel war ein *Eremotherium*, das Graufell ein *Aenocyon dirus*, der Schreckensvogel ein *Phorusrhacide*, alles Angehörige von Gattungen und Arten, die vor ungefähr zwei Millionen Jahren verbreitet und zu der Zeit, in der unsere Geschichte spielt, nahezu – oder vielleicht sogar völlig – ausgestorben waren.

Lange habe ich überlegt, ob man an dieses Buch ein Glossar anhängen sollte, das erklärt, dass die Todesflügel *Teratornis merriami* sind, die Stinknadeln *Torreya taxifolia* und so weiter.

Doch dann dachte ich, dass die Geschichte dadurch nicht unbedingt gewinnen würde. Ganz zu schweigen von einer goldenen Regel in meinem Beruf: »Vermeide so viele Fehlerquellen wie möglich.«

Über diese so extrem ferne Epoche wissen wir sehr wenig, und obwohl ich viel Zeit mit Recherchen verbracht habe, könnte mir der eine oder andere Fehler unterlaufen sein. Und warum sollte ich den Alleswissern unter den Lesern unbedingt Munition liefern?

Ich nutze jedoch diese Gelegenheit, um Andrea Vico zu danken, Professor Telmo Pievani und Professor Claudio Tuniz, Dr. Stefano Broccoli und Eleonora Rizzoni, die mir geholfen haben, mich in der Welt der Paläontologie zurechtzufinden.

Ich danke meiner Schwester Chiara und Jacopo Olivieri dafür, dass sie mein Manuskript gelesen und ordentlich zerpflückt haben (ihr seid meine beiden Lieblingsleser).

Eine weitere wichtige Frage, zu der ich viel recherchiert habe, lautete: Was konnte Roqi? Wie fertigte er ein Messer, wie entzündete er Feuer, wie schützte er sich vor Regen, wie flocht er ein Seil?

Um diese Fragen zu beantworten, habe ich den nördlich von Bergamo und Brescia gelegenen italienischen Nationalpark *Riserva Naturale Incisioni Rupestri di Ceto, Cimbergo e Paspardo* besucht, wo man prähistorische Felszeichnungen besichtigen und an Workshops zum Leben in der Steinzeit teilnehmen kann.

Ich danke Eliza Winkler, Rosalia Masnari und Jennifer Quistini, von denen ich erfahren habe, was für ein Glück es ist, im 21. Jahrhundert leben zu dürfen, und wie schwierig das Leben in der Steinzeit war.

Ich danke auch Giuseppe Festa, Sara Romoli, Rosamaria Pavan, Lucia Vaccarino und Maurizio Dondoni, die bei dieser Reise in die Vergangenheit mein Stamm waren.

Ich erinnere mich daran, dass Frau Dr. Winkler am Ende des Workshops von der extrem engen, beinahe telepathischen mentalen Verbindung erzählte, die in kleinen geschlossenen Stämmen entstand, deren Mitglieder stets zusammenlebten … Und so entstanden die Botschaften.

Die Expertin für Steinzeitgeschichte erklärte mir auch, dass es etwas gibt, das sie mir nicht beibringen kann, nämlich »das, was man empfindet, wenn man allein im Wald schläft. Das ist eine Erfahrung, die man selbst gemacht haben muss«. Das habe ich dann auch getan und ein paar Tage als Steinzeitmensch auf dem Apennin-Fernwanderweg *Alta Via dei Parchi* verbracht.

Und weißt du was? Es stimmt: Um zu erfahren, wie es ist, muss man es selbst erlebt haben.

Ich danke auch Tommaso Percivale und Sarah Rossi, die mir eine Leseliste mit Titeln von Überlebenshandbüchern gegeben haben, und Corrado Zenesini, der mich mit Wanderkarten und wertvollen Ratschlägen versorgt hat, die mir etliche Male das Leben gerettet haben.

Dieses Buch wäre niemals entstanden ohne die Arbeit und Unterstützung von Marta Mazza, die mich auf meinem langen Weg begleitet hat, und von Stefano Moro, der sich abermals gemeinsam mit Fernando Ambrosi um alle grafischen Aspekte gekümmert hat.

Natürlich danke ich dem Team von Mondadori, angefangen bei Fabio Visintin für die Bilder, Viola Gambarini für die Herstellung, Chiara Pontiglio, Michela Cervini, Giulia Geraci, Adelio Reghezza. Und Enrico Racca, der immer dann liest, wenn ich am wenigsten damit rechne.

Wie immer danke ich dem gesamten Team von Book on a Tree. Lorenzo Rulfo erwähne ich hier nur deshalb namentlich, weil er sonst beleidigt wäre.

Ich danke meiner Familie und Laura, denn wenn ich ihr sage, dass ich in die Wälder verschwinden will, hilft sie mir beim Rucksackpacken (ich bin mir allerdings nicht sicher, ob das ein gutes Zeichen ist).

Eine ungeheure Menge an Dankbarkeit schulde ich Alice Bigli und den Kids von Mare di Libri: Sara Moroni, Emma Berardi, Giulia Terenzi, Allegra und Francesco De Angelis, Emma Rusin, Serena Capacci. Ich hatte sie gebeten, den Roman vorab zu lesen, mit Schwerpunkt auf dessen emotionaler Wirkung.

Die Frage, die mich beschäftigt hat, war folgende: Kann ein Roman, der kein glückliches Ende hat, den Lesern trotzdem gefallen?

Sie halfen mir, klarere Ideen zu entwickeln und die letzten Seiten so zu schreiben, dass die Reise so endete, wie sie sollte, und nicht, wie ich eigentlich gewollt hätte.

Ich hoffe, die richtige Entscheidung getroffen zu haben, und dass du, lieber Leser, sie auch nachvollziehen kannst. Ich möchte dir danken, dass du bis hier durchgehalten hast und mit den Graufellen durch den Wald gelaufen bist, die Giganten gejagt hast und jetzt überall Wunden hast.

Tröste dich damit, dass ich die auch habe.

Aber aus Wunden werden mit der Zeit Narben.

Und Narben sind vielleicht das Einzige von uns, das wirklich wert ist, erzählt zu werden.

TIERE UND PFLANZEN

Vielzahnmaul

Weißstirn-Wasservogel

Wedelbaum

Wollrücken

Streifenschleicher

Langhals

Todesflügel

Windläufer

Ästeschädel

Sumpfnadel

Blattfresser

Astspringer

Messerzahnkatze

Gigant

Kolbengras

Fliegende Nachtblüte

Spinnenbeinpflanze

Vielfußkrabbler

Chittambaum

Quaker

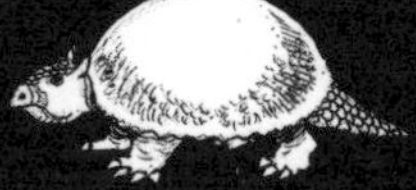

Panzertier

Seitenkrabbler

Langohr

Schuppenflitzer

Graufell

Schwarzer Pelzriese

Tschilper

Nadelzahnfisch

Raubmaul

Langnadel

Sandnadel

Zwerg-Maskengesicht

Breitkrone

Sturzgreifer

Federblattbaum

Fleckenkatze

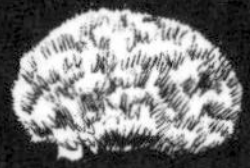
Sandstrauch

Weitspucker

Schildschlepper

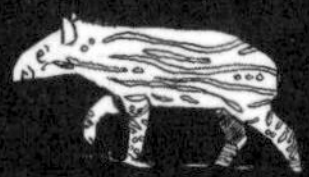
Waldläufer

Dunkelnadel

Großohrnager

Schreckensvogel

Flattertier

Wasserfelltier

Kolker

Kadavervogel

Rotfell

Morosinotto, Davide:
Die dunkle Stunde des Jägers
ISBN 978 3 522 20288 6

Aus dem Italienischen übersetzt von Cornelia Panzacchi

The translation follows the edition by Mondadori, S.p.A., Milano, 2021:
»L'ultimo cacciatore«
Published by arrangement with Book on a Tree, Ltd, London

www.bookonatree.com

Gesamtausstattung: Fabio Visintin
Einbandtypografie: formlabor
Innentypografie: Götz Rohloff – Die Buchmacher, Köln
Reproduktion: DIGIZWO Kessler + Kienzle GbR
Druck und Bindung: GGP Media GmbH, Pößneck

MIX
Papier | Fördert gute Waldnutzung
FSC® C014496